数学通俗演义

高鹏 著

$$\sum_{n=1}^{10} \frac{n}{5} \qquad \frac{\frac{16}{4}}{\frac{5}{15}}$$

$$\cos(2\pi)$$

$$\frac{d}{dx}(10x) \qquad \sqrt{4}$$

$$\int_0^3 x^2 dx \qquad \det\begin{bmatrix}9 & 5\\ 3 & 2\end{bmatrix}$$

$$2^3 \qquad \log_2 16$$

$$\prod_{n=1}^{6} \frac{n+1}{n} \qquad \sqrt{3^2+4^2}$$

$$\frac{4!}{4}$$

清华大学出版社
北 京

版权所有，侵权必究。举报：010-62782989，beiqinquan@tup.tsinghua.edu.cn。

图书在版编目（CIP）数据

数学通俗演义 / 高鹏著. -- 北京：清华大学出版社，2024.9. -- ISBN 978-7-302-67383-5

Ⅰ．I247.4

中国国家版本馆 CIP 数据核字第 2024U02R47 号

责任编辑：刘　杨
封面设计：意匠文化·丁奔亮
责任校对：薄军霞
责任印制：刘　菲

出版发行：清华大学出版社
　　　　网　　址：https://www.tup.com.cn，https://www.wqxuetang.com
　　　　地　　址：北京清华大学学研大厦 A 座　　邮　编：100084
　　　　社 总 机：010-83470000　　邮　购：010-62786544
　　　　投稿与读者服务：010-62776969，c-service@tup.tsinghua.edu.cn
　　　　质量反馈：010-62772015，zhiliang@tup.tsinghua.edu.cn
印 装 者：定州启航印刷有限公司
经　　销：全国新华书店
开　　本：165mm×235mm　　印　张：14　　字　数：212 千字
版　　次：2024 年 9 月第 1 版　　印　次：2024 年 9 月第 1 次印刷
定　　价：55.00 元

产品编号：106629-01

前 言

1997年,我考入哈尔滨工业大学。入学没几天,同学间就流传着一条"恐怖"的传言,说高等数学特别难,据说上一届不及格率高达50%,搞得人心惶惶,都觉得高数是不得了的学问。不过到正式上课以后,我发现高数并没有那么难学,只要把公式、定理的实质搞清楚,并没有比高中数学难多少。第一学期期末考试,我的高数考了96分,在以规格严格著称的哈工大,这算是一个比较高的分数。当然,这并不是最高分,那时候我们理学院五六个班在一起上大课,其中一个同学考了满分100分。这也说明高数并没有传闻中那么可怕。

大学期间,高等数学和线性代数一共学了4个学期,总共考了4次试,我的成绩全部在90分以上。我觉得对于数学来说,只要理解了它的底层逻辑,并不难学,因为它是逻辑思维的学科,只要你理解了,就会有一个正确的思考方向,依靠推理和演绎即可解决问题。

对于青少年来说,如何才能学好数学呢?我觉得最基础的还是得首先掌握知识的"来龙去脉",如果你知道了一些公式、定理当初是如何被发现的,再亲自推演一遍这些公式、定理,就会把它们变成自己的东西,再加以适当的练习即可掌握。而纯粹依靠记住一些技巧然后反复地练习,或许一时能熟练,但时间长了必然遗忘。

为了帮助青少年了解物理知识的"来龙去脉",我写了一本《物理学通俗演义》,受到了读者的普遍欢迎,同时也给了我很大的鼓舞。因此,我再接再厉,写出了这本《数学通俗演义》。数学是基础科学中的基础,也是人类文明最重要的组成部分,对于每一个希望了解人类文明的人来说,数学史是必读的篇章。对于青少年来说,了解数学的起源和发展,可以更好地理解数学的概念和理论背景,有助于更好地掌握它们。希望本书能为青少年学习数学带来帮助,也希望能让畏惧数学的孩子从此喜欢上数学。

  由于本人能力所限,疏漏和不足之处在所难免,敬请读者朋友们批评指正。

高　鹏

2024.7

目　录

第一回　河图洛书　中华文明起源头
　　　　数字奇巧　金字塔里有谜团
　　　　　　——上古文明的神秘数学　// 1

第二回　周公问对　商高阐述勾股弦
　　　　相似三角　希腊先贤巧测高
　　　　　　——古人对三角形的认识与运用　// 6

第三回　万物皆数　希腊学派究数论
　　　　地砖启发　毕氏发现大定理
　　　　　　——毕达哥拉斯学派的数学发现　// 13

第四回　无理风波　数学首次遇危机
　　　　黄金分割　完美比例显神奇
　　　　　　——无理数的发现与黄金分割　// 19

第五回　几何原本　欧几里得创范式
　　　　九章算术　代数算法集大成
　　　　　　——东西方文明的两部数学巨著　// 24

第六回　线性方程　矩阵变换巧消元
　　　　盈不足术　中国算法开先河
　　　　　　——古代的方程矩阵与线性插值　// 31

第七回　穷竭分割　阿基米德度量圆
　　　　球和圆柱　三分之二成绝响
　　　　　　——阿基米德的数学成就　// 38

第八回　倍立方体　尺规作图遇疑难
　　　　圆锥曲线　几何再次创辉煌
　　　　　　——圆锥曲线的起源与发展　// 45

第九回　丢番图后　希腊数学落帷幕
　　　　　割圆之术　刘徽算法成谜团
　　　　　——古代东西方两位代数大家　// 51

第十回　　出入相补　刘徽证勾股定理
　　　　　勾股圆方　赵爽注周髀算经
　　　　　——勾股定理的证明与立体体积理论　// 58

第十一回　大明历议　祖冲之巧算冬至
　　　　　朝堂辩论　戴法兴阻挠新法
　　　　　——古代天文学与数学的密切联系　// 65

第十二回　缀术割圆　祖冲之妙算圆周率
　　　　　祖暅原理　开立圆巧算球体积
　　　　　——缀术的千古之谜与立体体积计算原理　// 72

第十三回　明算科举　数学也能登科第
　　　　　不定方程　算经之中有趣题
　　　　　——插值法的发展与不定方程问题　// 81

第十四回　数书九章　古代数学创巅峰
　　　　　大衍求一　中国定理不虚传
　　　　　——中国剩余定理与大衍算法程序　// 88

第十五回　贾宪三角　二项展开定系数
　　　　　正负开方　高次方程求数值
　　　　　——二项式展开与高次方程的数值求解　// 93

第十六回　不传之秘　奇书只渡有缘人
　　　　　幻方大师　杨辉构造纵横图
　　　　　——中国古代的幻方与奇图研究　// 98

第十七回　东学西渐　斐波那契开先河
　　　　　三次方程　欧洲数学起风云
　　　　　——一元二次方程与一元三次方程的求根公式　// 106

目 录

第十八回　负数开方　虚数助力解方程
　　　　　排列组合　概率破解掷骰子
　　　　　——虚数的发现与概率论的起源 // 114

第十九回　方程奥妙　韦达发现新定理
　　　　　脱胎天文　三角独立成学问
　　　　　——韦达定理的发现与三角学的发展 // 121

第二十回　化乘为加　指数概念现雏形
　　　　　按表索骥　对数化解计算难
　　　　　——指数与对数的发明对计算力的解放 // 128

第二十一回　我思我在　笛卡儿建立坐标系
　　　　　　数形结合　方程式解析几何学
　　　　　　——平面解析几何的创立 // 135

第二十二回　射影几何　帕斯卡一鸣惊人
　　　　　　费马定理　业余王故弄玄虚
　　　　　　——射影几何的创立与概率论的成熟 // 144

第二十三回　巨人肩上　牛顿创立微积分
　　　　　　无穷小量　数学再次遇危机
　　　　　　——微积分的创立 // 153

第二十四回　互逆运算　微分积分有玄机
　　　　　　无穷级数　牛顿发现大秘密
　　　　　　——微积分基本定理与函数的无穷级数展开 // 159

第二十五回　最速降线　伯努利摆擂征解法
　　　　　　物超所值　洛必达重金买定理
　　　　　　——微积分的应用与发展 // 167

第二十六回　最美公式　欧拉巧用无穷级数
　　　　　　数论明珠　哥德巴赫提出猜想
　　　　　　——哥德巴赫猜想、指数函数与三角函数的
　　　　　　　联系 // 174

V

第二十七回　数学王子　青年高斯获美誉
　　　　　　　向量问世　物理箭头进数学
　　　　　　　　　——复数与向量理论的发展　// 181

第二十八回　几何奥秘　第五公设藏玄机
　　　　　　　机缘巧合　黎曼统一几何学
　　　　　　　　　——几何学的大变革　// 188

第二十九回　天才双星　五次方程难题解
　　　　　　　难兄难弟　才华未展身先死
　　　　　　　　　——代数学的大发展　// 195

第三十回　　无穷集合　谁说不能比大小
　　　　　　　罗素悖论　数学三次遇危机
　　　　　　　　　——集合论的诞生与争议　// 202

尾声　// 210

参考文献　// 213

第一回

河图洛书　中华文明起源头
数字奇巧　金字塔里有谜团

——上古文明的神秘数学

数学,是伴随着人类的进化而出现的。当人类进化到原始部落阶段,统计猎物并进行分配已经成为一件必须要解决的事情,因此,数学就应运而生了。发明了十进制计数,是人类的第一个数学成就;而1+1=2,则是人类发现的第一个运算法则。这些在我们看来简单得可笑的数学,也是经过漫长的时间才被我们的祖先发现的。

正所谓"道生一,一生二,二生三,三生万物"。一旦掌握了1+1=2,加减运算就不是什么难事了。史前数学发展到什么程度,由于那时候没有文字,也没有记录,我们无从得知。但是,我们从考古发掘的甲骨文中发现,在殷商时期我们的祖先已经有了很大数目的统计,已经出现了百、千、万这样的计数单位,已经出现了"八日辛亥允戈伐二千六百五十六人"(八日辛亥那天的战争中,消灭了敌方2656人)这样的记录。可见,在那个时代,人们对于计数已经非常熟练了。

夏商周时期已经形成了国家的概念,土地开垦、田租赋税、劳役徭役、兵甲物资等方方面面的统计与分配都需要数学。这时候,不只出现了乘除法运算,就连分数也出现了。最晚在周朝,人们已经发明了用小竹棍做成的算筹来进行计算。在春秋战国时期,九九乘法表就已经被广泛利用,在当时的许多著作中,都有乘法口诀的片段。不过那时候的九九表,是从"九九八十一"开始往回背,到"二二得四"为止,和我们现在的顺序刚好相反。因为口诀开头两个字是"九九",因此叫作"九九表"。

在几何学方面,由于人类要制造器物,营造建筑,兴建水利,所以逐渐掌握了一些基本的几何学知识,同时还发明了一些用于几何测量的工具。我们的祖先很早就发明了规、矩、准、绳这四种工具,"规"用来画圆,类似于我们现在用的圆规;"矩"用来画直角或方形(所以长方形还叫矩形),和现在木工所用的角尺相似,是由长短两根木条组成的L形直角尺(图1-1);"准"是一种水平测量仪,是古代用的水准器,说不定我们现在使用的水准仪就是直接传承自古代;"绳"则是垂直测量仪,这个很简单,绳子吊一个重物悬垂,就能准确确定与地面垂直的方向,也就是我们现在所说的铅垂线。简单来说,规矩是用以成圆成方的工具,准绳是用来确定横平竖直的工具。时至今日,我们还有"无规矩不成方圆"的俗语。

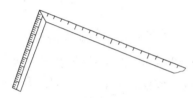

图1-1 矩(由长短两尺合成,短尺叫勾,长尺叫股)

据《史记·夏本纪》记载,大禹治水时就已经广泛使用了这四种工具,其原文为:"陆行乘车,水行乘舡,泥行乘橇,山行乘樏。左准绳,右规矩,载四时,以开九州,通九道,陂九泽,度九山。"由此可见,大禹不但是治水的总负责人,运筹帷幄、指挥策划,他还是一位"高级工程师",可以熟练使用这些工具来指导水利设施的建设。

相传在大禹治水时期,洛水和伊水泛滥成灾。大禹采取以疏导为主的办法,首先疏通了洛水,使之注入黄河,然后率众在洛阳凿开了龙门山,使伊水在龙门南形成湖,湖水再流入洛水。当湖水快要流干时,从湖底浮出了一只巨大的神龟,顺流而下缓缓游入洛水。大禹见此龟不是凡物,立即乘船追赶过去。赶到近处,只见神龟的龟壳被深深的纹路分为九块,每一块中都有一些黑点和白点,大禹认为这是天赐神图,赶忙命人把这幅图案(图1-2(a))记录下来,带回去流传后世,后人称之为"洛书"。

洛书中有黑白点45个,用线段连成9个数字,奇数用白点,偶数用黑点,并构成方阵。稍加分析,就会发现这个图案类似于3×3的格子,将1~9这9个数字放在格子中(图1-2(b)),它的每一行、每一列及对角线加起来的和都相等,都等于15。现在我们知道,这种九宫格是世界上最早出现的幻方。在一个$n\times n$的正方形格子中,从1开始往里填整数,最后任意一行、一列及对角线的几个数之和都相等,这就是n阶幻方,对它的研究属于一个数学分

第一回　河图洛书　中华文明起源头
　　　　数字奇巧　金字塔里有谜团

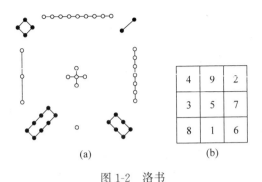

图1-2　洛书
（a）洛书图案；（b）洛书对应的九宫格

支——组合数学。显然，洛书是一个3阶幻方，这显示出我国古人对数字的排列组合有深入的研究。欧洲人直到14世纪才开始研究幻方，比我国晚了很多年。

在古代传说中，还有一幅比洛书更古老的数学图案，那就是河图。《易·系辞上》记载："河出图，洛出书，圣人则之。"

相传上古时期，伏羲善于观物取象，通过观察天地万物认识自然。有一天，他正在黄河边观察大自然，突然，从河中跳出一匹龙马，伏羲仔细一瞧，发现这匹龙马身上的图案不一般，其中暗含天机，于是连忙把这幅图案记了下来，这就是"河图"（图1-3）。伏羲潜心研究这幅图案，最后据此创造出了八卦图，正所谓"太极生两仪，两仪生四象，四象生八卦"。

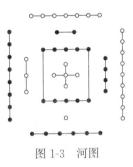

图1-3　河图

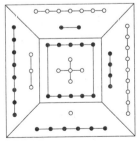

图1-4　河图中的数学规律

河图中有黑白点55个，用线段连成1~10这10个数字，奇数为阳用白点表示，偶数为阴用黑点表示。这10个数字排布顺序为"一六居下，二七居上，三八居左，四九居右，五十居中"。这幅图案蕴含着什么秘密，伏羲如何据此创造八卦图，目前还不是很清楚，不过，我们可以看到其中蕴藏着一些简单的数学规律。按照图案中数字的位置，可以把这幅图分成5个区域，如图1-4所

3

示。每个区域里都有阴阳 2 数,大数在外,小数在内,奇偶对立,阴阳互抱,且大数减去小数结果都是 5。就像老子说的:"万物负阴而抱阳,冲气以为和。"其中还有哪些数学规律,读者可自行分析,这就像一个数字谜题,颇为有趣。

对于上古时期的人来说,能发现河图、洛书这样的数字排列组合规律,殊为不易,说明当时人们已经熟练地掌握了十进制的计数系统和加减运算法则,这是文明起源的标志。因此,河图、洛书也成了中华上古文明的代名词。

数学知识的积累,是每一个文明诞生的推动力,中华文明如是,其他文明也是如此。古埃及人、古印度人和古巴比伦人也都各自掌握了很多数学知识,其中,古埃及的金字塔就体现了当时人们丰富的几何学知识。

大约从公元前 29 世纪起,古埃及的法老们开始为自己营造巨大的陵墓——金字塔。在几百年的时间里,金字塔前前后后共造了 90 多座,而其中最大也是最有名的,是建于约公元前 27 世纪的胡夫金字塔。

胡夫金字塔也称大金字塔,位于埃及首都开罗西南约 10 公里的吉萨高地。胡夫金字塔是一座巨大的正四棱锥建筑(图 1-5),由大约 230 万块巨石堆积而成,有 40 层楼那么高。它的底座是正方形,四个侧面是等腰三角形。胡夫金字塔的神奇之处在于,它的底面是一个非常完美的正方形,四个直角和四条边长的误差全部小于

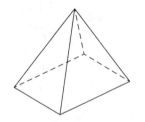

图 1-5 金字塔的正四棱锥结构

0.1%,而且四个侧面分别正对着东、南、西、北四个方向,可知古埃及人的几何测量已经达到了很高的精度。

更有意思的是,胡夫金字塔原高 146.5 米,底面每边长 230.5 米(由于风雨侵蚀等原因,现高 136.5 米,底边长 227 米),侧面与底面的夹角为 51.85°。人们经过测算发现,其侧面三角形的面积正好等于其高度的平方,这很难说是巧合。

鉴于当时古埃及人只有原始的劳动工具,现代人很难相信如此浩大精准的工程能由那个时代的人们来完成,人们似乎更愿意相信这是"天外来客"的作品,于是,关于金字塔的神秘传说越来越多。比如说,有人发现胡夫金字塔底面周长的一半除以金字塔的高约等于 3.147,与圆周率很接近,就

猜测古埃及人已经掌握了比较精确的圆周率数值。但实际上,从比金字塔还要晚 1000 多年的文物中发现,当时古埃及人用的圆周率还是 3,所以这只是一个巧合。再比如下面这个传说,则更为神秘。

据说,有人在金字塔内发现了一组神奇的数字——142857,经过研究,发现这组数字隐藏着很多不可思议的秘密。我们先把它从 1 乘到 6 来看看,结果是:

$142857 \times 1 = 142857$

$142857 \times 2 = 285714$

$142857 \times 3 = 428571$

$142857 \times 4 = 571428$

$142857 \times 5 = 714285$

$142857 \times 6 = 857142$

比较上面的乘积,你会发现,所有的积都是 1、4、2、8、5、7 这几个数字,就像走马灯一样轮换。

那么把它乘以 7 是多少呢?我们会惊讶地发现,积是 999999,似乎是完成了一个轮回。

142857 这个数字还有一个秘密,那就是它单数和是 9,双数和是 99,三数和是 999,具体如下:

$1 + 4 + 2 + 8 + 5 + 7 = 27, 2 + 7 = 9$

$14 + 28 + 57 = 99$

$142 + 857 = 999$

最后,我们发现 $142857 \times 142857 = 20408122449$,这个乘积的前 5 位加上后 6 位的得数是多少呢?请看结果:

$20408 + 122449 = 142857$

你一定会惊叹,这组数字真是太神奇了,古埃及人是如何发现它的呢?事实上,这是后人为了增加金字塔的神秘性而穿凿附会上去的,并没有证据表明金字塔内有这样一组数字。不过,如此奇特的一组数字,可以让我们更好地欣赏数学的神奇与美妙,把它安在金字塔身上,倒也无伤大雅。正是:

一四二八五和七,走马轮换数它奇。

若问此数如何记,且看小数七除一。

第二回

周公问对　商高阐述勾股弦
相似三角　希腊先贤巧测高

——古人对三角形的认识与运用

在 3000 多年以前，中华文明进入西周时期。这时候，人们已经掌握了一些更为复杂的数学规律，在社会上，也出现了一些专门研究数学及天文的学者。西周早期的商高就是这样一位学者。

话说周武王伐纣成功，推翻商朝，建立了周朝。但是，由于日夜操劳，灭商两年后，周武王就生了一场大病，病情反复几次，终于一病不起，撒手而去。武王死后，其子尚幼，就由他的弟弟周公代为执政。周公姓姬名旦，曾是武王治理天下的得力助手，他执政后，一心为公，礼贤下士，求贤若渴，善待各种人才，正所谓"周公吐哺，天下归心"。

有一天，周公听说商高在数学和天文方面颇有见识，便命人把商高请到宫里来，想当面请教一番。

二人按君臣之礼坐定后，周公说道："我听说，先生很精通数的法门，那么我有一个问题想请教。"

商高拱手说道："明公请讲。"

周公说："古代的伏羲观象于天，观法于地，通过观测太阳的周天运行规律，从而制定了天文历法，但是，天高得没有梯子可以攀上去，地大得无法用尺子来测量。那么请问，伏羲是怎么观测这些天象数字的？"

商高回答说："天是圆的，地是方的，天圆地方。因此，数的法门出自圆和方。圆出于方，方出于矩，矩出于九九八十一。"

周公说："愿闻其详。"

商高解释道："把一个矩拿来测量，就会发现如果勾长三，股长四，那么

第二回　周公问对　商高阐述勾股弦
　　　　相似三角　希腊先贤巧测高

弦长一定是五,也就是说,以三、四、五为边可构成一个矩(直角三角形)。这其中有什么奥妙呢?你会发现,三三得九,四四一十六,五五二十五,九加十六正好等于二十五,因此三、四、五这三个数就能构成一个矩,这就叫积矩。所以说,矩出于九九八十一,也就是数字与自身相乘得到的平方数,勾和股的平方和加起来正好等于弦的平方。"(图2-1)

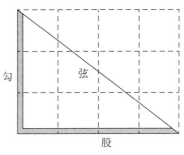

图 2-1　矩的勾、股、弦

周公佩服地说道:"原来如此,矩果然出于九九八十一。那么圆和方又是如何出于矩的呢?"

商高微微一笑,继续解释道:"圆的直径是1的话,周长就是3(当时人们认为圆周率是3),正方形的边长是1的话,周长就是4,而3和4恰好是矩的勾和股,所以说,圆出于方,方出于矩。"

周公叹道:"数的法门真是奇妙啊!"

商高说:"当年大禹之所以能治水,望山川之形,定高下之势,除滔天之灾,全凭用矩进行测量规划。要知道,差之毫厘,谬以千里,如果没有准确的测量工具,治水就没法取得成功。这都是在数的指导下取得的成就。"

周公感叹道:"数真是太了不起了! 先生能否给我讲讲矩的用法?"

商高侃侃而谈:"把矩的一边与铅垂线贴合,另一边就是水平方向,据此可以用来校准横平竖直;把矩像瞄准一样立在眼前,一边水平放置,根据远处高物在另一边上的视刻度,就可以测算物体的高度;与测高同理,把矩倒过来可以测量深度,把矩平放可以测量距离;把矩的一端固定,另一端旋转就能画出一个圆;把两个矩合起来,就能构成长方形。"(见图2-2、图2-3)

商高接着又阐述了一番天圆地方的道理,最后总结道:"圣人们就是靠着矩和数来丈天量地的,矩和数就是指导和约束万物的东西。"

周公赞叹道:"这真是太妙了!"

这是一段记载在《周髀算经》中的故事,这说明远在商周时代,人们已经认识到了勾股定理。

《周髀算经》在记载了周公与商高的对话后,直接转到另一篇章,即荣方与陈子的一段对话。荣方与陈子是公元前六七世纪的人,荣方听闻陈子懂得

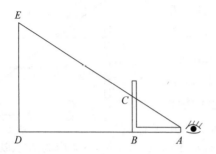
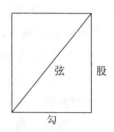

图 2-2 用矩测高示意图(△ABC 与 △ADE 相似,测量 AD 之间距离,即可计算 DE 的高度)

图 2-3 合矩以为方

商高的勾股之术,特来求教如何测量地面上不同地点到太阳的距离。

陈子通过立杆测影来给荣方讲解测量的原理,具体细节此处不表,但是其中有一句非常重要的话:"若求邪至日者,以日下为勾,日高为股,勾股各自乘,并而开方除之,得邪至日。"(邪通斜,邪至日即弦长)

"勾股各自乘,并而开方除之"就是对于任意直角三角形都适用的普遍的勾股定理:先各自计算勾的平方和股的平方,然后相加,最后再开方,就能得到弦长。陈子在说这句话的时候没有任何解释,说明这已经是当时数学家普遍掌握的知识。而且陈子用勾股定理计算的都是高达几十万的数字,可见当时人们对于此类数学知识的运用熟练程度。

在《周髀算经》中,陈子还进行了很多相当复杂的分数计算。在计算过程中,用到了通分等计算方法,而且分数的概念是很清楚的,与现在的分数概念一致,这是领先于当时世界其他地区的。但是,陈子还没有约分的概念。

陈子是公元前六七世纪的人,因此不知道约分,但是成书于约公元前200年的《算数书》则全面介绍了分数的性质及其运算法则,包括通分、约分、分数的扩大与缩小及四则运算等,这表明我国是世界上较早全面掌握分数性质的国家,甚至可能远远领先于其他国家。

《周髀算经》实际上是一部使用数学工具来解释当时天文历法的天文学著作,成书年代已不可考。书中把夏至日道(称为内衡,是一个以天北极为中心,半径为119000里(1里=500米)的圆)和冬至日道(称为外衡,是以天北极为中心,半径为238000里的圆)之间的区域画出 7 个同心圆和 6 个间隔,称为七衡六间,根据这个平面图,就可以说明一年中太阳每日绕天极运

第二回　周公问对　商高阐述勾股弦
相似三角　希腊先贤巧测高

行的情况。

七衡六间理论是基于盖天说。古人在构建宇宙结构时，假想了一个与地球同心同轴的天球，日月星辰全部位于球面上，以北天极为中心自东向西旋转。这个模型有明确的结构，可以进行有效的演绎推理，去描述各种天象。《周髀算经》中计算了夏至点、冬至点、春分点和秋分点四个位置太阳到北天极的距离，按现代天文学推算，春分和秋分的数据分毫不差，夏至和冬至的误差不超过 0.7%。由此可以看出人们当时所掌握的数学和天文知识是很先进的。

大约在与陈子相同的时代，欧亚大陆另一端的古希腊也出现了一位对数学颇有研究的学者——泰勒斯（Thales，约公元前 625 年—约公元前 547 年）。

通常所说的古希腊，地理范围包括希腊半岛、爱琴海群岛和小亚细亚西岸一带。古希腊一直没有形成一个统一的国家，长期以来，它由许多大大小小的城邦组成。泰勒斯出生在米利都，这座城市位于小亚细亚半岛的西海岸，是一座海滨城市，当时是古希腊的众多城邦之一，现在属于土耳其。

泰勒斯出生于贵族家庭，他对天文学和数学有浓厚的兴趣，因此在年轻的时候四处求学。他游历于埃及和巴比伦，学会了埃及人用几何技术测量距离和面积的方法，也学会了巴比伦人的天文学和六十进制记数系统的使用方法。

据说，泰勒斯在埃及游学时，有一次，他在当地贵族的陪同下游览金字塔。正当大家为胡夫金字塔的雄伟壮观而赞叹不已时，有人提出了一个问题——金字塔到底有多高？

这个看似简单的问题难倒了一众人。对于当时的埃及人来说，胡夫金字塔已经建成了 2000 多年，最后一座金字塔也建于 1000 多年前，当年的建造资料早已丧失殆尽，还真没有人知道胡夫金字塔到底有多高。

就在众人面面相觑之际，泰勒斯低头思索，突然，他灵机一动，想出了一个绝妙的办法，他微笑着对众人说："很简单，量一量就知道了。"

贵族们不明所以，反问道："底座这么大，绳子又垂不下来，怎么量？"

泰勒斯卖了个关子，他笑道："不用上塔顶，只要在地面上丈量，就能得到塔高。"

众人哄然大笑，感情这泰勒斯莫不是在说疯话？从来没听说过在地面上量高度的。

泰勒斯见众人纷纷摇头,不慌不忙地指着地上的人影说道:"诸位请看,答案就藏在这影子里。"

听他这么一说,贵族们立时安静下来,他们意识到,泰勒斯不是瞎扯。泰勒斯笑着说:"你们看,随着太阳的转动,物体的影子长度在不断变化。我们在地面上立一根木杆,随时测量它的影子长度,当某一时刻,影长与杆长正好相等时,这时候去测量金字塔的影长,就是金字塔的高度。"

众人都明白过来,原来真的可以在地面上测量金字塔的高度,大家赞叹不已。

提问的人最积极,他立刻让仆人找来一根木杆立在地上,开始测量影子的长度,并让仆人们准备好测量金字塔的影长。随着时间的推移,太阳光的照射角度缓慢地变化着,木杆的影长与杆长越来越接近。当光线的照射角度正好达到45°时,他大喊一声:"时刻到了!开始测量!"

仆人们听到号令,立刻把绳子的一端对准金字塔尖的影子,朝金字塔中心拉去。可是,没走多远就犯难了,金字塔底座太大,中心点根本达不到,侧面巨大的石壁挡住了去路,仆人们望着横亘在面前的障碍,无计可施。

贵族们脸上的笑容都凝固了,泰勒斯眉头紧锁,一言不发,苦苦思索。他意识到,要想测量金字塔影子长度,只有一个办法,就是塔尖的影子刚好落在底面中心和底面边长中点的连线上(图2-4中OF连线),这样,影子长度就是底边长的一半加上塔外影长($OF+FG$),可是,这时候影子很难和塔高等长,怎么办呢?

"有了!"泰勒斯的脑海中灵光一闪,"在同一时刻,不同高度的物体影子长短不同,但是它们的比例是一样的!"他的脸上重新露出了笑容,他对大家说:"明天,我一定给大家一个满意的答案!"

第二天一大早,贵族们就簇拥着泰勒斯来到金字塔下。听说泰勒斯要测量金字塔的高度,当地很多民众也赶来看热闹,金字塔下站满了围观的人群。

只见泰勒斯看好太阳的方位,让人把金字塔一条底边(图2-4中AB)的中垂线画出来,然后在旁边立了一根杆子(ML)。随着影子的移动,塔尖的影子正好落在了中垂线上,泰勒斯立刻让人记下塔尖影子位置(G点),并记

第二回　周公问对　商高阐述勾股弦
　　　　相似三角　希腊先贤巧测高

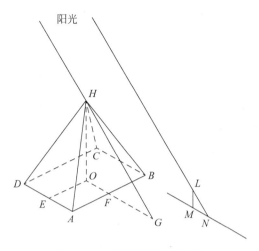

图 2-4　金字塔高测量示意图

录杆子的影长（ML）。测量塔外影长（FG）的长度，通过计算，他得到了金字塔的影长（$OG=OF+FG$）。然后根据塔高与杆高之比等于两者影长之比$\left(\dfrac{OH}{ML}=\dfrac{OG}{MN}\right)$，很快就算出了塔高（$OH$）。

这个方法实际上利用了相似三角形的原理，类似于商高用矩来测高的原理。很快，泰勒斯测出了金字塔高度的消息就不胫而走，连埃及法老都知道了。人们纷纷传扬泰勒斯的神奇，使他声名远扬。

大约 35 岁时，泰勒斯结束游学，返回米利都，创办了一所学校。在这所学校里，泰勒斯给学生们讲授天文学、数学和哲学，并由此开创了一个学派——米利都学派。正是在泰勒斯的努力下，数学和天文学知识在希腊人中传播开来，米利都也成为希腊科学和哲学的发源地，因此，泰勒斯被后人尊称为"希腊科学之父"和"希腊哲学之父"。

虽然泰勒斯的大部分数学和天文学知识都来自于古埃及和古巴比伦这两大文明古国，但是，他也有自己独创的一套思想。简单来说，就是不但要知其然，还要知其所以然，从而把数学从经验上升到理论。

泰勒斯认识到，一些数学上的结论之所以正确，并不能简单地归因于它们与生活经验相符合，其中必然还有更为深刻的原因。他认为，数学有一些基本的理论，他称之为公理和公设。通过一定的逻辑推理论证，能够从这些公理和公设中推导出一些特殊结论,称为定理,而这个逻辑推理的过程则被称为证明。

利用这套思维方式,泰勒斯证明了 5 个定理。这 5 个定理也许埃及人早就知道,但是从来没有人想过为什么它们是正确的,以及如何去证明它们。而泰勒斯告诉人们,这些定理可以从基本的几何公理中通过逻辑推演得到。

泰勒斯证明的 5 个定理如下(图 2-5):

(1)圆的直径将圆平分;

(2)等腰三角形的两个底角相等;

(3)两条直线相交,对顶角相等;

(4)圆的直径所对的圆周角是直角;

(5)两角及其夹边分别相等的两个三角形全等。

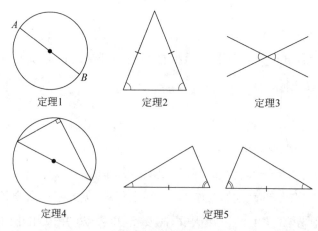

图 2-5　泰勒斯证明的 5 个定理

泰勒斯没有著作流传于世,关于他的事迹都是后人记述的,因此,他如何证明这 5 个定理现在已经无从知晓。但是,他提出的"数学定理必须要被证明"的观点对希腊的数学发展产生了深远的影响。泰勒斯强调要从基本定理通过理性分析得到逻辑上的推论,这种解决问题的方法,也成为数学的基本特征留存至今。正是:

数学逻辑本严密,定理证明不可缺。

公理公设为地基,推理演绎起高楼。

第三回

万物皆数　希腊学派究数论
地砖启发　毕氏发现大定理

——毕达哥拉斯学派的数学发现

　　泰勒斯是公认的希腊数学鼻祖,在他的带动下,希腊数学开始繁荣起来。继米利都学派之后,希腊第二个影响巨大的学派是毕达哥拉斯学派,该学派的创始人正是大名鼎鼎的毕达哥拉斯(Pythagoras,约公元前560年—约公元前480年)。

　　毕达哥拉斯出生在萨摩斯岛,这个岛屿紧挨着小亚细亚半岛,距离泰勒斯所在的米利都不远。毕达哥拉斯的父亲是一个旅行商人,经常在小亚细亚各地商旅,毕达哥拉斯9岁的时候就跟随父亲去过叙利亚,并跟随那里的学者学习。后来,毕达哥拉斯被送到米利都跟随泰勒斯学习数学和天文学。20岁的时候,他像当年的泰勒斯一样,开始在古埃及和古巴比伦游学,据说他甚至还到过古印度。在游学过程中,毕达哥拉斯极大地丰富了自己的知识,逐渐成长为一个博学多闻的学者。

　　大约在30岁那年,毕达哥拉斯结束游学,回到故乡萨摩斯,像他的老师泰勒斯一样开馆授徒。但是,泰勒斯由于测量金字塔高而声名远扬,所以不愁招不到学生,毕达哥拉斯就不一样了,那时候他还没有什么名气,结果连一个学生都招不到。

　　这可愁坏了毕达哥拉斯,自己空有满腹经纶,却无法为世人所知,他非常渴望将自己的学问传授给大众,却没有听众,无奈之下,他决定免费授课,先把学校办起来再说。

　　但令他没想到的是,免费授课都没有人来听。要是换了别人,可能就转行不干了,但是,毕达哥拉斯下定决心一定要把学校办起来,于是,他做出了一个让人啼笑皆非的决定——付费授课。经过考察,他选择了一个男孩成为自己的门徒,男孩每天都上门听课,当一天的课程结束以后,毕达哥拉斯就付给男孩当天的报酬。

这种奇怪的师生关系维持了一段时间以后,毕达哥拉斯的积蓄所剩无几。这一天,他不得不告诉他的学生,他没钱付费了,明天不用来上课了。不过,令毕达哥拉斯惊喜的是,第二天,男孩又来了,而且还带来了学费,因为他已经喜欢上了数学,他要继续请毕达哥拉斯当他的老师。就这样,毕达哥拉斯在萨摩斯岛上终于有了自己第一个也是唯一一个门徒。

由于在萨摩斯岛上迟迟打不开局面,第二年,毕达哥拉斯决定远走他乡,重新寻找办学之地。他带着自己的母亲和唯一的门徒,穿越大半个地中海,移居到了西西里岛,后来又到了亚平宁半岛南部的克罗托内(现在属于意大利)。在那里,他的学校终于办起来了。毕达哥拉斯讲授数学、音乐、哲学和天文学,他的讲学逐渐吸引了大批听众,甚至包括一些女性,毕达哥拉斯也从他的女性崇拜者中收获了一段美满的姻缘,从此,他就定居在克罗托内,他的学派也在这里慢慢发展起来。

毕达哥拉斯痴迷于研究数字,他认为万物的本源就是数字,从而提出了"万物皆数"的哲学观点。这倒有点像老子的"道生一,一生二,二生三,三生万物"的哲学观点。毕达哥拉斯和他的学派对数的研究已经超越了算术的范畴,而上升到了数论的高度。数论是数学的一个分支,主要是研究数的性质,特别是整数的性质。可以说,数论就是由毕达哥拉斯开创的。

在毕达哥拉斯那个年代,人们还不知道0和负数的概念,因此,毕达哥拉斯研究的都是正整数。就像洛书、河图中把数字分为阳数和阴数一样,毕达哥拉斯也将数字分为奇数和偶数。如果一个数字可以被2整除,它就是偶数,否则就是奇数。有趣的是,毕达哥拉斯也认为奇数属阳、偶数属阴,和中国古代的观点不谋而合。

毕达哥拉斯别出心裁地把一堆小球排列成不同的几何形状,如三角形和正方形,然后把这些小球对应的数字称为三角形数和正方形数。如图3-1所示,他把1、3、6、10等数字称为三角形数,4、9、16等数字称为正方形数。可以看出来,三角形数就是$1+2+3+\cdots+n$,正方形数就是$n^2(n\geqslant 2)$。

毕达哥拉斯和他的学生们研究了这些数字的性质,他们证明,每个正方

第三回　万物皆数　希腊学派究数论
地砖启发　毕氏发现大定理

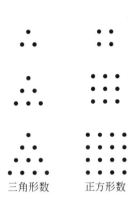

图 3-1　根据几何形状得名的三角形数与正方形数

形数都可以写成两个三角形数之和。例如：4＝1＋3；9＝3＋6；16＝10＋6。

证明方法很简单。如图 3-2 所示，沿一堆正方形小球的对角线画一条直线，即可分为两堆三角形小球，这就说明正方形数可以写成两个三角形数之和。

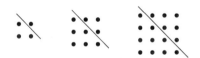

图 3-2　正方形数与三角形数之间的关系

类似地，他们还研究了长方形数、五边形数、六边形数及其他形状的数字。除了确定了各种数字的分类方法以外，还证明了各种数字之间的很多特殊关系。

毕达哥拉斯学派对数字的研究可以说是达到了狂热的地步，他们把数字拆开来、合起来，翻来覆去地把玩，结果发现了很多有趣的数字游戏。

如果一个数字可以被其他数字整除，那么其他数字就叫作这个数字的因数。比如，12 可以被 1、2、3、4、6、12 整除，那么这些数字就都是 12 的因数。毕达哥拉斯学派把除自身之外的因数加起来和原数比较（例如把 1、2、3、4、6 加在一起和 12 比较），结果发现，有些数字的因数之和正好等于该数字本身，于是，他们就把这种数字叫作完满数，也叫完全数。他们找到的第一个完满数是 6，因为它的因数是 1、2、3，三数之和恰好等于 6。

很快,毕达哥拉斯学派就发现了第二个完满数:28(28＝1＋2＋4＋7＋14)。再往后就比较难找了,在整个古希腊时期,人们又找到两个:496和8128。

你可能会问:后面还有吗? 当然有。不过,直到1456年,人们才找到第5个完满数:33550336。截至2018年,人们已经找到51个完满数。这51个数字就不一一列举了,不过,人们从中发现一个令人震惊的规律——完满数不是以6结尾,就是以28结尾。目前发现的完满数都是偶数,人们也找到了偶数完满数出现上述规律的原因,但是,是否存在奇数完满数,目前还不清楚。

而对于毕达哥拉斯学派来讲,他们发现的完满数的规律则更加神秘——完满数都是三角形数。目前发现的所有的完满数都是三角形数,例如:

$$28=1+2+3+4+5+6+7$$
$$33550336=1+2+3+\cdots+8190+8191$$

除了完满数之外,毕达哥拉斯把数字又玩出了新花样,他还发现了亲和数。

所谓的亲和数,就是两个数字的各自因数之和恰好等于对方。相对于完满数而言,亲和数更加稀少,毕达哥拉斯只找到了一对亲和数:220和284。

220的因数包括1、2、4、5、10、11、20、22、44、55和110,它们加起来恰好等于284。而将284的所有因数1、2、4、71、142加起来,正好是220。所以它们是一对亲和数。

你肯定会问:还有吗? 当然有。第二对亲和数是由法国数学家费马在1636年发现的,它们是17296和18416。不过,费马发现的并不是第二小的亲和数对,第二小的数对是1184和1210,由一个16岁的中学生帕格尼尼在1866年发现。而历史上发现亲和数对最多的人是大数学家欧拉,他一共发现了60多对亲和数。现在,在计算机的帮助下,人们已经发现了上千对亲和数。

毕达哥拉斯对数字的研究如此深入,当然不会放过一组神奇的数字:3、4、5。他在古埃及和古巴比伦游历的时候,学到了这组数字可以组成一个直角三角形。但是,为什么3、4、5就能构成直角三角形呢? 这成了久久盘旋在

第三回　万物皆数　希腊学派究数论
地砖启发　毕氏发现大定理

毕达哥拉斯脑海中的一个问题。只要一有空,他就会琢磨这个问题,但是多年来一直百思不得其解。

有一次,毕达哥拉斯应邀参加一位富商举行的宴会,在等待开席之际,宾客们都在谈天说地,开怀畅聊,唯独毕达哥拉斯一言不发,紧盯着地面出神。

没多久,周围的人就注意到了毕达哥拉斯的怪异举动,他们随着毕达哥拉斯的目光朝地面看去,但地面空空如也,除了正方形的地砖,什么也没有。就在众人疑惑之际,只听毕达哥拉斯对仆人说:"去找一支炭笔来。"

不一会儿,仆人拿来了炭笔。毕达哥拉斯蹲在地上,拿着炭笔在地面上画起了图案。

人们好奇地问道:"毕达哥拉斯先生,你在画什么?"

毕达哥拉斯没有直接回答,而是选了相邻的四块地砖,把它们的对角线连起来,正好围成一个正方形。他问道:"你们看看,这个正方形相当于几块地砖的面积?"

众人一看,这倒不难算,相当于 4 个半块砖拼在一起,他们说道:"两块!"

毕达哥拉斯点点头说:"不错。"接着,他又把紧挨着的两块地砖轮廓描了出来(图 3-3),说道:"你们看,这三个正方形正好包围着一个直角三角形,这其中隐藏着一条规律。"

"什么规律?"人们不明所以,纷纷问道。

毕达哥拉斯说道:"直角三角形斜边对应的大正方形的面积,正好等于两条直角边对应的小正方形的面积之和。"

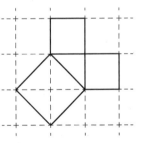

图 3-3　在地砖上画出的图案

人们仔细观察着,纷纷说道:"还真是这样!"

毕达哥拉斯又在旁边的空地上画了一个新的图案(图 3-4),说道:"你们看,这个直角三角形也有相同的规律。"

众人研究半天,果然,大正方形相当于 5 块地砖,刚好等于两个小正方形的面积之和。

毕达哥拉斯说道:"大家可以任意画图试试,应该都有这个规律。所以

17

我推断,对于任意直角三角形,其斜边的平方恰好等于两条直角边的平方之和。这就是为什么3、4、5能组成直角三角形的原因。"

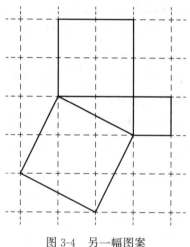

图3-4　另一幅图案

人群中一位长者激动地说道:"毕达哥拉斯发现了一条新定理,我们就把它叫毕达哥拉斯定理吧!"

人们纷纷鼓掌喝彩。宴会的主人豪爽地宣布:"为了庆祝毕达哥拉斯发现新定理,今天我再杀一头牛,大家不醉不归!"

人群顿时沸腾起来,大家簇拥着毕达哥拉斯重新入座,盛大的宴会开始了……

毕达哥拉斯发现了直角三角形三条边长的关系,是他最大的数学成就,但同时,也为他根深蒂固的"万物皆数"的观点埋下了一颗定时炸弹。欲知详情,且听下回分解。

第四回

无理风波　数学首次遇危机
黄金分割　完美比例显神奇

——无理数的发现与黄金分割

"万物皆数"是毕达哥拉斯学派的精神图腾。毕达哥拉斯坚信,世间万物都可以归结为整数或整数之比(即分数)。也就是说,他坚信世界上所有的数字都可以用整数或分数表示出来,没有例外。对于他来说,这已经成为一种类似于宗教的信仰,在他的感染力号召下,这也成为毕达哥拉斯学派成员的共同信仰。但是,当毕达哥拉斯发现了直角三角形定理以后,一件令他始料未及的事情出现了。

毕达哥拉斯有一个得意门生名叫希帕索斯,此人勤于思考,对数学也是万分着迷。当整个学派都在为他们的领袖发现毕达哥拉斯定理(即勾股定理)而庆贺时,希帕索斯首先想到的,是利用这个定理来研究直角三角形里的"数"。

希帕索斯利用两条直角边的平方和等于斜边的平方,去计算一个等腰直角三角形的斜边长。假设两条直角边都是1,算出来斜边的平方等于2,那么斜边长就是$\sqrt{2}$(图4-1)。希帕索斯对毕达哥拉斯的学说深信不疑,于是就要寻找$\sqrt{2}$到底等于哪个分数。他想尽了各种办法,却依然无法得出结果,这时候,希帕索斯意识到,他的老师的学说可能是错误的。于是,他就换了一个角度,不再寻求把$\sqrt{2}$表示成分数,而是试图证明$\sqrt{2}$无法表示成分数。

假设等腰直角三角形的斜边能表示成一个分数,那么它和直角边就存在一个共同的"单位线段",它们分别是这个单位线段的不同倍数。

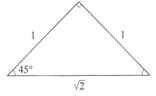

图4-1　等腰直角三角形三条边长的关系

举个例子,假设$\sqrt{2} = \frac{239}{169}$,那么单位线段长度就是$\frac{1}{169}$,斜边是单位线段的239倍,直角边是单位线段的169倍。希帕索斯用几何作图的方法证明,在等腰直角三角形中,要想得到斜边和直角边的共同单位线段,就要陷入一个不断递减的没有尽头的作图过程中。也就是说,永远也不可能得到斜边和直角边的共同单位线段。这就说明,$\sqrt{2}$不能被表示成分数。

当希帕索斯把他的证明过程拿给毕达哥拉斯看时,毕达哥拉斯大为震惊,他陷入了极度的惶恐之中。多年来,他在"万物皆数"的荣耀中饱受信徒膜拜,他的学派也逐渐发展成一个集学术和宗教为一体的组织。现在,支撑他多年的信仰突然被打破,这显然会动摇整个学派的根基,一旦这个结果被世人所知,学派将名誉扫地,他身上的光环也将随之黯淡,他无法接受这样的打击。

于是,毕达哥拉斯下达了一个封口令,要求希帕索斯保守秘密,绝对不能向任何人透露这个消息。希帕索斯很不甘心,他觉得这不是对待真理的正确态度,于是违反禁令,悄悄地把这个秘密告诉了一些朋友。泄密的事情最终被毕达哥拉斯知道了,他大为震怒,下令将希帕索斯处死。在一个月黑风高的夜晚,希帕索斯被毕达哥拉斯的几个忠实信徒捆住手脚,扔进了地中海里。为了追求真理,希帕索斯献出了自己宝贵的生命。

希帕索斯虽然死了,但$\sqrt{2}$不能被表示成分数的消息也逐渐传开了。这一发现对古希腊人的数学观产生了极大的冲击,这是一种在他们认知范围之外的"另类数",从而引起了希腊数学界的恐慌,史称"第一次数学危机"。

那个年代还没有出现小数的概念,因此人们对于$\sqrt{2}$到底是一个什么数产生了恐慌。后来,出现了小数的概念以后,人们终于搞清楚了$\sqrt{2}$和整数及分数的区别。人们发现,所有分数都可以表示成有限小数或者无限循环小数,如$\frac{1}{2} = 0.5$,$\frac{1}{3} = 0.3333\cdots$。而$\sqrt{2}$却是无限不循环小数。显然,这是两类不同性质的数字。因此,人们把整数和分数统称为有理数,而无限不循环小数则称为无理数。

要想判断一个数是不是无理数,并没有通用的方法,只能一个一个地验证,一般都是采用反证法。反证法是这样一种论证方法,就是首先假设一个

第四回　无理风波　数学首次遇危机
　　　　黄金分割　完美比例显神奇

命题成立,然后在推理中出现矛盾,由此反过来证明最初的假设是错误的。例如,要想证明$\sqrt{2}$是无理数,可以先假设它能由一个分数表示,而且这个分数是经过约分得到的最简分数;然后利用这个分数的平方等于2进行推理,结果推导出来分子和分母均为偶数,这就意味着这个分数不是最简分数,与假设矛盾,所以假设错误。

　　现在,人们已经发现了大量的无理数,如$\sqrt{3}$、$\sqrt{5}$、$\sqrt{6}$、$\sqrt{7}$、$\sqrt{8}$等。而最著名的无理数,莫过于圆周率π了(π为希腊字母,读作"派")。1761年,法国数学家兰伯特(Lambert)证明了圆周率是无理数。

　　令人啼笑皆非的是,毕达哥拉斯如此憎恨无理数,他却早早地就与无理数扯上了千丝万缕的联系。毕达哥拉斯学派的徽标是一个五角星,所有成员都要在衣服上缝制一个五角星作为加入学派的标志。而无理数正是五角星的关键特点,这恐怕是毕达哥拉斯制定徽标时没想到的。

　　显然,毕达哥拉斯将五角星作为徽标是因为五角星是各种几何图案中看起来比较美观的那一个,而其中的秘密就在于"黄金分割"。

　　在一条长度为1的线段上,从0.618处把它分为两段,这就是"黄金分割",0.618就是它的黄金分割点。

　　为什么叫黄金分割呢?因为这样的分割比例让人看起来很舒服。曾经有心理学家做过测试,他设计了很多不同长宽比例的矩形,让人们从中挑选看起来最美的,结果大多数人都选择了长宽比例接近黄金分割的矩形,因为它们看上去协调而匀称,带给人一种舒美的感受。图4-2列出了一些矩形,读者可以自行量一量,看看你认为最美的矩形是不是接近于黄金分割比例。

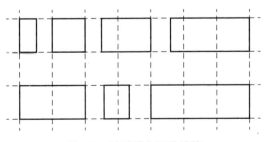

图4-2　看看哪个矩形最美

　　有读者要问了,为什么黄金分割看起来就要美观一些呢?其中原因,可能要从我们人体自身来寻找。如果你量一下你的肚脐眼的高度,会发现它刚好处在大约为身高的 0.6 倍的位置,有的人腿稍微长一些,可能正好处于 0.618 附近,看起来身材修长,更具美感。所以说,对于我们人类来讲,也许是出于对自身身体的自我欣赏,而对 0.618 这个比例有特殊的认同感。

那么,0.618 这个数字是怎么得到的呢?如图 4-3 所示,C 点是线段 AB 的黄金分割点,设 $AB=1$,则 $AC=0.618$,$BC=0.382$。我们把三条线段的长度分别用 a、b、c 来表示,你会发现,a、b、c 恰好构成一个等比数列,$\frac{c}{b}=\frac{b}{a}=0.618$。也就是说,黄金分割点是这样一个点:它把原线段分割成一长一短两条线段,原线段与长线段的比值恰好等于长线段与短线段的比值。

按照上述要求,我们来精确地计算黄金分割点的位置,发现 C 点的位置是 $\frac{\sqrt{5}-1}{2}$,其近似值为 0.618。有趣的是,$\frac{\sqrt{5}-1}{2}$ 的倒数是 $\frac{\sqrt{5}+1}{2}$,其近似值为 1.618。更有趣的是,1.618 的平方等于 2.618。

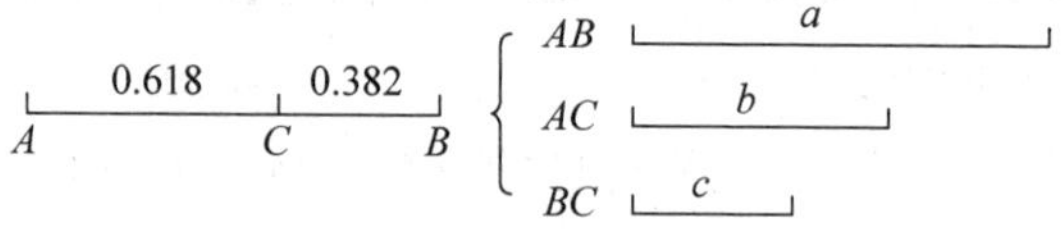

图 4-3 黄金分割

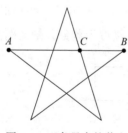

图 4-4 五角星中的黄金分割

上文说到,毕达哥拉斯把五角星作为学派的徽标,但他并不知道,在五角星中,任意两条边的交点都是这两条边的黄金分割点,这正是五角星的关键特点。例如,在图 4-4 的五角星中,点 C 就是线段 AB 的黄金分割点。而黄金分割的精确值 $\frac{\sqrt{5}-1}{2}$ 是一个无理数,这恐怕是毕达哥拉斯始料未及的。

从他对五角星的喜爱可以看出,毕达哥拉斯对几何图形是颇有研究的,除了平面图形外,他还研究立体图形。

如果一个立体图形的每个面都由相同的正多边形构成,那我们就叫它

第四回　无理风波　数学首次遇危机
　　　　黄金分割　完美比例显神奇

正多面体。例如，4个相同的正三角形（等边三角形）可以组成正四面体；6个相同的正方形可以组成正六面体（即立方体）。据说，毕达哥拉斯证明了正多面体只有五种——正四面体、正六面体、正八面体、正十二面体和正二十面体（图4-5）。对正多面体的研究，属于立体几何的范畴，这一研究成果是立体几何的重要进步，不过对于毕达哥拉斯来说，也许他最关心的是这些数字吧。

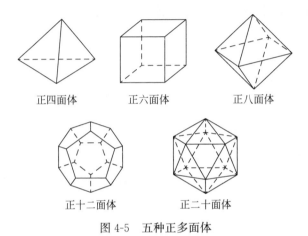

图4-5　五种正多面体

在西方，毕达哥拉斯是一个被神化的人物，在各种传说中，他的生平也变得扑朔迷离。有人说，他死于公元前500年的一场暴乱。有人说，他并没有死，而是逃了出来，在另一个城市中又活了20年，于公元前480年去世。和泰勒斯一样，毕达哥拉斯也没有留下著作，关于他的事迹都是他去世很久以后才由后人慢慢发掘出来的，这些就留待历史学家们去考证吧。

第五回

几何原本　欧几里得创范式
九章算术　代数算法集大成

—— 东西方文明的两部数学巨著

公元前338年，与希腊毗邻的马其顿王国征服了希腊。公元前335年，马其顿国王亚历山大组建起一支由30000步兵和5000骑兵构成的东征军，并于第二年开始了远征东方的行动。在亚历山大的率领下，马其顿先后征服了埃及、巴比伦和波斯，兵锋直至印度，征服领土约500万平方公里，建立了马其顿帝国。这个庞大的帝国提倡科学，网罗人才，大量兴建图书馆和科学机构，促进了各大文明古国间的科学与文化交流。

但是，好景不长，公元前323年，亚历山大突患急病，从发病到生命结束仅10天时间。亚历山大死后，希腊各国及波斯各地都乘机反抗，他的部将又互相残杀，争夺土地，帝国内部陷入混战。经过二十多年的混战，马其顿帝国分裂成为几个独立的王国，结束了自己短暂的历史。

这些分裂出来的王国主要有三个：安提柯王朝、托勒密王朝和塞琉古王朝，它们分别由亚历山大的三个部将建立。安提柯王朝主要统治原来的马其顿王国和希腊半岛，托勒密王朝主要统治埃及地区，塞琉古王朝统治着中亚和西亚地区。后来，这三个王朝都相继被罗马帝国灭亡。公元前146年，安提柯王朝灭亡；公元前64年，塞琉古王朝灭亡；公元前30年，托勒密王朝灭亡。

在数学史上，从公元前323年到公元前30年这段时间，被称为古希腊数学的亚历山大前期，这也是古希腊数学最辉煌的时期。

亚历山大征服埃及后，在埃及的尼罗河口建了一座新的城市——亚历山大里亚城。这座城市兴建于公元前332年，后来成为托勒密王朝的都城。

第五回　几何原本　欧几里得创范式
九章算术　代数算法集大成

经过托勒密王朝的持续建设，城内建筑宏伟，经济繁荣，尤其是建设了规模宏大的博物馆和图书馆，来自希腊、阿拉伯和埃及各地的学者云集，使这里成为地中海沿岸最重要的科学与文化中心，学术文化交流非常活跃。这一时期先后出现的三大数学家：欧几里得、阿基米德和阿波罗尼奥斯，都与这座城市有密切的关系。欧几里得在亚历山大里亚城里的博物馆工作过，阿基米德和阿波罗尼奥斯青少年时期都在这里接受过教育，三人合称为亚历山大前期三大数学家，共同铸就了古希腊数学的黄金时代。

欧几里得（Euclid，生活在公元前300年前后）可以说是历史上最负盛名的古希腊数学家，他写的《几何原本》是一部划时代的著作，其历史意义在于它是用公理化方法建立起演绎体系的最早典范。因此欧几里得也被誉为"几何之父"。然而，关于他本人的几乎所有其他事情都是个谜，我们仅仅知道：公元前300年前后，欧几里得在亚历山大里亚城努力钻研几何学。至于其生卒时间和出生地点都不得而知。

根据古代著作中的相关记述和后来评注者对《几何原本》的分析，可以肯定《几何原本》中的定理或者证明很少是欧几里得自己的发现，而是当时所积累的几何知识的汇编。或者说，《几何原本》是一本教科书。但是，如果没有欧几里得用公理化的方法将当时已知的几何知识汇集起来，这些知识可能就是零散的、不成体系的。因此，《几何原本》中所述的几何学一直被称作欧几里得几何学，简称欧氏几何。

现在我们知道，公理化方法的主要精神是从尽可能少的几条公理及若干原始概念出发，推导出尽可能多的命题。欧几里得在《几何原本》中最早开创了这一范式，这一范式也确立了后世几何学研究的基本框架。

在《几何原本》中，欧几里得首先给出点、线、面、角、圆、三角形、正方形、平行线等基本概念的几何定义，然后列出了5条公理和5条公设。这其中，最关键的是5条公设，它构成了欧氏几何的基本特征。这5条公设具体如下：

（1）由任意一点到另外任意一点可以画直线；

（2）线段可以任意延长；

（3）以任意点为圆心及任意距离为半径可以画圆；

（4）凡是直角都相等；

(5) 过直线外一点，有且仅有一条直线与已知直线平行。

在这 5 条公设中，前四条都是简洁明了不言而喻的，唯有第五公设是个例外。与其他公设相比，第五公设看起来有些复杂。后来，许多数学家都试图证明第五公设，希望将其作为一个推论而不是公设给出，但是都失败了。再后来，人们发现第五公设代表一种几何，但是还有别的几何存在。他们通过对第五公设的修改，创立出了非欧几何，此是后话不提。

《几何原本》第Ⅰ卷的命题 47，巧妙地通过面积关系对勾股定理进行了证明。

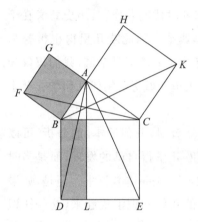

图 5-1 《几何原本》对勾股定理的证明

命题 47：在直角三角形中，斜边上的正方形等于两直角边上正方形的和。

证明过程如图 5-1 所示。首先证明 △ABD 与 △FBC 全等，则二者面积相等，设为 S；然后证明两个阴影部分的面积相等（△ABD 与矩形 BL 等底等高，则矩形 BL 面积为 2S；△FBC 与正方形 BG 等底等高，则正方形 BG 面积为 2S）；同理，另外一侧的矩形 LC 与正方形 CH 面积相等。命题得证。

在《几何原本》中，有一些几何证明实际上可以转化为代数公式。例如，第Ⅱ卷的命题 4 相当于证明了完全平方公式。

命题 4：如果把一根线段任意分为两段，则在原线段上的正方形等于两个小线段上的正方形的和加上由两小线段构成的矩形的二倍。

证明过程如图 5-2 所示。把一根线段任意分为两段，假设这两段长为 a 和 b，则原线段长为 $(a+b)$。在原线段上方作一个正方形，然后在下方线段和左侧线段上按分割比例作垂线，把正方形分成 4 个部分。根据面积关系，命题得证。

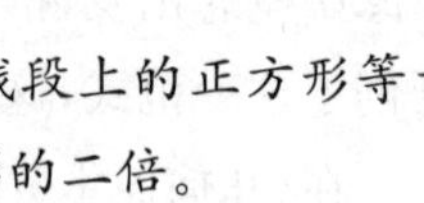

从图 5-2 的面积关系可以看出来，下面的代数关系式成立：

图 5-2 完全平方公式的几何证明

第五回　几何原本　欧几里得创范式
　　　　九章算术　代数算法集大成

$$(a+b)^2 = a^2 + 2ab + b^2$$

这就是代数中的完全平方公式。

《几何原本》是一部伟大的著作,但其原书早已失传,现存最早的版本是 888 年的手抄本,距离欧几里得的时代已经过去了 1100 多年。其实,由于缺乏有效的记录载体,加上文明的中断,古希腊其他学者的原始著作也都没有保存下来,我们现在看到的所有古希腊著作都是后人重新整理出来的,后人究竟做了多少补充和修改,现在已经无从知晓。

话分两头。却说古希腊的数学研究集中在数论和几何方向,因此最终出现了《几何原本》这样的几何学集大成之作,而在古老的东方,中国的数学研究更重视解决实际问题,因此集中在代数和几何测算方向,久而久之,也出现了一本解决代数和几何测算问题的集大成之作——《九章算术》。

代数是一门实用性非常强的学科,简单来说,它就是一门解方程的学问。在人们的实际生产生活中,会遇到大量关于各种数量关系的问题,为了寻求系统的、普遍的解决办法,就产生了以解方程为中心问题的代数学。

《九章算术》是中国古代数学最重要的著作,这部著作中的数学内容,有些可以追溯到周朝。在周朝的贵族教育体系中,要求贵族子弟掌握六种基本才能:礼、乐、射、御、书、数。据《周礼》记载:"养国子以道,乃教之六艺:一曰五礼,二曰六乐,三曰五射,四曰五御,五曰六书,六曰九数。"可见当时的数学教育已经有了"九数"之说,"九数"就是《九章算术》的滥觞。遗憾的是,《九章算术》在秦始皇焚书过程中遭到损毁,但是好在秦朝很快灭亡,对这部著作相当熟悉的西汉丞相张苍根据各地残本又将其重新整理出来。

张苍是阳武县(今河南原阳县)人,他非常喜欢读书,各种书籍无所不观,无所不通,对于律历尤其精通。在秦朝时,张苍曾担任过御史,掌管宫中的各种文书档案,后来因为处理事务时出了点差错,惧祸逃回阳武老家。

秦二世三年(公元前 207 年)二月,刘邦的军队从阳武经过,向西挺进关中。张苍便投身刘邦门下,刘邦让他以宾客的身份随军行动。张苍曾配合韩信背水一战,打败了赵国大将陈余,受到封赏。后来又跟随刘邦征讨叛将燕王臧荼,臧荼战败被俘,刘邦论功行赏,封张苍为北平侯,食邑 1200 户。

天下初定,刘邦考虑张苍从秦时就担任御史,非常熟悉各种图书和簿籍,而且精于算术,于是便任命张苍担任管理财政的计相,确立汉初的度量衡制度，并负责进行律历改革。后来，张苍担任过淮南相国和御史大夫。汉文帝四年（公元前176年）12月，丞相灌婴病死，张苍出任丞相。在丞相任上，张苍终于完成了律历改革。律历改革，从张苍任计相时就已开始，直到他任丞相才完成。

除了修订历法外，张苍的另一个重要的工作就是完成了《九章算术》的编辑整理工作。张苍精于算术，对《九章算术》非常熟悉，秦始皇焚书后，《九章算术》全本已经很少见，但对于精通算术的张苍来讲，自己的大脑就是最好的"全本"。他派人收集各地遗存的先秦《九章算术》残简，加以修订删补，使《九章算术》重新成为官定数学教科书。张苍于公元前152年去世，享年百余岁，是少有的长寿之人。

耿寿昌是西汉天文学家。汉宣帝（公元前73年—公元前49年在位）时期任大司农中丞，他"善为算，能商功利"，在西北设置"常平仓"，谷贱时增价收进，谷贵时减价出售，用来稳定粮价兼作国家储备粮库，收到了良好的社会效益。后来被封为关内侯。

耿寿昌精通数学和天文，曾以铜铸浑天仪观测天象，著有《月行帛图》232卷和《月行度》2卷，但是现在均已失传。耿寿昌对张苍辑撰的《九章算术》进行了进一步的删补，删除了一些过时的题目，增加了一些符合当时时代特征的新例题，并收集了当时发展起来的一些新的数学问题补充到《九章算术》中，从而形成了《九章算术》的最终定本。

由此可见，《九章算术》是从周朝至西汉初期的长时期里经众多学者编纂、整理而成的一部数学教科书，是中国古典数学的集大成之作。

作为教科书，《九章算术》根据教学内容的不同，将全书分成九章，依次为方田、粟米、衰分、少广、商功、均输、盈不足、方程、勾股。并且采用了"问—答—术"的编排体例，这实际上是一种问题导入法的教学编排形式，先提出问题（问），引发读者思考；然后给出答案（答），供读者参考；最后才讲解此类问题的一般算法（术），让读者明白如何通过算法一步一步进行计算，掌握相关数学理论。我们举个"减分术"（分数相减的运算法则）的例子来看一看。

今有九分之八，减五分之一。问：余几何？

答曰：四十五分之三十一。

第五回　几何原本　欧几里得创范式
　　　　九章算术　代数算法集大成

减分术曰：母互乘子，以少减多，余为实（分子）。母相乘为法（分母）。实如法而一（分子除以分母并约为最简分数）。

根据减分术，此题计算过程用算式表示就是：

$$\frac{8}{9}-\frac{1}{5}=\frac{5\times8-1\times9}{5\times9}=\frac{31}{45}$$

可见，减分术就是一个分数相减的算法，任意拿来两个分数，代入上述算法都可以轻松获得结果。将此算法练习熟练以后，简单的分数相减通过口算即可轻松获得结果。

《九章算术》精心设计了246个问题，这些问题是为了引导思考，是为了借题说算法，最终目的是讲述解决此类问题的通用原则和方法。因此，《九章算术》里"术"（算法）是最核心的内容，数学理论都是通过"术"的形式表述出来。从现代的角度来看，很多算法都可以设计成计算机程序语言进行运算，我们再举个"约分术"的例子来看一看。

今有九十一分之四十九。问：约之得几何？

答曰：十三分之七。

约分术曰：可半者半之（如果分子和分母都是偶数，就用2约分）；不可半者，副置分母、子之数，以少减多（把分子和分母用算筹摆好，以大数减去小数），更相减损，求其等也（把得数与小数对比，再以大数减去小数；如此反复，直到两数相等）。以等数约之。

根据约分术，此题运算过程如下（括号中数字相减，得数与小数再放在一个括号中，如此反复）：

$(91,49)\to(42,49)\to(7,42)\to(7,35)\to(7,28)\to(7,21)\to(7,14)\to(7,7)$

最后一个括号中 7 和 7 相等，那么就得到了"等数"7，把分子分母用 7 约分，即可得到 $\frac{49}{91}$ 的最简分数为 $\frac{7}{13}$。

熟悉计算机编程的读者可以看出来，这个约分术算法是一个典型的计算机程序语言，很容易编程运算，可以求任意分数的最简分数。

现在人们把上述算法叫作"更相减损法"，这里面蕴含着对公因数深刻的理解。假设 91 和 49 的最大公因数是 a，那么 91 和 49 必然是 a 的整数倍，所以二者相减得数还是 a 的整数倍。这样减来减去，得数一直是 a 的整数倍，但是倍数必然越来越小。最后减到只剩下 a 的 1 倍，a 就自然得到了。

《九章算术》中的算法大多数都是这种程序化计算风格,这也形成了中国传统算学的基本风格,中国古代数学的发展主要表现为算法的改进和扩展。这种程序化的计算,可以使人们相对容易地掌握各类数学问题的处理方法,快速进行数据处理,这在当时的世界是遥遥领先的。作为对比,我们可以看看古希腊的代数学。古希腊的代数学发展远远落后于几何学,直到3世纪前后,才出现了由丢番图(约246年—330年)撰写的《算术》一书。丢番图也因此被西方学界誉为"代数之父"。《算术》以问题集的形式收录了290个题目,这些题目与实际应用无关,主要是探讨多个数字之间的平方、立方关系,偏向于数论问题。而且解题依赖高度的技巧,没有算法,这是古希腊代数学的最大缺点。

《九章算术》在代数学方面还取得了很多具有世界性意义的成就,欲知详情,且听下回分解。

第六回

线性方程　矩阵变换巧消元
盈不足术　中国算法开先河

——古代的方程矩阵与线性插值

方程是代数学中最基本的内容，在20世纪以前，解方程一直是代数学的中心问题。而在解方程这一课题上，《九章算术》中的"方程术"是中国数学史上的一大光辉成就，遥遥领先于世界其他地区。

现在，我们把含有未知量的等式叫作方程。而在古代中国，方程指的是一个方阵形式的变换程式。《九章算术》的第八章《方程》讲述了线性方程组的解法，并将其称为"方程术"。我们通过该章第1题来看看其中的奥妙（为了方便读者理解，将古文翻译成白话文）。

现有上等禾穗3捆，中等禾穗2捆，下等禾穗1捆，共打下粮食39斗；如果是2捆上等，3捆中等，1捆下等，能打粮34斗；如果是1捆上等，2捆中等，3捆下等，能打粮26斗。问：上等、中等、下等禾穗每捆分别能打粮多少斗？

读者如果遇到这个问题，首先想到的肯定是列方程，3个未知数3个方程，正好能求解。假设上等、中等、下等禾穗每捆分别能打粮 x、y、z 斗，根据题意列出3个方程，则上述问题是求解三元一次方程组：

$$\begin{cases} 3x+2y+z=39 \\ 2x+3y+z=34 \\ x+2y+3z=26 \end{cases}$$

求解上述方程组时，常用的方法是消元法。即通过初等变换把方程组中未知量个数减少，化简方程组。我们平常做的时候一般没有定式，随便变换，能得出结果就行。而《九章算术》中的"方程术"则有明确的变换顺序，这也是程序化算法思想的一种体现。

你一定会好奇,古代没有 x、y、z 这样的字母,古人用什么来表示未知数。其实啊,古人不用什么来符号表示未知数,而是采取了一种矩阵变换的方式来计算。

现代数学有一个分支叫线性代数,发明了一种数学工具叫矩阵,通过矩阵变换的方法来求解线性方程组。在线性代数里,上述方程组可以用矩阵表示如下:

$$\begin{bmatrix} 3 & 2 & 1 \\ 2 & 3 & 1 \\ 1 & 2 & 3 \end{bmatrix} \begin{bmatrix} x \\ y \\ z \end{bmatrix} = \begin{bmatrix} 39 \\ 34 \\ 26 \end{bmatrix}$$

然后怎么求解呢?通过对下面的矩阵进行变换求解,这个矩阵叫作增广矩阵:

$$\begin{bmatrix} 3 & 2 & 1 & 39 \\ 2 & 3 & 1 & 34 \\ 1 & 2 & 3 & 26 \end{bmatrix}$$

线性方程组可用它的增广矩阵完全代表,至于用什么符号来表示未知量,这不是实质性的。也就是说,未知量不用 x、y、z,而直接用汉字表示也没有区别。例如,我们把方程组写成下面的形式:

$$\begin{bmatrix} 3 & 2 & 1 \\ 2 & 3 & 1 \\ 1 & 2 & 3 \end{bmatrix} \begin{bmatrix} 上禾斗数 \\ 中禾斗数 \\ 下禾斗数 \end{bmatrix} = \begin{bmatrix} 39 \\ 34 \\ 26 \end{bmatrix}$$

求解的时候,照样是通过上面的增广矩阵来计算,没有任何区别。《九章算术》就是通过这样一种巧妙的方法,直接把增广矩阵(就是《九章算术》中的"方程")列出来,这样就不用设计复杂的符号来表示未知量。

下面,我们来看看《九章算术》中的"方程术"如何操作。第一步,就是把"方程"(即增广矩阵)摆出来。古人用算筹(小木棍)计算,每一个数字都是用算筹摆的,摆出来的初始方程如图6-1所示。

用算筹表示的1~9九个数字如图6-2所示,分为纵式和横式。纵式和横式交错摆放,数字就不会混淆。个位纵式、十位横式、百位纵式、千位横式,以此类推。摆放0的时候,最初是空位,后来才用圆圈表示。

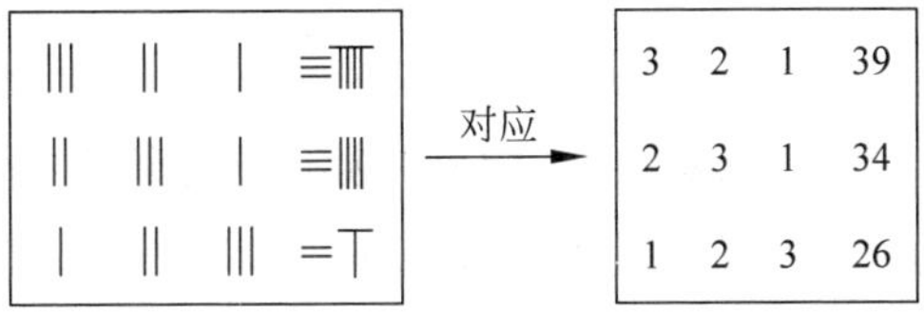

第六回　线性方程　矩阵变换巧消元
盈不足术　中国算法开先河

图 6-1　用算筹摆出来的方程及其对应数字

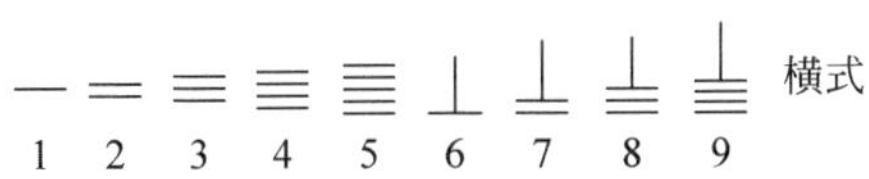

图 6-2　算筹表示数字示意图

方程摆出来以后，就要进行变换了。"方程术"有明确的变换规则，就是先变换第 2 行，使第 2 行第 1 个数字变为 0。通过整行的乘除与加减进行消元。具体变换过程如下：

$$\begin{bmatrix} 3 & 2 & 1 & 39 \\ 2 & 3 & 1 & 34 \\ 1 & 2 & 3 & 26 \end{bmatrix} \xrightarrow{\text{第2行}\times 3-\text{第1行}\times 2} \begin{bmatrix} 3 & 2 & 1 & 39 \\ 0 & 5 & 1 & 24 \\ 1 & 2 & 3 & 26 \end{bmatrix}$$

然后按照上述方法变换第 3 行，使第 3 行第 1 个数字变为 0。具体变换过程如下：

$$\begin{bmatrix} 3 & 2 & 1 & 39 \\ 0 & 5 & 1 & 24 \\ 1 & 2 & 3 & 26 \end{bmatrix} \xrightarrow{\text{第3行}\times 3-\text{第1行}} \begin{bmatrix} 3 & 2 & 1 & 39 \\ 0 & 5 & 1 & 24 \\ 0 & 4 & 8 & 39 \end{bmatrix}$$

然后继续变换第 3 行，使第 3 行第 2 个数字变为 0。具体变换过程如下：

$$\begin{bmatrix} 3 & 2 & 1 & 39 \\ 0 & 5 & 1 & 24 \\ 0 & 4 & 8 & 39 \end{bmatrix} \xrightarrow{\text{第3行}\times 5-\text{第2行}\times 4} \begin{bmatrix} 3 & 2 & 1 & 39 \\ 0 & 5 & 1 & 24 \\ 0 & 0 & 36 & 99 \end{bmatrix}$$

这样，就能根据第 3 行计算下禾斗数了。下禾斗数为 $\frac{99}{36}$，化为最简分数

是 $\frac{11}{4}$ 斗，即 $2\frac{3}{4}$ 斗。

下禾斗数得到后，代入第2行，中禾斗数也就能算出来了。然后把下禾、中禾斗数代入第1行，上禾斗数也就能算出来了。至此，经过矩阵变换，"方程术"完美地解决了线性方程的求解问题。其变换程序规范，只要经过训练，一般人都能熟练运用并快速计算。

相信读者已经看出来，经过上述程序化的变换，原来的方程组最终变成了下面的方程组：

$$\begin{cases} 3x+2y+z=39 \\ 5y+z=24 \\ 36z=99 \end{cases}$$

这就是典型的消元法，利用方程之间的算术运算，每次消去一个未知量，一次一次继续下去，直到最后一行只剩下一个未知量。这个方法简单高效，是现代计算机程序的典型算法，而我国在2000多年前就掌握了这样的算法，实在是令人惊叹。作为对比，欧洲人直到1559年，才由法国数学家比特奥在《算术》一书中用不甚完整的（因为那时欧洲人尚未认识负数）加减消元法解一次联立方程，这时已是张苍之后1700年了！至于线性方程组的完整解法，到17世纪末才由德国数学家莱布尼茨着手拟定，并由此导致行列式的发明。后来，德国大数学家高斯提出了一种阶梯式消元法，被称为"高斯消元法"，其实就是《九章算术》"方程术"的翻版。所以说，"方程术"是中国数学史上一大光辉成就，在相当长的时间内都处于绝对领先地位。

除此之外，负数在《九章算术》里出现也是数学史上破天荒的一件大事。在《九章算术》中，古人已经熟练地使用负数处理方程问题，并将负数的运算法则称为"正负术"。引入负数以后，应用"方程术"就没有任何障碍了。因为在方程变换时，要消去某一元，往往要碰到小数减去大数的情形，如果不引入负数，方法就不能通行。在世界各国中，中国是最早系统使用负数的国家。

看到这里，相信读者已经发现，《九章算术》中的每一种"术"都是一类数学问题的解法。我们前面已经举了"减分术""约分术""方程术""正负术"等几个例子，而整本书中的"术"多达近百种，实在无法一一列举，如阐述比例

第六回　线性方程　矩阵变换巧消元
盈不足术　中国算法开先河

算法的"今有术"、介绍开方法则的"开方术""开立方术",都是世界上最早的相关数学理论。

在《九章算术》中还有一种以特定的数学模型来处理一大类应用问题的方法——盈不足术(过剩与不足的算法)。此术可以解决繁难的算术问题,其构思之巧妙,令人叹为观止。后来,这种方法传到阿拉伯,被称为"契丹算法"(当时阿拉伯国家称中国为"契丹")。在 13 世纪初又传入欧洲,产生了极大的影响。现在这种方法被称为"双假位法"或"双试位法"。下面,我们就来看看"盈不足术"的精妙之处。

"盈不足术"是以盈亏类问题为原型,通过两次假设来求解繁难算术问题的方法。该方法的基础是盈亏类问题,所以《九章算术》先介绍盈亏类问题的解法。我们先来看看这道题。

有几个人合伙购买物品,如果每人出 8 钱,会多 3 钱(盈三);如果每人出 7 钱,又差 4 钱(不足四)。问:人数、物价各是多少?

这个问题在我们现在看来很简单,假设人数是 x、物价是 y,根据题意列出 2 个方程,则上述问题是求解二元一次方程组:

$$\begin{cases} 8x - y = 3 \\ 7x - y = -4 \end{cases}$$

很容易就能算出来:人数 7 人,物价 53 钱。

如前所述,《九章算术》里有成熟的方程术,因此对古人而言这也是很简单的一个问题。古人将此类问题给出了通解,直接代入计算即可。这个通解就是所谓的"盈不足术"。由于"盈不足术"用文字阐述比较麻烦,在此用公式给出这个通解,便于读者理解。

假设每人出钱 a_1,会多钱 b_1;每人出钱 a_2,又差钱 b_2;则"盈不足术"公式如下:

$$\frac{物价}{人数} = \frac{a_1 b_2 + a_2 b_1}{b_1 + b_2}$$

得出来的分数要约分,最简分数对应的分子与分母就是物价和人数。将 $a_1 = 8, b_1 = 3, a_2 = 7, b_2 = 4$ 代入上式,立刻可以算出人数 7 人,物价 53 钱,即

$$\frac{物价}{人数} = \frac{32 + 21}{7} = \frac{53}{7}$$

看到这里，有的读者可能会觉得这是小题大做，这个公式没有什么了不起。但你千万不要小瞧了古人的智慧，因为在"盈不足"这一章里，盈亏类问题只有8个，还有12个问题并不属于盈亏类问题，但是，《九章算术》竟然用"盈不足术"将这些问题全部解决。接下来，我们就一探究竟，看看如何用"盈不足术"处理各种问题。以书中第12题为例：

今有墙厚5尺，两只老鼠相对从墙的两侧打洞，第一天都打洞1尺，从第二天开始，大鼠的打洞速度每天加倍，小鼠的速度每天减半，问几天后两鼠相遇？

按"盈不足术"来处理，假设打洞2天，则差$\frac{1}{2}$尺；假设是3天，又多$3\frac{3}{4}$尺。这样就将问题转化成了盈亏问题，相当于变成了这样一个问题：每人出3钱，会多$3\frac{3}{4}$钱；每人出2钱，又差$\frac{1}{2}$钱，问每人出多少钱正合适？于是套用公式，得

$$每人正好出钱数 = \frac{物价}{人数} = \frac{a_1 b_2 + a_2 b_1}{b_1 + b_2} = 2\frac{2}{17}$$

将问题还原回去，相当于$2\frac{2}{17}$天正合适，即正好相遇。

《九章算术》对这个问题的处理，表达出这样一种数学思想：面对一个问题，先估计两个近似答案，按题意求出"盈"与"不足"之数，再用"盈不足术"来解出真实值。

现在人们研究发现，这个题还可以分两种情况：一种是每天的打洞速度都是匀速（线性变化），另一种是每天的速度都在按整体变化趋势加速或减速（非线性变化）。如果是第二种情况，计算起来就非常麻烦了，需要用到等比数列的求和公式，还要求解一个指数方程，相当复杂。不过，不管是哪种情况，都可以用"盈不足术"求解，其区别就在于，第1种情况（线性函数）解出来的是精确值，第2种情况（非线性函数）解出来的是近似值。两种情况的区别可以从图6-3看出来。

在古代，各种代数方法还没有充分发展起来，解决非线性问题是相当困难的，而"盈不足术"是解决这类问题的一种有效的近似方法。因此，"盈不足术"传到阿拉伯和西方以后，在很长一段时间内成为解决数学问题的主要

第六回　线性方程　矩阵变换巧消元
　　　　盈不足术　中国算法开先河

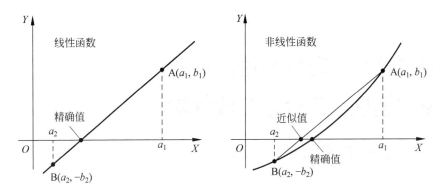

图 6-3　"盈不足术"对于线性和非线性函数的处理结果对比

方法。用现代数学的眼光来看，这实际上是一种线性插值法，累次使用这种方法，可以逐步逼近真值。

对比《九章算术》和《几何原本》，就会发现古希腊的数学偏重于纯理论研究，注重逻辑推理；而中国古代数学则偏重于实用性，注重解决实际问题。这是因为中国人口众多，社会结构复杂，田亩、赋税、历法、工程、经商等各方面都需要应用数学知识解决各种各样的问题；而古希腊人口不多，各城邦规模不大，没有形成统一的国家，社会结构比较单一，因此对应用数学并没有太大的需求，反而是抽象的理论更能得到数学家们的重视。作为同时代的作品，《九章算术》和《几何原本》是古代世界数学皇冠上最耀眼的两颗明珠，两部著作一本偏代数，一本偏几何，交相辉映，共同创造了人类文明的奇迹。正是：

古代数学两明珠，几何代数各所长。

几何范式看原本，代数算法参九章。

第七回

穷竭分割　阿基米德度量圆
球和圆柱　三分之二成绝响

——阿基米德的数学成就

公元前 212 年,罗马军团攻陷了希腊城邦叙拉古。

罗马人为了攻打这座城市,已经耗了整整两年时间。两年都攻不下一座孤城,这让高傲的罗马军团丢尽了脸面,因此,城门一破,狂怒的罗马士兵就蜂拥入城,大肆烧杀抢掠。

城内喊杀震天,但是,城中一座小屋里,一个老人却充耳不闻,他站在沙盘前,紧张地用一根木棍在沙盘上画着几何图形,演算着一道难题。突然,咣当一声,房门被人一脚踹开,一个罗马士兵持剑闯了进来。

老人没有抬头,继续着自己的演算。

罗马士兵环顾一圈,发现屋子里陈设简单,没有别人,便放下心来。他气势汹汹地喊道:"老头,把值钱的东西交出来!"

老人仍然没有抬头,仿佛士兵不存在一样。

士兵恼怒地冲了过来,刚想一脚踢翻沙盘,只听老人厉声喝道:"让开!别弄坏我的图!"

士兵被猛不丁地喝住了。他停下了脚步。老人也抬起了头,用锐利的目光盯着罗马士兵。

这个老人正是古希腊最著名的数学家之一——阿基米德(Archimedes,公元前 287 年—公元前 212 年)。他设计的投石机和巨型起重机让罗马军队吃尽了苦头,投石机可以将几百斤重的石头抛出城外砸中罗马战船,而起重机用钩子钩住靠近城墙的罗马战船,可以直接将战船吊起来。传说他还用镜子聚光火烧罗马战船。正是在他的帮助下,叙拉古才击退了罗马军团一

第七回　穷竭分割　阿基米德度量圆
　　　　球和圆柱　三分之二成绝响

次又一次的进攻。最后，罗马军队不得不改变策略，围而不攻，要把叙拉古人困死在城中。经过长达八个月的围困，叙拉古终于弹尽粮绝，城池被破。

阿基米德和罗马士兵对视了几秒，罗马士兵有点心虚了。但是，罗马士兵很快就想起了自己手中的短剑，他愤怒了，自己怎么能让一个手无寸铁的老头喝住？他一脚踢翻了沙盘，踏上一步，将手中的短剑刺入了阿基米德的胸膛。

阿基米德手中的木棍掉落在地。随着罗马士兵拔剑后退，阿基米德跌坐在地，他望着散落在地上的沙盘，脑海中突然异常空明，从孩提时代开始的往事一幕幕在脑海中闪过，最后定格在一幅画面上——球和圆柱。此生无憾了，阿基米德脸上露出了笑容，缓缓地合上了双眼……

当我们打开古希腊地图，就会看到，它的主要城邦雅典和斯巴达位于地中海北岸的巴尔干半岛。巴尔干半岛往东，是隔着爱琴海的小亚细亚半岛，沿岸也有一些希腊城邦，比如泰勒斯的出生地米利都和毕达哥拉斯的出生地萨摩斯。巴尔干半岛往西，是隔着亚得里亚海和爱奥尼亚海的亚平宁半岛（也叫意大利半岛），它像一只大皮靴一样从欧洲大陆伸进了地中海里面。在这个"大靴子"的靴尖前面，有一个三角形的大海岛，叫西西里岛。在西西里岛沿岸，有一些希腊人建立的殖民地，叙拉古就是其中最大的一个城邦。在地中海南岸，则是古老的非洲大陆，在那里，有地中海沿岸最重要的科学与文化中心——亚历山大里亚。

公元前287年，阿基米德出生在叙拉古。13岁那年，阿基米德的父亲送他到亚历山大里亚去学习。那时候，欧几里得已经去世了，不过，欧几里得的弟子们仍然在城里讲学，于是，阿基米德成了欧几里得的徒孙。

欧几里得主张几何就是纯粹的逻辑推理，学习几何的意义在于启迪人的智慧，就像一门修行，不能有世俗杂念。有一次，一个学生在听了欧几里得几节课后，问道："先生，学习几何究竟有什么实际的好处？"欧几里得听了，立即转头对他的仆人说："给这个人几个硬币，让他走吧，他竟然想从几何学中捞到好处！"在欧几里得的影响下，他的学生也都是为了研究几何而研究几何，很难为社会创造实际的价值。但是，阿基米德不同，他很关心如何用几何学来解决生产生活中的实际问题，因此，他的研究领域更为宽广，后来取得的成就也不局限于几何学，在物理学方面也取得了很多举世瞩目的成就。

有一次,阿基米德发现生活在尼罗河边的农民们没有一种有效的工具从河里取水,提水很不方便。他就琢磨,如果能设计一种机械,让低处的水流到高处来,那该多好?经过一段时间的测算,他终于设计出一种取水装置。

他找来一根长木杆,用绳子呈螺旋式从一头缠绕到另一头,依着绳子将螺旋线画在木杆上,然后让木匠顺着螺旋线做成螺旋式叶片镶嵌在木杆上,放到一个长圆桶中,在木杆的一头装上一个曲柄。把这个设备倾斜放入河中,转动手柄,就能把水沿着螺旋叶片输送上来(图7-1)。

图7-1 阿基米德螺旋提水机

当地农民看到这个神奇的设备,纷纷夸赞阿基米德了不起,他们给这种设备起了个名字,叫"阿基米德螺旋提水机"。很快,阿基米德螺旋提水机就在埃及流传开来,并且传到了地中海沿岸地区。阿基米德也因此声名远扬。

阿基米德从来不在学校里闭门造车,他总是深入到劳动人民中去学习考察。他发现,埃及的奴隶们使用撬棍,可以撬起很重的石头,于是就思考,为什么杠杆能大大省力呢?通过仔细观察与研究,阿基米德总结出了杠杆省力的原理:动力×动力臂=阻力×阻力臂。也就是说,只要动力臂足够长,即使力气再小也能轻易撬起重物。因此,阿基米德曾豪气地说:"给我一个支点,我能撬动地球!"

公元前240年,阿基米德回到了故乡叙拉古。国王听说阿基米德回来,非常高兴,将他奉为座上宾,任命他担任王宫顾问,有什么难题都找他解决。阿基米德也不负众望,发明了通过滑轮组来省力提拉重物的机械,还发现了浮力的秘密。博学多才的阿基米德成为叙拉古最受人们崇拜的明星。

第七回　穷竭分割　阿基米德度量圆
　　　　　球和圆柱　三分之二成绝响

　　阿基米德在数学方面取得的成就则更为丰富。和古希腊众多数学家一样，他也主要致力于几何学研究。

　　当时，古希腊流传着三大尺规作图难题，分别是化圆为方、倍立方体和三等分角。化圆为方，就是求作一个正方形，使它的面积等于一个给定的圆的面积。倍立方体，就是求作一个立方体，使它的体积是已知立方体的2倍。三等分角，就是将一个已知角平分成三份。

　　尺规作图的要求极为苛刻，只能用没有刻度的直尺和圆规。为什么要设置如此苛刻的条件呢？可能与古希腊人对于数学的理解有关。就像《几何原本》从最少的几个基本假定出发，推导出一系列的定理，这就是希腊数学的基本精神。它要求基本假定越少越好，而推出的命题则越多越好。对于作图工具，自然也相应地限制到不能再少的程度。

　　这三大尺规作图难题耗费了无数古希腊数学家的心血，却没有一个人能解决。阿基米德也在这三个问题上投入了极大的精力。比如，他提出一种螺线解法，可以解决化圆为方和三等分角问题。但是，他的螺线是一个"机械图形"，只用圆规和直尺无法画出来。所以，按照尺规作图的严格规定，问题并没有解决。

　　事实上，无论是阿基米德也好，还是别的数学家也好，都不可能成功。因为三大问题根本就是无解的。直到1882年，人们才通过代数方法证明，如果只用圆规和直尺，这些难题压根就不可能有解。

　　阿基米德在数学上取得的最大成就，莫过于对于圆和球的度量。在历史上，圆和球的研究一直是个难题，因为它们不像方方正正的物体那样容易度量。无论是在古代中国、古埃及还是古希腊，最开始人们采用的圆周率都是3，这是一个近似程度很大的数值，随着数学的发展，这个数值已经无法满足数学研究的需要。

　　欧几里得在《几何原本》中讨论了圆的很多性质，但却完全没有提到圆周率的值。阿基米德弥补了这一缺陷，他在《圆的度量》一文中给出了他的研究成果：圆的周长与直径的比值小于 $3\frac{1}{7}$ 而大于 $3\frac{10}{71}$。这是科学史上首次使用上下界来确定一个量的近似值。

　　圆周与直径之比就是圆周率，现在我们用 π 来表示这个数值，但这个记号直到18世纪才被推广开来,古人都是用文字叙述。也就是说,阿基米德给出的圆周率数值是 $3\frac{10}{71} < \pi < 3\frac{1}{7}$。用小数表示就是 $3.14084 < \pi < 3.14286$。我们现在通常使用的近似值是3.14,可见阿基米德的计算结果是比较精确的。

阿基米德是如何得到圆周率的呢?他找到了一种巧妙的方法来逼近圆周率。如图7-2所示,圆的周长大于它的内接正多边形的周长,而小于它的外切正多边形的周长。于是,阿基米德从内外两个正六边形开始计算,然后成倍增加到12边形、24边形、48边形,直至96边形。最终计算出了当时最精确的圆周率上下界限。

在《圆的度量》中,阿基米德还给出了圆面积的计算公式:圆面积等于圆周长与半径乘积的一半。有趣的是,这一说法和《九章算术》中的说法是一样的:"半周半径相乘得积步。"用现代数学语言表示,就是

$$S_{圆} = \frac{1}{2} \cdot (2\pi r) \cdot r = \pi r^2$$

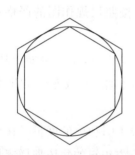

图7-2 圆的内接正六边形与外切正六边形

阿基米德发明了一种"穷竭法"来证明圆的面积公式。如图7-3所示,如果我们把圆的内接正多边形从圆心到各顶点剪开,就得到一堆三角形,把这些三角形并排起来,计算它们的面积,其面积之和就接近圆的面积。当正多边形边数不断增大时,三角形的高趋于圆的半径,三角形底边之和趋于圆的周长。于是就得到这些三角形面积之和为 $\frac{1}{2} \times$ 圆周长 $\times$ 圆半径,这就是圆的面积。

正多边形边数无限增加的过程,就是"穷竭"的过程,所以"穷竭法"实质上就是极限法,是一种无限划分的极限过程。后来应用十分广泛的微积分,便是以极限理论为基础而发展起来的。

阿基米德不仅用"穷竭法"求出圆的面积公式,还求出了球体的体积和表面积,这是更为重要的成就。

在《论球和圆柱》这部著作中,阿基米德提出这样的命题:"球的体积是

第七回　穷竭分割　阿基米德度量圆
球和圆柱　三分之二成绝响

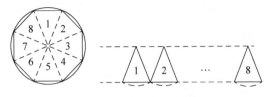

图 7-3　圆面积的计算

其外切圆柱体积的 2/3""球面积等于它的大圆面积的 4 倍"。

球的外切圆柱如图 7-4 所示,其底面半径为球的半径 r,高为 $2r$。球的大圆就是在球面上截出的最大的圆,即半径与球半径相等的圆。因此,阿基米德的两个命题用现代数学语言表示,就是

$$V_{球} = \frac{2}{3} \cdot \pi r^2 \cdot 2r = \frac{4}{3}\pi r^3$$

$$S_{球} = 4 \cdot \pi r^2 = 4\pi r^2$$

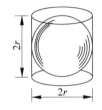

图 7-4　球的外切圆柱

因为那个时候还没有用 π 来表示圆周率,所以阿基米德引入一个圆柱来表示球的体积。简单计算一下就会发现,球的表面积也恰好是其外切圆柱表面积的 2/3。因此,外切圆柱是一个很好的表示球的体积和面积的参考几何体。

"球的体积是其外切圆柱体积的 2/3。"这是一个简洁而天才的发现。阿基米德制作出一个底面直径和高度都等于球体直径的圆柱形水桶,在里面灌满水,然后把球体整体放入水桶里面使水溢出去,再把球拿出来,测量剩下的水的高度,发现正好是原来的 1/3。这就说明,球的体积恰好是其外切圆柱体积的 2/3。后来,阿基米德仍然采用"穷竭法",以无限切片的办法,用杠杆原理通过一种复杂的称重的方式证明了这一结论。

这是阿基米德一生中最引以为豪的发现。他曾经多次嘱咐学生们说:"等我死了以后,你们不需要在我的墓碑上刻字,也不用写我的名字,只要把球和圆柱刻上去,并注明它们的体积比,我就心满意足了。"

公元前 212 年,叙拉古城破,阿基米德死在闯入他住宅的罗马士兵的短剑之下。罗马军团的统帅马塞拉斯得知阿基米德的死讯后,震怒不已,他深知阿基米德的厉害,本来打算劝降阿基米德为己所用,现在却成了一场空。马塞拉斯下令严惩杀死阿基米德的士兵,并且隆重地安葬了阿基米德。遵

照阿基米德生前遗愿,在他的墓碑上,刻着他生平的得意之作——球和圆柱,球和圆柱下面刻着一个数字:$\frac{2}{3}$。正是:

一个支点撬地球,穷竭思想度量圆。

三分之二成绝唱,球和圆柱永流传。

第八回

倍立方体　尺规作图遇疑难
圆锥曲线　几何再次创辉煌

——圆锥曲线的起源与发展

公元前429年,一场瘟疫袭击了古希腊的提洛岛,大约1/4的人口都在瘟疫中死亡。惶恐的岛民们无计可施,最后,只好请巫师去神庙请示太阳神阿波罗的旨意。

巫师经过一番作法,最后宣告得到了神的旨意。岛民们纷纷匍匐下跪,请巫师宣示神谕。

巫师拖着长音说道:"根据太阳神阿波罗的神谕,必须将神庙中祭坛的体积加大一倍,才能遏止瘟疫。"

神庙中的祭坛是一个方方正正的立方体,它的六个面全是正方形。为了尽快结束瘟疫,岛民们立刻动工对祭坛进行扩建。可是,当建筑材料准备好以后,如何施工却引起了争议。有人说,应该把立方体的边长增加1倍;有人说,应该用正方形的对角线作为边长……可是怎么做体积都没法变成原来的2倍。人们绞尽脑汁,也没想出来新祭坛的边长到底应该如何确定。

岛民们没有办法,只好派人穿越茫茫大海,到雅典去找学者求教。学者们把提洛岛民提出的问题总结成一个尺规作图问题:求作一个立方体,使它的体积是已知立方体的2倍。这就是三大尺规作图难题之一——倍立方体问题。

学者们刚开始认为这个问题很容易,尺规作图是他们的拿手好戏。可是,当他们真正尝试以后,才发现这是一个极为困难的问题,这意味着他们必须要作出一条长度为已知线段长度$\sqrt[3]{2}$倍的线段,他们没有一个人能作出来。

提洛岛民失望而归。最后瘟疫如何结束,我们不得而知。但是,从此以后,倍立方体问题就在古希腊流传开来,不知道有多少数学家绞尽脑汁,希望破解其中的奥秘。

到了公元前 400 年前后,古希腊数学家希波克拉提斯(Hippocrates,约公元前 460 年—约公元前 372 年)经过潜心研究,将倍立方体问题转化成另一个问题:求作线段 a 与 $2a$ 之间的两个等比中项。如果这个问题解决了,倍立方体问题就迎刃而解了。

线段 a 就是原立方体的边长,$2a$ 用尺规可以轻易获得。如果能作出 a 与 $2a$ 之间的两个等比中项长度,就能得到长度为 $\sqrt[3]{2}a$ 的线段。为什么呢?我们用现代数学语言来分析。

所谓等比数列,就是满足相同比例关系的一列数,即这列数的每一项与它前一项的比值都相等。假设 $a, x, y, 2a$ 这四个数构成等比数列,则 x 和 y 就是 a 与 $2a$ 之间的两个等比中项。根据比例关系,这四个数满足以下关系:

$$\frac{x}{a} = \frac{y}{x} = \frac{2a}{y} \tag{8-1}$$

由上面的比例关系,可以推导出下面三个关系式:

$$x^2 = ay \tag{8-2}$$

$$y^2 = 2ax \tag{8-3}$$

$$xy = 2a^2 \tag{8-4}$$

将上面任意两个式子联立,都可以得出 $x = \sqrt[3]{2}a$。因此,只要能用尺规作出 x,就可以解决倍立方体问题。遗憾的是,希波克拉提斯找不到如何才能作出 x 的方法。

大概又过了 50 年,又一位数学家门奈赫莫斯(Menaechmus,公元前 375 年—公元前 325 年)发现,用平面切割圆锥面可以得到一些曲线,而这些曲线正好具有式(8-1)所表达的那些属性,通过这些曲线的交点可以找到 a 与 $2a$ 之间的等比中项。于是,圆锥曲线被发现了。

笔者很佩服古希腊人在没有坐标系也没有代数符号的情况下能用文字将如此复杂的关系描述出来,我还是用现代数学语言来说明门奈赫莫斯的方法,因为笔者实在没办法单纯用文字描述。

第八回　倍立方体　尺规作图遇疑难
　　　　　圆锥曲线　几何再次创辉煌

　　由式(8-2)与式(8-3)发现,如果能作出函数 $x^2=ay$ 和 $y^2=2ax$ 所表示的曲线,那么它们的交点的横坐标刚好是 $x=\sqrt[3]{2}a$。如图 8-1 所示,线段 OP 就是所求的线段。而这两条曲线正是圆锥曲线的一种类型——抛物线。

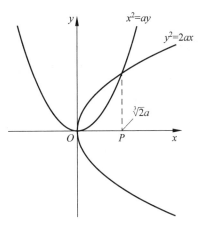

图 8-1　门奈赫莫斯通过圆锥曲线解决倍立方体问题

　　同理,如果能作出 $xy=2a^2$ 所表示的曲线,那么它与上述两条抛物线的交点的横坐标也刚好是 $x=\sqrt[3]{2}a$。因为这三条曲线是交于同一点的。而 $xy=2a^2$ 所表示的曲线,正是圆锥曲线的另一种类型——双曲线。

　　所以说,门奈赫莫斯发现了圆锥曲线,就找到了破解倍立方体问题的钥匙。遗憾的是,抛物线和双曲线并不能用尺规作图画出来,对于古板的古希腊人来说,倍立方体问题还是没有解决。不过,圆锥曲线的发现,却是比解决倍立方体问题更为重要的数学成果。

　　门奈赫莫斯发现的圆锥曲线是用平面以垂直于圆锥母线(即正视图的斜边)的方式去截取,并且发现当圆锥的顶角分别是锐角、直角和钝角时,可以截取出三种不同的圆锥曲线,分别是锐角圆锥截线(即椭圆)、直角圆锥截线(即抛物线)和钝角圆锥截线(即双曲线的一支),如图 8-2 所示。

　　圆锥曲线被发现以后,欧几里得和阿基米德都对其进行过研究,而最后的集大成者则是阿波罗尼奥斯(Apollonius,约公元前 262 年—约公元前 190 年)。

　　阿波罗尼奥斯出生于小亚细亚半岛南部的一个城市——佩尔格(今属土耳其)。像阿基米德一样,阿波罗尼奥斯年轻时也到亚历山大里亚求学,跟随欧几里得的后继者学习几何,并留在那里教学。后来他到过小亚细亚

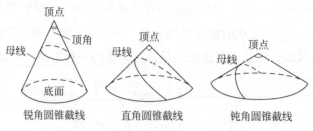

图 8-2 门奈赫莫斯发现的三种圆锥曲线

西岸的帕加马王国,并在那里的学校和图书馆工作过。

阿波罗尼奥斯在亚历山大里亚时,就开始研究圆锥曲线,后来在他晚年的时候,终于写成了一部巨著《圆锥曲线论》。这部著作是他在前人研究的基础上,加上自己所独创的成果,以全新的理论,按《几何原本》的范式写出。这一著作将圆锥曲线的性质几乎网罗殆尽,以至于后来的1800多年也没有人能提出什么新的见解。直到17世纪,笛卡儿创立坐标几何,用代数方法重现了圆锥曲线的理论,同时帕斯卡创立射影几何,研究了圆锥曲线的射影性质,这才使圆锥曲线理论有所突破,发展到一个新的阶段。

门奈赫莫斯发现的三种圆锥曲线需要从三个不同的圆锥上去截,而阿波罗尼奥斯发现,在同一个圆锥上即可截出这三种曲线,他把它们叫作亏曲线(即椭圆)、齐曲线(即抛物线)和超曲线(即双曲线)。而且他还是第一个发现双曲线有两支的人。

拿来一个圆锥,由不通过圆锥顶点的任意平面截圆锥面所得到的曲线就是圆锥曲线。圆锥曲线包括椭圆(圆为椭圆的特例)、抛物线和双曲线。如图8-3所示,把两个圆锥对顶在一起,用垂直于圆锥中轴的平面去截圆锥,得到的是圆;把平面渐渐倾斜,得到椭圆;平面越是倾斜,椭圆越是拉长,当平面倾斜到和圆锥的母线平行时,得到的曲线不再闭合,此时是抛物线;平面继续倾斜,则可在两个圆锥面上截得两条曲线,这就是双曲线,双曲线也不闭合。

阿波罗尼奥斯发现,椭圆上每一点到两个定点的距离之和都相等,这两个定点就叫椭圆的"焦点"。于是,他想出了一种画椭圆的方法。把两颗钉子钉在木板上,然后把一根绳子的两端分别系在两个钉子上,用炭笔将绳子挑起来拉紧,缓缓地在木板上转一圈,就能画出一个完美的椭圆(图8-4)。这两个钉子就是椭圆的焦点。

第八回　倍立方体　尺规作图遇疑难
　　　　圆锥曲线　几何再次创辉煌

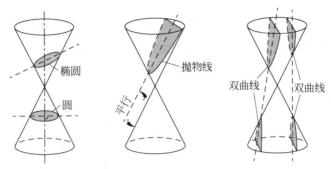

图 8-3　三种圆锥曲线的截取方式

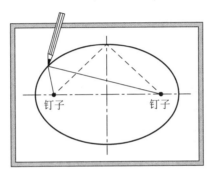

图 8-4　阿波罗尼奥斯发明的椭圆画法

阿波罗尼奥斯发现，双曲线和椭圆刚好相反，双曲线上每一点到两个定点的距离之差为常数，这两个定点也叫作焦点。如图 8-5 所示，F_1 和 F_2 是双曲线的两个焦点。

椭圆和双曲线都有两个焦点，而抛物线只有一个焦点。不过，阿波罗尼奥斯发现抛物线还有一条准线，抛物线上每一点到焦点和准线的距离相等。准线恰好在焦点相对于抛物线顶点的对称位置上，如图 8-6 所示。

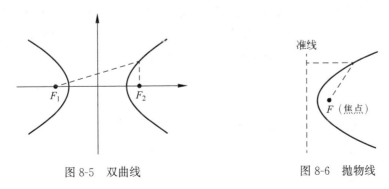

图 8-5　双曲线　　　　　　　图 8-6　抛物线

在常见的几何体中,圆锥的切割曲线是最丰富的。如果去切割一个球体,那么只能得到圆。如果切割一个圆柱,只能得到圆和椭圆,还能得到长方形(图 8-7)。如果去切割一个立方体,只能得到多边形(图 8-8)。因此,圆锥曲线的发现及其性质的研究在数学上是十分重要的。

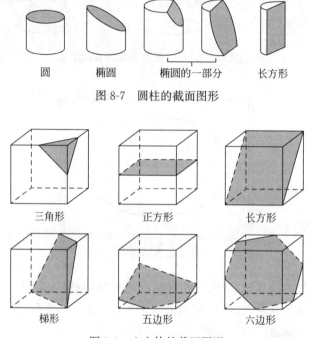

圆　　椭圆　　椭圆的一部分　　长方形

图 8-7　圆柱的截面图形

三角形　　正方形　　长方形

梯形　　五边形　　六边形

图 8-8　立方体的截面图形

《圆锥曲线论》是一部经典巨著,它共有 8 卷 487 个命题,可以说代表了希腊几何的最高水平,自此以后,希腊几何便没有实质性的进步。在那个年代,人们还没有发现圆锥曲线的实际用途,只把它作为纯数学来研究,因此,《圆锥曲线论》并没有像《几何原本》那样广泛流传。直到 1000 多年以后,圆锥曲线才大放异彩,为开普勒发现行星运动规律和伽利略发现抛体运动规律提供了数学基础,也为牛顿发现万有引力定律埋下了伏笔。正是:

圆锥曲线用处多,沉睡千年无人识。

近代物理大发展,方知它是奠基石。

第九回

丢番图后 希腊数学落帷幕
割圆之术 刘徽算法成谜团

——古代东西方两位代数大家

公元前30年,罗马统帅屋大维率军占领亚历山大里亚,埃及女王自杀,罗马军队很快就占领了整个埃及,托勒密王朝灭亡。至此,由马其顿帝国分裂出来的三个王朝全部被罗马帝国吞并。罗马帝国建立了以地中海为中心,横跨亚、欧、非三大洲的大帝国,原来广义上的希腊地区全部被纳入罗马版图。

希腊虽然不存在了,但希腊数学仍然在延续。不过,在罗马帝国的统治之下,希腊数学日渐式微,再也难以重现昔日辉煌。因为这一时期数学发展仍然以亚历山大里亚为中心,因此,在希腊数学史上被称为亚历山大后期。

亚历山大前期,出现了欧几里得、阿基米德和阿波罗尼奥斯这样声名赫赫的大数学家。到了亚历山大后期,则再也无人能与这三大数学家相提并论。不过,亚历山大后期希腊数学的一个重要特点是突破了几何学的束缚,使代数学从几何学中独立出来,其中最重要的标志就是丢番图的著作《算术》。

丢番图是何许人也,现在已经没有人知道了。只知道他大约生活在3世纪,并且曾经居住在埃及的亚历山大里亚。人们对丢番图生平唯一的了解,来自一本《希腊诗文选》,这是一本公元500年前后的作品,其中记载了丢番图的墓志铭,这竟然是一首数学短诗:

此地安葬着丢番图,

他的童年占一生的六分之一,

又过了一生的十二分之一,他开始蓄起胡须;

再过一生的七分之一,他点燃了婚礼的烛光,

婚后第五年,他有了一个儿子,

可怜的孩子只活了父亲一半的寿命,就被命运之神带走了;

悲伤只有用数论的研究去弥补,

又过了四年,他也走完了人生的旅途。

根据这首诗,人们推断丢番图活了84岁。这是一个典型的一元一次方程。设丢番图的寿命为 x 岁,由题意可列出方程:

$$\frac{x}{6}+\frac{x}{12}+\frac{x}{7}+5+\frac{x}{2}+4=x$$

移项,化简,得

$$\frac{3}{28}x=9$$

从而解得 $x=84$。

丢番图的《算术》收录了290个问题,这些问题和中国的《九章算术》中的问题存在很大的区别。《九章算术》是通过问题来引出算法,且问题的实用性很强;而《算术》中的问题更类似于纯理论的数论研究,就像毕达哥拉斯学派对于数的研究。但是,丢番图的问题通常需要引入未知数,根据问题的条件列出方程,然后求解。因此,从这个角度看,《算术》也可以归入代数学的范围。下面我们举几个例子来看看,就更清楚这本书的特点了。

第Ⅱ卷问题举例:

问题34. 求三个数,使其每一个的平方加上这三个数的和,均为平方数。

问题35. 求三个数,使其每一个的平方减去这三个数的和,均为平方数。

第Ⅲ卷问题举例:

问题6. 求三个数,使它们的和是平方数,且其中任意一对的和也是平方数。

问题7. 求三个成等差数列的数,使其中任意一对的和均为平方数。

从这些例子可以看到,《算术》这本书与实际问题无关,还是在研究数字问题,不过,这些问题相当复杂,丢番图的求解过程也有高度的技巧。事实上,书中的很多题都有多个答案,不过,不管答案有几个,丢番图仅满足于得

第九回　丢番图后 希腊数学落帷幕
　　　　割圆之术 刘徽算法成谜团

到一个答案。此外,他完全排斥负数、零和无理数的解答,答案只限于正的有理数。

《算术》中的问题大体上按由易到难排列,但很难看得出是用什么标准来分类的。解题的方法更是五花八门,没有固定的法则,基本上是一题一法,需要依靠高度的技巧。德国数学史家汉克尔(1839年—1873年)曾评价道:"近代数学家研究了丢番图的100道题后,还不知道如何去解第101道题。"这话稍显夸张,却抓住了问题的要害。丢番图没有着力去探究一类问题的一般性解法,这是他最大的缺点。

丢番图最大的创举是在求解过程中引入了符号。虽然他的符号和现代数学符号相去甚远,只能算作是原始的记号,但是符号的发明在数学史上是一次飞跃。一个较复杂的式子,如果不用符号而用文字语言来表述,会十分冗长而含混不清。因此,虽然丢番图的符号我们现在看来晦涩难懂,但其作用是不容低估的。

在当时的社会条件下,希腊数学的大部分内容对于生产生活没有实际的用途,因此,重视实用的罗马人对希腊数学不感兴趣,希腊数学后继无人,日渐式微。在罗马人的统治下,宗教开始兴盛并逐渐成为一种统治工具。392年,基督教被宣布为罗马帝国国教,希腊数学的传播开始受到限制。529年,东罗马帝国皇帝查士丁尼下令取缔所有非基督教学校,从此,希腊数学失去了容身之所,不可避免地中断直至消失了。有诗叹曰:

希腊数学源已枯,寄人篱下终成空。

兴亡匆匆如过客,没入历史长河中。

大约和丢番图同一时代,中华大地上也出现了一位杰出的数学家——刘徽(约225年—295年)。3世纪上半叶,中国正处于东汉末年的三国纷争时代,读者对这一时代一定相当熟悉,三国里的英雄豪杰、文臣武将不少人都能如数家珍,娓娓道来。但是,很多人可能不知道,在青州淄乡(今山东邹平),有一个默默无闻的布衣人士,其才华不亚于卧龙凤雏,却终生没有步入仕途,而是隐居在家乡,刻苦钻研数学,他就是刘徽。

刘徽自幼学习《九章算术》,但是先生只教具体算法,不讲算法由来,这让喜欢刨根问底的刘徽很是不解。事实上,由于《九章算术》成书于先秦时期,那时候,文字的记录载体主要是帛书与竹简,帛书太贵,竹简太重,都不宜长篇大论,因此,人们写书都极尽精简。《九章算术》也是如此,书中只有问题、答案和算法,却没有记录算法的推导或证明过程,这让后人学习颇为不便,知其然而不知其所以然。

如果给你一些公式,教会你这些公式的使用方法,虽然你能用它们处理问题,但你不理解其中的数学思想,就不会有创新和发展。随着刘徽渐渐年长,他意识到,没有算法的推导和证明,是《九章算术》的最大缺点,这既不利于人们学习数学,也不利于数学的进一步发展。于是,刘徽开始详细研究《九章算术》,希望把其中的数学思想全部弄通弄懂,将其发扬光大。刘徽本身极有数学天赋,再加上刻苦钻研,终于弄明白了所有算法的由来,而且发现了部分算法的不足之处,自己也悟出了一些创新的数学思想。这时候,蔡伦发明蔡侯纸已经百余年,人们已经有了成本低、质量好的纸张,写书再也不用顾虑篇幅长了。因此,刘徽决定做一件大事——为《九章算术》作注,全面证明《九章算术》的公式和算法。在蜀汉灭亡的那一年(263年),他终于完成了这个艰巨的任务,中国古代数学史上最重要的著作——《九章算术注》诞生了。

在《九章算术注》中,刘徽引入了原书所缺乏的逻辑环节,如数学概念的定义、对公式和算法的证明及各种算法的逻辑关系等,并将相关知识系统化,奠定了中国古代数学的理论基础,对后世数学的发展影响巨大。

刘徽在《九章算术注》中丰富和发展了当时已有的数学知识,并在很多方面有所创新。十进分数计数法就是他的一个重要数学成果。

在对"开方术"作注时,刘徽写道:"……凡开积为方,……求其微数,微数无名者,以其为分子,其一退以十为母,其再退以百为母,退之弥下,其分弥细……"这里描述的就是十进分数计数法,对于开方后无法得到整数的数的可以写成以10的幂为分母的分数,而且可以一直写下去,直到得到需要的精度。

例如,对于$\sqrt{2}$,我们现在知道$\sqrt{2}=1.414\cdots$,但那时候全世界还没有发明小数,而它又没法用一个单独的分数表示,由此引发了希腊的第一次数学危机。然而,在中国没有出现这样的危机,因为用刘徽的十进分数计数法,可以方便地将其表示到任意精度,例如:

$$\sqrt{2}=1+\frac{4}{10}+\frac{1}{100}+\frac{4}{1000}+\cdots$$

第九回　丢番图后　希腊数学落帷幕
　　　　割圆之术　刘徽算法成谜团

可以看出来，十进分数计数法和现代十进小数在本质上是完全一样的。这是世界数学史上的一项伟大成就，国外同样的思想直到 14 世纪才出现，比刘徽晚了 1000 多年。更重要的是，这一计数法为圆周率的精确计算打下了基础。

《九章算术》中提供了求圆面积的"圆田术"。圆田术指出：圆面积等于周长与半径乘积之半。为了证明这个公式，刘徽写了一篇约 1800 字的注文，这就是他发明的"割圆术"。

"割圆术"是刘徽数学中一颗璀璨的明珠。刘徽用无穷小分割和极限思想证明了圆面积公式，并创造了求圆周率的算法程序，求出了在当时精确度最高的圆周率。

刘徽认识到，《九章算术》中使用的"周三径一"（即圆周率为 3）是极不精确的，这仅仅是圆的内接正六边形周长和圆径之比，而并非圆周长与圆径之比。因此，他提出割圆术来求圆周率。割圆术与阿基米德的"穷竭法"思想类似，也是通过无穷分割和内外夹逼来逼近真实值。然而，刘徽采用了一种巧妙的方法，使计算工作量大大减少。

阿基米德在求圆周率的时候，采用的是周长逼近法，而刘徽采用的是面积逼近法。两人都是从圆的内接正六边形开始算起，每次对半二分，即将正六边形分为 12 边形，12 边形分为 24 边形，这样持续下去，正多边形越来越接近于圆。

阿基米德在使用圆的内接正多边形逼近圆周率的下限的同时，还采用圆的外切正多边形来逼近圆周率的上限（图 7-2），这就使计算量增加了一倍。此后许多欧洲数学家都沿袭这种做法。而刘徽则要高明得多，他仍然使用圆的内接正多边形来逼近圆周率的上限，这样就无须增加计算量，从而收到了事半功倍的效果。他是怎么做到的呢？

如图 9-1 所示，假设 O 为圆心，AB 为圆的内接正 n 边形的一条边，将其对半二分，变成正 $2n$ 边形，半径 OC 为分割线，则 AC 和 BC 为圆的内接正 $2n$ 边形的两条相邻边。显然，△OAC 与△OBC 的面积之和比△OAB 更加逼近扇形的面积。但是无论如何逼近，都小于扇形的面积。也就是说，圆的面积大于其内接正 $2n$ 边形的面积，即 $S_{圆} > S_{2n}$。

过 C 点作圆的切线，显然平行于 AB，构建一个矩形 $ADEB$，显然五边

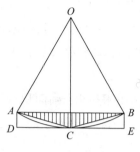

图 9-1 刘徽的割圆术示意图

形 OADEB 的面积大于扇形的面积。这个五边形的面积是多少呢？它就是四边形 OACB 的面积加上两个小三角形 △ADC 与 △CEB 的面积，而两个小三角形的面积之和正好等于图 9-1 中阴影部分的面积，即分割后的多边形比原来的多边形多出的面积（即 $S_{2n} - S_n$，刘徽称之为"差幂"①）。这样，圆的面积就总是小于正 $2n$ 边形的面积与差幂之和，即 $S_圆 < S_{2n} + (S_{2n} - S_n)$。

综上，得

$$S_{2n} < S_圆 < S_{2n} + (S_{2n} - S_n) \qquad (9\text{-}1)$$

然后，刘徽利用勾股定理推导出了从正 n 边形计算正 $2n$ 边形面积的公式，通过这个公式，利用正 n 边形的边长可以计算出正 $2n$ 边形的边长和面积。这样，从正六边形开始（其边长等于圆的半径），就可以利用公式不断地迭代计算，得到分割得越来越细的 S_{2n}。由此可以通过式（9-1）来逼近圆面积。圆周率通过圆面积除以半径的平方即可得到。

由此可见，"割圆术"并不是说画一个圆出来，然后不断地画它的内接正多边形去测量，再细的笔也画不出来。"割圆术"实质上是一个拥有迭代公式与精度控制的完整的迭代算法，只要代入正六边形的初始值，就可以计算 12 边形，24 边形，48 边形，96 边形，192 边形……由于每一步计算都要用到开方术，因此，刘徽创造的十进分数计数法就为圆周率的精确计算打下了基础。

显然，分割次数越多，计算得到的结果就越精确。用刘徽的话来说，就是"割之弥细，所失弥少。割之又割，以至于不可割，则与圆合体，而无所失矣"。这种无穷分割和极限逼近的思想，与阿基米德的穷竭法有异曲同工之妙，这也是现代微积分理论的基础思想。

在这篇注文中，刘徽以一个半径 10 寸的圆为例，通过割圆术割到正 192 边形，利用式（9-1）算出圆的面积在 $314\frac{64}{625}$ 平方寸与 $314\frac{169}{625}$ 平方寸之间，即圆周率在 3.1410 与 3.1427 之间。刘徽指出，一般情况下，可以使用 3.14 作

---

① 注：中国古代用"幂"表示面积，与现代数学中"幂"的含义不同。

第九回　丢番图后　希腊数学落帷幕
　　　　　割圆之术　刘徽算法成谜团

为近似值。

接下来,更令人称奇的是,刘徽仅仅凭借 192 边形的面积,无须继续割圆,直接通过一个"率消息"(一个校正因子)校正就推算出更精确的圆周率数值 3.1416。这是圆周率计算精度的一次巨大飞跃,其效果相当于把圆割到 3072 边形,大大节省了计算量。令人遗憾的是,人们直到现在也没有完全破解刘徽的"率消息"校正原理。刘徽的注解本来有一卷图,但是后来在传抄过程中佚失了,只留下了文字部分。刘徽关于"率消息"的文字写得很精简,不少学者都曾致力于破译这段隐晦的文字,但众说纷纭,莫衷一是,至今尚未形成定论。这一校正原理因此成为千古谜题。有人猜测,后世祖冲之的"缀术"就是在刘徽的基础上改进的,但是祖冲之所著的《缀术》一书也已失传。这无疑是中华文化的巨大损失。

除了割圆术和十进分数外,刘徽还有哪些伟大的数学成就呢？且听下回分解。

第十回

出入相补　刘徽证勾股定理
勾股圆方　赵爽注周髀算经

——勾股定理的证明与立体体积理论

勾股定理在数学中占据非常重要的地位，它是几何学最基础的定理之一，各种测量计算都离不开它。因此，《九章算术》专门有一章介绍勾股定理的使用方法。在为《九章算术》作注时，刘徽提出了"出入相补"的方法来证明勾股定理。

所谓出入相补，就是说把一个平面图形分割成若干块，各块图形移动以后，并不影响原来的面积关系。这一原理同样适用于立体图形。刘徽在《九章算术注》中多次利用此方法进行各种证明，还通过这种方法来阐述开平方的原理。刘徽对于勾股定理的证明原文为：

"勾自乘为朱方，股自乘为青方，令出入相补，各从其类，因就其余不动也，合成弦方之幂，开方除之，即弦也。"

刘徽的原图已经佚失，人们根据其文字描述，推测其证明过程如图10-1所示。图中△ABC为直角三角形，分别以勾（AB）、股（BC）、弦（AC）为边作正方形。刘徽在图中涂了色，勾方涂为红色，股方涂为青色。可以看到，勾方、股方和弦方有部分重叠在一起、部分互有出入。很容易证明，图中"朱出"和"朱入"两块图形是全等三角形，"青出"和"青入"也是两对全等三角形。由此，勾方分割为2块，股方分割为3块，相互拼接，出入相补，刚好合成弦方，即弦方等于勾方加股方。勾股定理得证。

刘徽主张"析理以辞，解体用图"。就是说要把文字叙述和作图分析结合起来证明问题。因此，他的《九章算术注》有整整一卷是图，可见他对图的重视。遗憾的是，由于那时候还没有印刷术，人们想看书只能抄书，绘图是

第十回　出入相补　刘徽证勾股定理
勾股圆方　赵爽注周髀算经

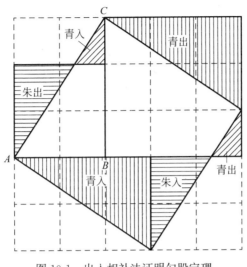

图 10-1　出入相补法证明勾股定理

个技术活,刘徽的图还常常涂有各种颜色,因此,在传抄过程中,图卷逐渐地失传,只保留了文字部分。

《九章算术》的"商功"一章总结了我国劳动人民在土木工程方面的数学知识,提出了十几种立体图形的体积计算公式,这些公式可以使人们方便地计算建筑工程中的土方用量。最简单的立体当属长方体(图 10-2(a)),设其长、宽、高为 a、b、h,则其体积为底面积乘以高,即

$$V_{长方体} = S_{底} h = abh$$

把长方体沿两对棱斜剖为两半,得到的楔形体称为堑堵(图 10-2(b)),显然,堑堵的体积是长方体的一半,即

$$V_{堑堵} = \frac{1}{2}abh$$

若再将堑堵斜着剖开,会得到两个不同的立体,一个是直角四棱锥,称为阳马(图 10-2(c));另一个是所有面都是直角三角形的四面体,称为鳖臑(音闹)(图 10-2(d))。阳马和鳖臑的体积分别是多少呢?《九章算术》给出的公式是

$$V_{阳马} = \frac{1}{3}abh$$

59

$$V_{鳖臑} = \frac{1}{6}abh$$

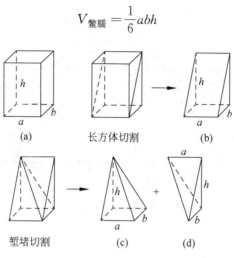

图 10-2 长方体分割成的各种立体
(a) 长方体；(b) 堑堵；(c) 阳马；(d) 鳖臑

为什么是这样呢？《九章算术》中并未给出解释。然而，刘徽给出了一个证明。他证明，把堑堵斜剖开得到的阳马和鳖臑的体积比一定是 2∶1。这也被称为刘徽原理。

刘徽原理是证明阳马和鳖臑体积公式的关键。在《九章算术》中，后面许多立体体积公式都建立在这两个公式的基础上。因此，这两个公式是最基本的公式，是必须证明的。而只要证明了刘徽原理，阳马和鳖臑的体积公式自然就成立了。

刘徽是如何证明刘徽原理的呢？他运用了出入相补和极限的思想。如图 10-3(a)所示，用三个相互垂直的平面将堑堵的长、宽、高进行平分并切割。如果把这个长方体补全，这三个平面会将其切割成 8 个相等的小长方体（图 10-3(b)），假设每个小长方体的体积是 V。再看图 10-3(a)，观察用这三个平面切割以后阳马和鳖臑被分成的小块，就会发现阳马的体积是 2V 加两个小阳马；而鳖臑的体积是 V 加两个小鳖臑。两个小阳马和两个小鳖臑刚好拼成两个小堑堵（图中左上和右下前部分），其结构、形状与原堑堵完全一样，就是尺寸变小了。因此，可以对其重复刚才的分割与拼合。

在第 1 次分割后，阳马和鳖臑可以求出体积比的部分是 2∶1，未知部分拼成两个小堑堵，占总体积的 1/4。对小堑堵进行第 2 次分割，则已知部分

第十回　出入相补　刘徽证勾股定理
　　　　勾股圆方　赵爽注周髀算经

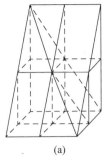 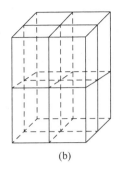

图 10-3　用三个相互垂直的平面对堑堵和长方体进行分割
(a) 堑堵分割；(b) 长方体分割

还是 2∶1，未知部分还是能拼成两个更小的小堑堵，占总体积的 1/16。这个过程可以无限继续下去，剩余的未知部分越来越小，逐渐接近于 0。这样就在整个堑堵中完成了体积比是 2∶1 的证明。

建立多面体的体积理论是世界数学史上极为困难的问题。1900 年，著名数学家希尔伯特在国际数学大会上的著名讲演中，把体积理论列为 23 个难题之一。然而，刘徽成功地运用极限方法建立了"阳马居二，鳖臑居一"的原理，早在 3 世纪就奠定了多面体体积理论的基础，这是刘徽对中国古代数学的重大贡献。

刘徽不但精研《九章算术》，他对其他古代数学典籍也都进行了研究。他发现有古书记载古代有一种望高、测深、测远之术叫"重差术"，但该技术已经失传。刘徽根据《周髀算经》中商高阐述的用矩之道，推测重差术是利用两个矩或者两根长杆望高、测深、测远的技术。因此，他在《九章算术注》后面单独补充了一卷，名为"重差"卷。

"重差"卷一共包含 9 个问题，这些问题均由刘徽亲自拟定。其中，第 1 题是从岸上测算海岛高度和距离的问题。后来，人们把这一卷单独拿出来，作为刘徽的个人专著，并根据第 1 题定名，称其为《海岛算经》。

《海岛算经》中的问题都是通过两次或多次测望来推算远处物体的高、远、广、深。刘徽把它们分为"重表、累矩、三望、四望"四类，其解法形式有三种，即重表法（立两个等高的杆）、累矩法（用两个矩）和绳表法（用绳和杆）。这些题目的解法都是以相似三角形为依据的，但是从这些题目的创造性、复杂性和富有代表性来看，刘徽已经将重差术运用得炉火纯青。比如，第 9 题

61

是在高山上居高临下眺望一座矩形的城池，刘徽通过两个矩形的配合测望，直接测算出城墙的长和宽。显然，这一题目在军事侦察方面有重要的应用价值。

《海岛算经》中的测望技术不但在当时遥遥领先，即使与十六十七世纪西方的测量术相比，也毫不逊色。

在刘徽为《九章算术》作注后，人们的学习难度大大降低。刘徽的注解就像一位循循善诱的老师在讲解一样，使人们自学《九章算术》成为可能。因此，刘徽的注本很快就被广泛传抄，影响越来越大，最后成为官方钦定的版本。

却说在与刘徽同一时代，东吴也出了一个奇人，名叫赵爽。此人也是一介布衣，以打柴为生，但是酷爱钻研天文历象，在劳动之余一心钻研历象。他研究过张衡的天文学著作《灵宪》和刘洪的《乾象历》，更是深入研究了《周髀算经》。像刘徽一样，他意识到古人写的书太过精简，需要详加注释。于是，在潜心研究之后，赵爽为《周髀算经》作了详细注释。

赵爽不但撰写了注释文字，还绘制了很多图形加以说明。其注解最精彩的部分，莫过于勾股圆方图。勾股圆方图附图6张，并且有500多字的说明，对勾股定理和其他关于勾股弦的恒等式进行了严格的证明。其中对于勾股定理的证明非常漂亮，堪称数形结合的典范。

赵爽提出了两种方案证明勾股定理。他画的证明图叫作弦图。第1种证明如图10-4所示。把4个全等的直角三角形拼接在一起，得到了一个以弦作为边长的正方形，其面积为 c^2。他把4个三角形涂成红色，中间的小正方形涂为黄色。红色部分的面积为4个三角形面积之和，即

$$S_{朱}=4\times\frac{1}{2}ab=2ab$$

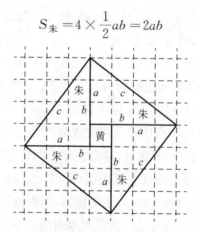

图 10-4　赵爽证明勾股定理的弦图之一

第十回 出入相补 刘徽证勾股定理
勾股圆方 赵爽注周髀算经

黄色部分是一个边长为$(b-a)$的正方形,其面积为

$$S_{黄}=(b-a)^2$$

大正形的面积是红、黄面积之和,即

$$c^2=2ab+(b-a)^2=2ab+(b^2-2ab+a^2)=b^2+a^2$$

勾股定理得证。

第 2 种证明如图 10-5 所示。在第 1 种图形的基础上,再在外边拼接 4 个直角三角形。这样,8 个三角形构成一个边长为$(a+b)$的大正方形,其面积为$(a+b)^2$。于是,中间涂色部分的面积(朱实+黄实)就是大正方形的面积减去外围 4 个直角三角形的面积,即

$$c^2=(a+b)^2-2ab=(a^2+2ab+b^2)-2ab=a^2+b^2$$

勾股定理得证。

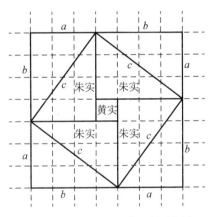

图 10-5 赵爽证明勾股定理的弦图之二

由赵爽作注的《周髀算经》也成为广泛流传的版本,而且他的弦图简单易懂,证明简洁优美,所以一直没有失传。后来北周数学家甄鸾(约 535 年—566 年)在赵爽注本的基础上又进一步作注。

刘徽和赵爽同为三国时期的人,在那个乱世之秋,两位数学家为中国古代数学做出了巨大贡献,不得不说是那个时代的奇迹。尤其是两位数学家一改以前只重结论不重证明的风气,为后世的数学发展打下了良好的基础。

在唐朝的时候,李淳风受诏主持并选定《周髀算经》《九章算术》《海岛算经》等十部算经作为国子监明算科的数学教材,称为"算经十书"。其中,《九章算术》选用的是刘徽的注本,《周髀算经》选用的是赵爽和甄鸾的注本,并

且李淳风在此基础上又进行了进一步的注解,成为后世流传的版本。甄鸾和李淳风在作注时,都会在自己的批注前加上"臣鸾曰""臣淳风等谨按"等字样。因此,哪些是刘徽和赵爽的原注,哪些是甄鸾和李淳风后加的注解,一目了然。这也使后人能一睹刘徽和赵爽注本的风采。正是:

  三国乱世数不凡,刘徽赵爽是奇男。

  出将入相虽无缘,布衣也把美名传。

第十一回

大明历议　祖冲之巧算冬至
朝堂辩论　戴法兴阻挠新法

——古代天文学与数学的密切联系

420年，东晋大将刘裕夺取帝位，建立刘宋政权，东晋灭亡。从此，中国历史进入了南北朝时期。

刘裕做皇帝不到三年便病逝了，其长子刘义符继位。刘义符年轻贪玩，不管国家大事，只顾自己玩乐，没到两年就被废黜。大臣们拥立刘义符的弟弟刘义隆做了皇帝，即宋文帝。宋文帝虽然只有18岁，但精明能干，他重视农业生产，注意人才的选拔，使得社会经济逐渐繁荣起来。刘义隆在位30年，其统治期间是南朝国力最为强盛的时期。453年，太子刘劭谋害了宋文帝。宋文帝的第三个儿子刘骏起兵讨伐刘劭，刘劭兵败被杀。刘骏继位，是为宋孝武帝。刘骏最初使用的年号是"孝建"，457年，他改年号为"大明"。

大明六年(462年)的一天，刘骏照例早朝。百官山呼万岁，然后分立两班。值堂官高声道："有事启奏，无事退朝——"

尾音尚未消散，一名大臣便走出队列，朗声道："臣有事启奏。"

刘骏一看，原来是当朝大学者祖冲之(429年—500年)。祖冲之字文远，祖籍范阳(今河北省涞水县)。西晋末年中原战乱，大批民众迁居江南避乱，祖冲之的先祖也在这一时期迁至江南。到祖冲之这一代，他已经成为地道的江南人。祖家历代精于天文历法，祖冲之的祖父曾任"大匠卿"，掌管朝廷的土木建筑工程。祖冲之从小就受到良好的教育，读了很多书，对天文、数学和机械制造颇有研究。早在青年时期，他就有了博学多才的名声，被朝廷派到华林学省(官方学术研究机构)从事研究工作。大明五年，祖冲之被派到地方，担任南徐州刺史府从事史。今天，他特意赶回都城，定是有要事启奏。

刘骏问道:"祖爱卿有何事啊?"

"启禀陛下,臣自幼专攻术数,研究过古今全部历法。臣经过十几年的观测,发现前朝历法经过几百年的使用,已经有了很大误差。因此,臣精心编纂了一部历法,更正了前朝历法不准确的地方,并根据我朝年号将其命名为《大明历》。特此献给陛下,希望陛下公布实行,造福百姓。"

说罢,祖冲之从怀中捧出《大明历》,献给皇帝。

刘骏边翻看边说:"祖爱卿,你的新法和前朝历法具体有何异同,不妨说来听听。"随即对群臣说道:"众爱卿懂历法的都仔细听听,大家讨论是否需要改历。"

"陛下,古代的六种历法都采用四分法,即一年为 $365\frac{1}{4}$ 天。四分法用得一久,冬至点便较实际要晚。经臣核算,从汉武帝改历到现在,冬至点比实际已经晚了近两天。"

祖冲之话音未落,旁边就站出一位大臣问道:"文远,你不同意四分法,那你说一年是多少天?"

问话的人名为戴法兴,也是一个博古通今的人物,时任南台侍御史,同兼中书通事舍人。戴法兴在刘骏击败刘劭的过程中立了大功,是刘骏的心腹大臣,权势很重。

祖冲之说道:"经我测算,一年为 $365\frac{9589}{39491}$ 天。"

听到这个数字如此复杂,一时间群臣议论纷纷。有的摇头,有的惊叹。摇头的觉得太麻烦,惊叹的好奇祖冲之如何得到这样一个精确的数字。如果把这个数字转换成小数,一年就是 365.24281482 天,而现代天文学所测一年为 365.24219879 天,每年误差仅约 50 秒。直到南宋的《统天历》,才有了比这更精确的数据。

戴法兴也懂历法,他追问道:"那你该如何置闰?"

祖冲之答道:"古历一个月为 $29\frac{499}{940}$ 天,而我测算是 $29\frac{2090}{3939}$ 天。按我的测算,古法 19 年置 7 闰过密,因此,我采用 391 年置 144 个闰月,这样才精确。"

第十一回　大明历议　祖冲之巧算冬至
　　　　　朝堂辩论　戴法兴阻挠新法

一听说祖冲之要更改闰月的设置,大臣们又是议论纷纷。19 年 7 闰是先秦时代传下来的老规矩,人们已经习惯了,祖冲之突然说要改,让很多人一时难以接受。

中华先民出于农业生产需要,经过长期对日月运行规律的观察和总结,发展出了一套阴阳历结合的历法。以一次月缺到下次月缺为基准定月,称为朔策(现在称为朔望月);以一年冬至到次年冬至为基准定年,称为岁实(现在称为回归年)。阴历(太阴历,即月相历)和阳历(太阳历)结合的好处在于以朔望月定月,抬头即可判断当月日期;以回归年定年,每年节气固定,方便生产。

朔望月实际是月球绕地球公转的周期时长,回归年是地球绕太阳的公转周期时长。中华先民经过细致观测,确定了朔望月长度为 $29\frac{499}{940}$ 天,回归年长度为 $365\frac{1}{4}$ 天。古代历算学家发现,19 个回归年的时长同 235 个朔望月相当。即

$$19 \times 365\frac{1}{4} = 235 \times 29\frac{499}{940}$$

按每年 12 个月算,19 年有 228 个月,所以在 19 年间再加 7 个闰月,即可抹平差距,协调年和月。于是,19 年 7 闰就被历法固定下来。

祖冲之经过测算,发现古人用的朔望月和回归年数据都不是很精确。因此,在他测算出更精确的数据以后,发现 391 个回归年的时长同 4836 个朔望月相当。因此提出改为 391 年置 144 闰月。

这时,戴法兴又发难了,他说道:"一年有 $365\frac{1}{4}$ 天,19 年置 7 闰,这都是古代圣贤制定的万世不易的规矩,历朝历代都以此为据制定历法。你空口白牙,说改就改,你有何证据?"

祖冲之说:"我观测了近十年,自然有凭有据。且听我细细道来。"

祖冲之转头对皇帝解释道:"陛下,太阳绕着地球转动,一年是一个轮回。在一年的不同季节里,同样一根圭表①的日影长短不同。冬至日影最

---

① 圭表是古代测定日影长度的工具,由圭和表组成。垂直于地面的直杆叫"表",自古规定的标准是 8 尺长;水平放置于地面上刻有刻度的标尺叫"圭"。

长,过了冬至渐短;夏至日影最短,过了夏至又渐长,周而复始。因此,测量圭表日影可以定出一年中的节气,特别是日影最长的那一时刻,便是冬至点。测量两年之间冬至点的准确时刻,就能准确判断一年的时长。"

刘骏微微点头,这在当时是基本常识。

没想到,祖冲之话音一转,说道:"但是,并不是每一年的冬至点都能直接从日影测量中得出。"

此言一出,让皇帝和大臣们都一愣。

戴法兴说道:"观象台每天正午都要测影记录,除了阴雨天一天不落,如何测不出?"

祖冲之不慌不忙地反问道:"戴中书,假如说第一年冬至点在正午,第二年在何时?第三年在何时?"

戴法兴脑子一转,他也是个聪明人,立刻意识到一年有 $365\frac{1}{4}$ 天,因为多了这 $\frac{1}{4}$ 天,第二年冬至点就应该在傍晚,第三年则应在半夜。在皇帝面前,他也不敢乱说,只好如实回答:"第二年在傍晚,第三年在半夜。"

祖冲之说道:"这还是假设第一年冬至点恰好在正午,但是,哪有那么巧的事,日影最长的那一时刻恰好在正午?如果在其他时刻呢?我们每天只测正午日影,很有可能错过真正的日影最长的时刻。"

戴法兴问道:"依你说怎么办?每时每刻都记录日影长度?"

祖冲之笑道:"倒不用那么麻烦,况且如果冬至点在晚上你想测也测不了。我找到了一种方法,可以用正午日影长度直接计算出冬至点的准确时刻。"

"哦?"皇帝来了兴趣,"说来听听。"

"陛下,臣测量正午日影已经有十年左右了,测量时必量度到几寸几分。臣举个去年的例子。去年十月十日,正午日影长一丈七寸七分半;十一月二十五日,正午影长一丈八寸一分太;二十六日,正午影长一丈七寸五分强。根据这三个数据,如此这般,即可算出冬至点在十一月三日夜半后三十一刻。"

祖冲之是怎么算的呢?我们用现代数学语言来讲述其算法。他假设在冬至前后日影长度变化是对称的,现在有三个测量值:

第十一回　大明历议　祖冲之巧算冬至
朝堂辩论　戴法兴阻挠新法

10月10日12:00,影长1.0775丈;
11月25日12:00,影长1.0816丈;
11月26日12:00,影长1.0751丈。

显然,农历10月10日以后,影长逐渐增加,到了冬至点达到最大值,然后逐渐减小。如果能找到和10月10日12:00影长相同的时刻,则两个时刻正中间就是冬至点,如图11-1所示。显然,这个时刻在11月25日12:00和11月26日12:00之间(因为日影从1.0816减小到1.0751必然经过1.0775这一点)。

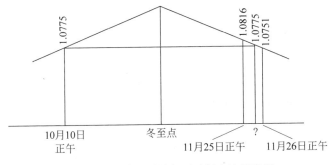

图 11-1　祖冲之测量冬至时刻方法示意图

他又假设在一天之内(1日=100刻)日影变化是均匀的,那么日影长度为1.0775丈的时刻可以用下式计算,即

$$\frac{1.0816-1.0775}{1.0816-1.0751}\times 100 = 63$$

也就是说,日影长度为1.0775丈的时刻是11月25日12:00之后的63刻。

这样,就可以确定冬至点两侧日影长度均为1.0775丈的时刻是10月10日12:00和11月25日12:00之后的63刻。这两个时刻之间共计45天零63刻。其一半就是22.5天零31.5刻。也就是说,从10月10日12:00起,经过22.5天零31.5刻就正好到达冬至点。这样一算,冬至点是11月3日零点以后31.5刻。

祖冲之其实并非只计算了这一组数据。他计算了不同时间间隔的多组数据,最后取平均值,确定当年冬至点为11月3日零点以后31刻。

祖冲之在朝堂上口述其算法,皇帝和大臣们都听得晕晕乎乎,一时难以理解。

祖冲之继续说道:"同一年间,无论间隔时间长短,计算出来的冬至点都是一致的。不同年份的计算结果,也能相互印证。这说明这个算法是正确的。因此,我根据不同年份的冬至点,确定了一年的天数。"

祖冲之讲得有理有据。戴法兴虽心存不服,却难以反驳。

祖冲之又讲道:"根据我对每年冬至太阳位置的观测,东晋虞喜(约281年—356年)提出的岁差是确实存在的。冬至所在,岁岁微差。太阳在每年的冬至点并不会回到上一年的原位置,虞喜的计算结果是大约每50年会后退1度,我根据历史资料进行计算,结果是每45年11个月会后退1度。因此,我把岁差也引入了《大明历》,从而能更准确地判断太阳的运动轨迹。"

戴法兴忍不住了,他不能接受祖冲之推翻他从小学到的"常识"。他对皇帝说道:"陛下,不论哪一年,冬至时太阳在天上的位置总是固定的,这是先贤圣人测出来的,是不论到何时也不能改变的。祖冲之说每年的冬至点都会移动,他这是诬天背经,胡说八道。"

祖冲之反驳道:"后秦姜岌在白雀元年(384年)发明了利用月食测定太阳位置的方法,称为月蚀冲法。月食发生时,日、地、月构成一直线,地球居中。通过测量在月食时月亮在恒星间的位置,可推断出与之相对的太阳位置。"

祖冲之又把太史令的天文记录翻开说:"文帝元嘉十三年、十四年、二十八年,本朝大明三年,都发生过月食。这四次月食发生的时候,月亮的位置都是有记录的。我根据这些记录推算太阳位置,均分毫不差地与《大明历》的推断相符,说明我引入岁差是正确的。事实摆在这里,难道你还要信古而疑今?"

戴法兴瞠目结舌,无话可说。

祖冲之又说道:"我对月亮的运行也进行了长期的观测与计算,我计算出来月亮在黄、白道的交会周期为 $27\frac{5598}{26377}$ 天。因此,通过《大明历》,可以直接推断日食和月食发生的时间和位置。事实上,刚才说的四次月食都可以从《大明历》中推算出来。"

这时候,不少朝臣都被祖冲之说服,连皇帝也微微点头。他们虽然不能

第十一回　大明历议　祖冲之巧算冬至
朝堂辩论　戴法兴阻挠新法

马上弄懂祖冲之的历法，但祖冲之早已是有名的学者，又列举了这么多证据，他们意识到祖冲之是有道理的。

《大明历》在当时确实是很先进的。祖冲之算出来的交会周期 $27\frac{5598}{26377}$ 天，现在叫作交点月，这是我国历史上第一次推算出交点月的长度。

黄道是指在地球上看到的太阳运行的轨道，白道是指在地球上看到的月亮运行的轨道。两条轨道不在同一平面上。所谓交点月，就是月亮连续两次经过黄道和白道的同一个交点（实际为处于两个平面交线上的视交点，如图11-2所示）所经历的时间。

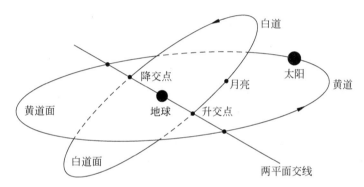

图11-2　交点月示意图（黄道面与白道面相交有两个视交点，一个称为升交点，另一个称为降交点）

日食、月食的发生，必须在黄道面与白道面的交线附近。因为只有在这条线附近，3个天体才有可能排列在一条直线上。因此，交点月长度的确定对于日、月食的推测具有重要意义。由于太阳对于地月系内月球的摄动，黄道与白道的交点在不断移动，与月球做逆向运动。所以交点月长度比朔望月长度要短。祖冲之算出来的交点月转化成小数就是 27.21223 天，与现代的测量值 27.21222 天相差不足1秒。在1500年前能达到这样的精度，是非常惊人的。

此外，祖冲之对于金、木、水、火、土五星的运行轨道的推算也都比前代的精度有较大提高，与现代天文观测值非常接近。总之，《大明历》在当时是一部非常先进的历法。那么，刘宋皇帝会采用这部历法吗？且听下回分解。

第十二回

缀术割圆　祖冲之妙算圆周率
祖暅原理　开立圆巧算球体积

——缀术的千古之谜与立体体积计算原理

祖冲之在朝堂上的辩论，有理有据，令人信服。但是戴法兴食古不化，极力反对。戴法兴是刘骏身边的重臣，其他官员害怕得罪戴法兴，有的沉默不语，有的随声附和，一时间无人敢支持祖冲之。好在这时候一个名叫巢尚之的大臣站了出来，公开支持祖冲之。他表示《大明历》是祖冲之多年的研究成果，《大明历》既然由事实证明比较好，就应当采用。巢尚之是山东曲阜人，通晓文史，颇有学识和才能。当时他也兼任中书通事舍人，位高权重，深得皇帝信任，因此并不惧怕戴法兴。

有了巢尚之的支持，祖冲之孤立无援的局面被打破，一些有识之士也开始站出来为祖冲之说话。刘骏有意支持祖冲之，但又怕戴法兴下不来台，就对祖冲之和戴法兴说："你们今天的争论，各有各的道理。你们回去都把自己的意见写出来，让我看了再做决定。"

不久，祖冲之就把他跟戴法兴的争论以及他的反驳写成奏章呈给刘骏，这就是我国历法史中著名的文献《大明历议》（也叫《驳议》）。这篇文章被收入《宋书·律历志》，完整地保存下来，成为研究我国历法的重要史料。刘骏看了这篇奏章，下定决心采用祖冲之的新历法，逐命太史令详加研究《大明历》，组织实施。

但是，天有不测风云。《大明历》还没来得及实施，刘骏就于大明八年夏天病逝。由于政局动荡，采用新历的事就被搁置，无人过问。十几年后，刘宋也灭亡了，代之以齐。南齐朝廷只存在了23年就灭亡了，历法改革一事也是无从谈起。直到祖冲之去世，《大明历》也没有实施，祖冲之带着遗憾离开

第十二回　缀术割圆　祖冲之妙算圆周率
　　　　　　祖暅原理　开立圆巧算球体积

了人世。祖冲之去世两年后，又改朝换代到了梁朝。祖冲之的儿子祖暅在梁朝担任官员，于是，他继承其父遗志，连续三年上书，向梁武帝萧衍推荐《大明历》，建议施行。梁武帝知道祖冲之父子学问很大，便命人对《大明历》进行实测检验。经过八九个月的观测，结果证明《大明历》比当时的历法更精密。于是，从天监九年(510年)开始，《大明历》正式施行。虽然此时距离祖冲之献上《大明历》已经过去近50年了，但他的心血总算没有白费。

中国古代的天文历算学家，基本上都是精通数学之人，祖冲之也不例外。他在数学方面的贡献尤为突出，其中以圆周率的计算最为著名，可谓名垂千古，以至于现代很多人都以为他只是一个数学家而不知道他在天文历法方面的贡献。

当年刘徽在注释《九章算术》时，已经指出了书中存在两处缺陷，一是圆周率太过粗略，二是球体积计算公式有误。对于第一个缺陷，刘徽发明了割圆术来计算圆周率，最后把圆周率算到3.1416这一比较精确的数值。对于第二个缺陷，刘徽也提出了解决方案，但最终没能解决，把问题留给了后人。

祖冲之自幼精研《九章算术》，书中的每一个题他都复核计算过，对于书中存在的缺陷自然是了如指掌。从祖冲之给宋孝武帝刘骏的上书《大明历议》中，可以判断他在青年时代就解决了这两个问题。

在《大明历议》的开篇，祖冲之历数古人在天文和数学领域的不足，其中就提到圆周率不精确，以及球的体积公式有误，并指出刘徽在这些问题上也存在疏漏。然后说："臣昔以暇日，撰止众谬，理据炳然，易可详密。"翻译成现代文，意思就是说："我曾经花了些时间，把这些错误一一纠正，有理有据明明白白，无可非议。"

由此可见，圆周率的计算和球体积的推导是祖冲之本人引以为荣的两大数学成就，在当时已经获得了人们的公认。遗憾的是，我们现在已经无法知道祖冲之的具体计算方法。祖冲之曾写了一部数学著作名为《缀术》，里面汇集了他的数学研究成果，共有五卷数十篇。《缀术》在唐朝之前还流传于世，并被李淳风选入"算经十书"，作为国子监明算科的教材。据记载，《缀术》是"算经十书"中最难的一部，学员学习《缀术》需要4年的时间。到了唐朝后期，《缀术》被踢出了国子监的教材之列，其原因竟是没有人能看得懂。这导致研究《缀术》的人越来越少，最后在宋朝时这部著作彻底失传了。这是中华数学史上的重大损失。

虽然祖冲之计算圆周率的方法失传了，但不幸中的万幸，是他的计算结果被保存了下来。据《隋书·律历志》记载：

"古之九数，圆周率三，圆径率一，其术疏舛。自刘歆、张衡、刘徽、王蕃、皮延宗之徒，各设新率，未臻折衷。宋末，南徐州从事史祖冲之更开密法，以圆径一亿为一丈，圆周盈数三丈一尺四寸一分五厘九毫二秒七忽，朒（nǜ，不足的意思）数三丈一尺四寸一分五厘九毫二秒六忽，正数在盈朒二限之间。密率圆径一百一十三，圆周三百五十五。约率圆径七，周二十二。又设开差幂，开差立，兼以正圆参之。指要精密，算氏之最者也。所著之书，名为《缀术》，学官莫能究其深奥，是故废而不理。"

由此可见，祖冲之在圆周率计算方面取得了以下两个成果。

（1）求出了精确到小数点后 7 位的圆周率上下限：

$$3.1415926 < 圆周率 < 3.1415927$$

（2）确定了圆周率分数形式的近似值：

$$约率\frac{22}{7}, \quad 密率\frac{355}{113}$$

祖冲之是世界上第一个得到小数点后 7 位圆周率的数学家。这一纪录保持了近 1000 年，直到 15 世纪，才被阿拉伯数学家打破。

而他所发现的密率，则保持了更久的纪录。直到 16 世纪，欧洲数学家才发现了 $\frac{355}{113}$ 这个近似值。而 $\frac{355}{113}$ 是分母不超过 15000 的所有分数中，最接近圆周率的分数。$\frac{355}{113}$ 如此简洁而优美，由 11、33、55 三组数字构成，非常好记，堪称圆周率最佳近似分数。祖冲之在 1500 多年前就取得这样的数学成果，实在是令人惊叹。

祖冲之如何得到这样精密的圆周率，由于《缀术》失传，已经成了一个谜。有人认为，祖冲之就是利用刘徽的割圆术，从正六边形一直割到正 24576 边形（即 6×2^{12} 边形）。如果是这样的话，就需要把割圆术算法程序反复进行 12 次，每一运算程序又包括加减乘除、乘方、开方等 11 个步骤，其中有 2 次乘方和 2 次开方，每个数据又都要精确到一亿分之一。要知道，那时候的计算方式是筹算，就是运用小竹棍做成的算筹来进行计算，如此巨大

第十二回　缀术割圆　祖冲之妙算圆周率
　　　　　祖暅原理　开立圆巧算球体积

的运算量，其艰难程度是难以想象的。而且其中一旦有一次运算失误，就得不到正确的结果。

事实上，祖冲之不可能是这样计算的。如果他的方法是刘徽割圆术的机械重复，那么就不会出现后人看不懂《缀术》的情况，他也不会给自己的方法另起一名叫"缀术"。况且，刘徽就已经能仅仅凭借192边形的数据计算出相当于割到3072边形的圆周率数值（见第九回），祖冲之不会对此视而不见。他应该是在刘徽的基础上发展出了更好的逼近圆周率的方法，因此命名为"缀术"。

因为"缀"有缝补之意，据此推测，祖冲之有可能是在圆的内接正多边形面积的基础上，将圆和正多边形之间弓形部分的面积补充进去，从而得到更精确的圆面积（图12-1）。至于如何计算弓形面积，应该也是从差幂（$S_{2n} - S_n$）入手，因为刘徽割圆术的核心就在于差幂的利用。

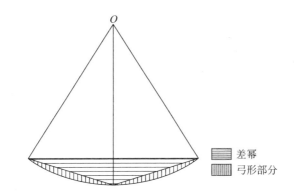

图 12-1　圆面积由内接正多边形面积与弓形部分面积合成

"缀"还有连串之意，据此推测，"缀术"还有一层意思就是串起来计算。如何连串计算呢？现代学者还是从差幂入手进行了推测。如图12-2所示，一个正六边形被分割成一个正十二边形，差幂（$S_{12} - S_6$）为图中横线阴影部分；再将正十二边形分割为正二十四边形，新的差幂（$S_{24} - S_{12}$）为图中灰色阴影部分面积。显然，下一级差幂比上一级差幂小了很多。那么，它们之间是否有一定的比例关系呢？

我们把割圆得到的数据列出来（表12-1），计算前后两级差幂之比，就会发现其中是有规律的。

图 12-2　正六边形到正十二边形再到正二十四边形的分割

表 12-1　割圆术计算半径为 10 寸的圆面积相关数据

圆内接正多边形边数	圆内接正多边形面积(平方寸)	差幂 $(S_{2n}-S_n)$	两级差幂之比 $\dfrac{S_{4n}-S_{2n}}{S_{2n}-S_n}$
12	$S_{12}=300$		
24	$S_{24}=310.582854$	$S_{24}-S_{12}=10.582854$	
48	$S_{48}=313.262861$	$S_{48}-S_{24}=2.680007$	$\dfrac{S_{48}-S_{24}}{S_{24}-S_{12}}=0.253246$
96	$S_{96}=313.935020$	$S_{96}-S_{48}=0.672159$	$\dfrac{S_{96}-S_{48}}{S_{48}-S_{24}}=0.250805$
192	$S_{192}=314.103195$	$S_{192}-S_{96}=0.168175$	$\dfrac{S_{192}-S_{96}}{S_{96}-S_{48}}=0.250201$
384	$S_{384}=314.145247$	$S_{384}-S_{192}=0.042052$	$\dfrac{S_{384}-S_{192}}{S_{192}-S_{96}}=0.250049$
768	$S_{768}=314.155761$	$S_{768}-S_{384}=0.010514$	$\dfrac{S_{768}-S_{384}}{S_{384}-S_{192}}=0.250024$

仔细观察表 12-1,很容易发现,两级差幂之比越来越接近于 0.25。从 384 边形开始,后面每一级差幂都近似等于前一级的 1/4,即

$$\frac{S_{4n}-S_{2n}}{S_{2n}-S_n}=\frac{1}{4}$$

简单变换一下,得

$$S_{4n}=S_{2n}+\frac{1}{4}(S_{2n}-S_n)$$

这是一个非常有用的规律。据此,只要用割圆术算到 768 边形,后面再分割就不用进行复杂的割圆术计算了,只要用上式通过简单的加减计算就可以得到,即

$$S_{1536}=S_{768}+\frac{1}{4}(S_{768}-S_{384})$$

第十二回　缀术割圆　祖冲之妙算圆周率
　　　　　　祖暅原理　开立圆巧算球体积

$$S_{3072} = S_{1536} + \frac{1}{4}(S_{1536} - S_{768})$$

......

　　这么连串计算下去，很快就能得到24576边形的面积，这不就是一种"缀术"吗？

　　用上面的方法从768边形开始计算，很容易就得到半径为10寸的圆内接正24576边形的面积是314.159262平方寸。这是圆面积的下限。再根据式(9-1)，可以求出圆面积的上限为314.159266平方寸。于是，就得到圆周率的范围是3.1415926到3.1415927之间。

　　上述算法是否就是祖冲之的"缀术"，我们不得而知。但是他的"缀术"绝非机械地割圆术的重复，这一点是可以肯定的。

　　祖家世代研究数术历算，家风井然，代代相传。到了祖冲之的下一代，他的儿子祖暅（约456年—536年）成为他的优秀接班人。祖暅在年轻时就是祖冲之的得力助手，天文观测、数学计算样样在行。祖冲之去世以后，祖暅不但成功说服朝廷推行《大明历》，还修订了《缀术》，将自己的数学研究成果编成两卷附在《缀术》之后，作为祖冲之《缀术》的补充。

　　由于《缀术》失传，我们现在很难得知祖暅的全部研究成果。幸运的是，唐朝李淳风在为《九章算术》作注时，记载了"祖暅之开立圆术"，保存了祖暅解决球体积问题的方法。这一仅存的成果具有重大意义，它不但解决了《九章算术》的遗留问题——球的体积公式，而且还提出了一个非常重要的原理——祖暅原理。

　　《九章算术》中误认为球与其外切圆柱的体积之比为π：4。刘徽发现了这个错误，他在注文中指出，一个圆柱是不够的，需要再加一个圆柱，两个外切圆柱相互垂直贯穿，取其公共部分，称为牟合方盖（图12-3），球与牟合方盖的体积之比才是π：4。刘徽指出，只要求出牟合方盖的体积，就能算出球的体积。然而，他没有求出来，只好把这个问题留给后人解决。

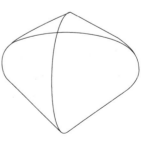

图12-3　牟合方盖外观

　　牟合方盖的特点如图12-4所示。它是两个正交圆柱的公共部分。如果把图中 1、2 两部分与牟合方盖组合起来,就是一个完整的圆柱。同理,3、4 两部分与牟合方盖组合起来也是一个完整的圆柱。由此可见,牟合方盖的两组相对的外表面分别是两个圆柱的侧面的一部分。如果把牟合方盖从正中间沿平行于圆柱底面的方向切一刀,就会得到一个圆(图中 5 或 6),把这个圆绕直径旋转 360°,就会得到一个球,这个球就是牟合方盖的内切球。牟合方盖的任一水平切面都是正方形(例如,图中 7、8 两个切割面),而其内切球在同一位置的水平切面是该正方形的内切圆。

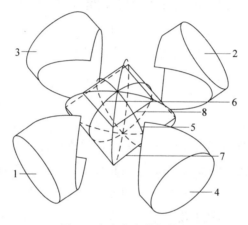

图 12-4 牟合方盖的特点

(1、2——一个圆柱余部,3、4——另一圆柱余部,5、6——牟合方盖与其内切球的两条切线,7、8——牟合方盖的两个截面)

看得出来,牟合方盖是一个很复杂的几何体,想求其体积非常困难,刘徽最终无功而返,可见其难度之大。不过,这个问题到了祖暅手里,终于取得了突破。

祖暅首先作出牟合方盖的外切正方体,然后把这个正方体平分成 8 个小正方体,这些小正方体的边长都是牟合方盖的内切球半径 r。研究其中一个小正方体,如图 12-5(a)所示。牟合方盖的水平截面是一个正方形,它的外切正方体的水平截面也是一个正方形,在距离底面高度 h 处,这两个截面的面积之差就是图 12-5(a)中阴影部分面积。祖暅计算发现,这个阴影部分的面积正好等于 h^2。

祖暅意识到,在相同大小的正方体内作一个倒四棱锥(图 12-5(b)),同样在高度 h 处作一个截面,这个截面正好是一个边长为 h 的正方形(图中

第十二回　缀术割圆　祖冲之妙算圆周率
　　　　　祖暅原理　开立圆巧算球体积

阴影部分），显然，其面积为 h^2，和图 12-5(a)中阴影部分面积相等。

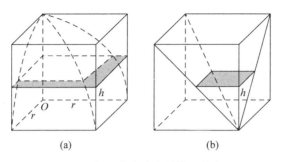

图 12-5　祖暅求牟合方盖体积的方法

(a) 1/8 牟合方盖与其外切正方体；(b) 正方体内的倒四棱锥

　　这时候，重点来了。祖暅提出了一条原理："幂势既同，则积不容异。"幂是面积，势是高度。这句话的意思是说，若两立体在等高处具有相同的截面面积，则两立体的体积相等。这就是祖暅原理。

　　应用祖暅原理，因为图 12-5(a)与图 12-5(b)中等高处阴影部分面积相等，所以正方体中抠掉牟合方盖的部分与倒四棱锥的体积相同。于是，正方体体积 r^3 减去倒四棱锥的体积 $r^3/3$，就是 1/8 牟合方盖的体积，所以整个牟合方盖的体积为

$$V_{牟合方盖} = 8 \times \left(r^3 - \frac{1}{3}r^3\right) = \frac{16}{3}r^3$$

因为球与牟合方盖的体积之比是 π：4，则得到球的体积为

$$V_{球} = \frac{\pi}{4} \times \frac{16}{3}r^3 = \frac{4}{3}\pi r^3$$

　　祖暅原理的提出，比西方早了 1100 多年。1635 年，意大利数学家卡瓦列里（1598 年—1647 年）提出了同样的原理，因此在西方被称为卡瓦列里原理。

　　祖暅的儿子祖皓也精通天文和数学，而且能文能武。梁武帝统治末期，祖皓任广陵太守。当时梁武帝接纳了一个北朝降将侯景。侯景是被鲜卑人同化了的羯族人，在北朝叛变，无法立足，无奈南下投梁。大臣们纷纷反对，但昏庸的梁武帝却一意孤行，不但接纳了侯景，还给予了他很高的礼遇。没想到，侯景却暗中筹备力量，突然起兵叛乱，史称侯景之乱。侯景之乱是中华文化史上的一场大浩劫。侯景攻破梁朝都城建康，大肆烧杀抢掠，这座自东吴以来经营了 200 多年的古都化为废墟，宫中珍藏的历代图书文物几乎全

部被焚毁。当时祖皓在广陵组织反抗,被侯景军打败。侯景用"车裂"酷刑将祖皓杀害,其兄弟子侄遇害者16人。历算世家范阳祖氏至此中断。有诗叹曰:

范阳祖氏有绝学,精通天文数术神。

可恨侯景造浩劫,缀术从此无传人。

第十三回

明算科举　数学也能登科第
不定方程　算经之中有趣题

——插值法的发展与不定方程问题

南北朝时期，中国官方已经开始有专门的学术研究机构。比如祖冲之就被选入华林学省，成为华林学士。华林学省是当时皇家藏书和讲学的地方，华林学士虽然没有官职，但住着国家分配的房子，出门有高级马车，还领着高薪。南朝如是，北朝也不落后。比如北魏就"置算学"，即设立数学培养机构。《魏书》中就记载了一个名叫殷绍的人，说他"好阴阳术数，游学诸方，达《九章》《七曜》，世祖时为算生博士（官方算学机构的教师）"。

南北朝时期结束以后到了隋朝。隋朝统治者也非常重视数学，全国最高学府国子监设有算学部，编制名额为算学博士（教师）2人，助教2人，学生80人。随后的唐朝继承隋制，不过规模有所缩小，学生只设30人。

唐高宗显庆元年（656年），太史令李淳风受诏审定并注释十部算经，颁行于国子监作为算学教材。这是世界上第一次由国家颁行专门的数学教科书。

李淳风精通天文地理、历算数学及阴阳五行等。贞观七年，李淳风研制出"三重环"浑天仪，比前代的浑天仪增加了一层三辰仪，使得黄道经纬、赤道经纬和地平经纬都能测定，是当时最为复杂和精密的天文仪器。他还总结前人浑天仪的优缺点，撰写了《法象仪》七卷。《晋书》与《隋书》中的《天文志》《律历志》《五行志》均为他撰写，其中收录了祖冲之的《大明历议》和关于圆周率的计算结果，为后人研究祖冲之提供了宝贵的史料。李淳风还是世界上第一个给风力定级的人，他的著作《乙巳占》是世界上最早的气象专著。唐高宗麟德二年（665年），李淳风根据近40年的观测、推算，创制了《麟德历》，重新定朔，改进了计算方法，避免了连续出现大小月的现象，成就斐然。

李淳风受诏审定算学教材后，他找了两名助手，国子监的算学博士梁述和太学助教王真儒。三人筛选了十部数学著作，分别是《周髀算经》《九章算术》《海岛算经》《孙子算经》《五曹算经》《张丘建算经》《五经算术》《缀术》《夏侯阳算经》《辑古算经》，统称为"算经十书"。他们对这十部算经详加注释，使其更易于教学。前述"祖暅之开立圆术"就是因李淳风的注释而得以保存。其功劳不可谓不大。

在唐朝国子监算学部，30名学生分两科施教。15名学生学习《缀术》和《辑古算经》，《缀术》4年，《辑古》3年，共7年；另15名学生学习其他8部算经，《九章》《海岛》3年，其余每年学两部，共学6年。同时两科都要学《数术记遗》和《三等数》。

算学入学后，考试非常多。分为旬试、月试、季试和岁试。其中的岁试就是年终考试，成绩作为学生去留的依据。如果岁试三次为下等，就要退学。最后还有毕业考试，及格者送礼部参加科举考试。

唐朝科举考试科目非常多，有明经科、明书科、明法科、明算科等。算学部毕业生参加的是明算科的考试。明算科及第，经吏部考核，合格者授予从九品下的官职。

唐朝明算科举虽然看起来很美好，但也有着致命的缺陷。数学学习难度大，好不容易科举及第，只能被授予从九品下的小官。当时国子博士的官阶是正五品上，而算术博士是从九品下，是官员序列中最低的官阶。这样一来，广大考生对于明算科就失去了热情，就像现在考大学的冷门专业一样，无人问津。所以，明算科的应试人数一直很少。而到了晚唐时期，这个科目就被废止了。明算科最终消失在历史的长河之中，令人遗憾！

大唐盛世，是中国封建社会最繁荣的时代，可是在数学方面，却没有产生出能够与先前的魏晋南北朝和后来宋元时期相媲美的数学大家。整个隋唐时期，主要的数学成果就是"插值法"的发展。

在许多实际问题中，都需要用函数来表示某种变化规律。比如说，你看一个人走路，你每隔10米设置一个标志，看他经过一个标志就按动一下秒表记录时间。最后，得到如表13-1所示的数据。

第十三回　明算科举　数学也能登科第
不定方程　算经之中有趣题

表 13-1　路程与时间的关系

路程/米	时间/秒
0	0
10	5.12
20	10.13
30	15.01
40	20.09
50	25.11
60	30.16
70	35.05
80	40.05
90	45.15
100	50.20

以时间为横坐标，路程为纵坐标，把这些数据放在坐标系里，就会得到一系列点，如图 13-1 所示。显然，二者近似满足直线关系。这样，你就可以用一个直线函数来表示路程 s 随时间 t 的变化规律，即

$$s = f(t) = 2t \quad (0 \leqslant t \leqslant 50)$$

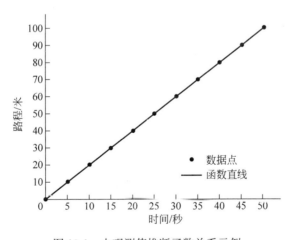

图 13-1　由观测值推断函数关系示例

因为路程是随时间变化的，我们把这种变换规则记为 f，用 $f(t)$ 表示把这种变换规则应用于 t 以后得到的结果。有了这个函数关系，如果让你推断这个人在 32 秒的时候走了多少路程，你就能推算出来是 64 米。

上面的例子很简单,我们很容易就得到了路程随时间变化的函数。但是,在很多情况下,函数关系并不容易推断。比如说你每隔一天观测记录正午的气温,你照样可以把时间作为横坐标,气温作为纵坐标,在坐标系里把这些点画出来。但是,这些点很可能是一系列的离散点,无法找到一个合适的函数来描述它们之间的规律。在这种情况下,如果让你推测某一天的气温,你该怎么办呢?

这时候,就要用到插值法了。插值法就是你构造一个经过已测点的近似函数去逼近真实函数,从而在已测点的基础上去推测未知点的近似值。

最简单的插值法就是线性插值法,也称为一次插值法,就是用一次函数 $f(x)=ax+b$(即直线)去近似。简单来说,就是把所有相邻已测点都拿直线连起来,作为近似函数。比如说你知道某个月 1 号气温 25℃,3 号气温 27℃,需要推测 2 号的气温。假设从 1 号到 3 号是直线变化的,那么就是 26℃。

《九章算术》中的盈不足术就是线性插值法(见第六回),祖冲之对冬至时刻的测算(见第十一回)用的也是线性插值法。

线性插值虽然非常简便,但对于非线性变化的函数,其误差也是明显的。因此,如果想提高精度,可以用三个点的数据进行二次插值。就是用二次函数 $f(x)=ax^2+bx+c$ 去近似。比如,你可以用 1 号的气温、3 号的气温和 5 号的气温去找到一个二次近似函数,从而根据此函数推测 2 号的气温。二次插值函数就不是直线了,而是抛物线,如图 13-2 所示。

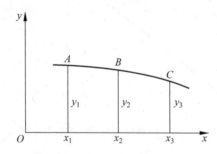

图 13-2 二次插值法(用 A、B、C 三点得到一条二次函数曲线)

如果二次函数还有明显误差,则可以用 4 个点的数据进行三次插值。就是用三次函数 $f(x)=ax^3+bx^2+cx+d$ 去近似。以此类推,还可以进行更

第十三回　明算科举　数学也能登科第
　　　　　不定方程　算经之中有趣题

高次的插值。

在南北朝时期,北朝人张子信(活动在北齐年间)因避战乱,隐居海岛 30 余年。在海岛上,他长期进行天文观测,结果发现了太阳视运动的不均匀性。例如,太阳在冬至日前后运动稍快,而夏至前后运动稍慢。但是古人长期以来并没发现这一点,因而在历法编算中将其作匀速处理了,即用线性插值法进行处理。这样虽然在数学上十分简便,但误差也是明显的。为了减小误差,提高精度,就需要使用高次插值法。

很快,隋代的刘焯(544 年—610 年)就发明了二次插值法。他在创制《皇极历》时,将太阳视运动看作匀变速运动,通过等间距二次插值法来计算每日太阳运动速度。这是世界上最早使用二次插值法的记录。《皇极历》虽然没有得到颁布使用,但其成果被李淳风采用。李淳风在《麟德历》中采用了刘焯的方法。从此以后,二次插值法就被广泛应用。

但是,二次插值法仍有误差,因为太阳的运动并不是匀变速运动。因此,唐朝僧人一行(683 年—727 年)在创制《大衍历》时又发明了不等间距二次插值法,把插值法的计算推进了一步。到了元代,制作《授时历》的郭守敬(1231 年—1316 年)发明了等间距三次插值法,进一步提高了精度,他把这个算法称作"平立定三差法"。

虽然隋唐时期的数学除了插值法以外没有太大的亮点,但是朝廷钦定的《算经十书》中却有一些有趣的问题,成为流传后世的经典题目,其中最著名的,莫过于《孙子算经》中的"物不知数"问题。

《孙子算经》的著作年代没有确实的记载,作者名字也失传了。大致可以确定成书于 4 世纪之前。"物不知数"问题是:

"今有物不知其数,三三数之剩二(3 个 3 个数剩 2 个),五五数之剩三,七七数之剩二,问物几何?"

这个问题是《孙子算经》独创,在中国古代数学中占有独特的地位,后来还流传到印度和欧洲,影响非常广泛。

我们把这个问题换个说法:假设一个数是 N,N 被 3 除余 2,被 5 除余 3,被 7 除余 2。问 N 等于几。

如果你还用列方程法去求解,就会发现问题比较棘手。列成方程组就是

$$\begin{cases} N = 3a + 2 \\ N = 5b + 3 \\ N = 7c + 2 \end{cases}$$

其中 a、b、c 分别表示用 3、5、7 去除 N 所得的商。通常方程是有几个未知数,就能列几个方程,这样才能求出确定的解。而这个问题有 a、b、c、N 共 4 个未知数,却只能列出 3 个方程,这种叫不定方程,解不是唯一的。

《孙子算经》给出的算法很巧妙,简直令人拍案叫绝。其算法是:

"三三数之,剩二,置一百四十;五五数之,剩三,置六十三;七七数之,剩二,置三十。并之,得二百三十三,以二百一十减之,即得。凡三三数之剩一,则置七十;五五数之剩一,则置二十一;七七数之剩一,则置十五。一百(零)六以上,以一百(零)五减之,即得。"

这个算法是怎么得来的呢?首先,我们确定,下面的 N 一定是一个解:

$N = $(5、7 整除,3 除余 1)$\times 2 + $(3、7 整除,5 除余 1)$\times 3 + $
$\qquad$(3、5 整除,7 除余 1)$\times 2$

其中(5、7 整除、3 除余 1)表示能被 5 和 7 整除,但除以 3 余 1 的数。另外两项同理。

能被 5 和 7 整除,但除以 3 余 1。这个数是多少呢?显然,它应该是 5×7 的倍数。$5 \times 7 = 35$,那就从 35 的 1 倍、2 倍、3 倍这样去尝试,结果发现 2 倍符合要求,即 70。

同理,能被 3 和 7 整除,但除以 5 却余 1。它应该是 3×7 的倍数。$3 \times 7 = 21$,1 倍即符合要求,即 21。

同理,能被 3 和 5 整除,但除以 7 却余 1。它应该是 3×5 的倍数。$3 \times 5 = 15$,1 倍即符合要求,即 15。

这就是"凡三三数之剩一,则置七十;五五数之剩一,则置二十一;七七数之剩一,则置十五"的由来。

上面是得到了各组余 1 的数。然后,回到问题本身。除以 3 余 2,除以 5 余 3,除以 7 余 2。那就好办了,余几就在余 1 的数上面乘以几。这样即可得

$N = 70 \times 2 + 21 \times 3 + 15 \times 2 = 140 + 63 + 30 = 233$

233 是一个解,但不是唯一的解。事实上,233 加上 105 的倍数或者减去 105 的倍数,都是符合要求的解。为什么呢?因为 $3 \times 5 \times 7 = 105$。那么 233 $\pm$

105 除以 3 的余数和 233 除以 3 的余数是一样的。除以 5 和除以 7 同理。所以,算经中给出的最小的解是

$$233-(105\times 2)=233-210=23$$

事实上,23、128、233、338…都是符合要求的解。

《孙子算经》给出的算法思路很明确,也很容易操作,书中虽然是针对这一个问题给出算法,但同类型的问题都可以照此求解,没有任何困难。因此,这种算法也被称为"孙子定理"或"中国剩余定理"。

第十四回

数书九章　古代数学创巅峰
大衍求一　中国定理不虚传

——中国剩余定理与大衍算法程序

《孙子算经》中的"物不知数"问题比较简单，虽然给出了算法，但还没有上升到定理的高度。而该算法之所以成为国际公认的"中国剩余定理"，主要是因为后来有一位南宋数学家对这类问题进行了深入的分析与研究，建立了一整套逻辑严密的方法来解决这类问题。而该解法在500多年后才由数学王子高斯重新提出。当欧洲人后来得知高斯的解法中国早已有之，也不由得赞叹中国有高人。后来，人们便将该解法称为"中国剩余定理"。

这位高人就是南宋数学家秦九韶（1208年—1268年）。他在1247年完成了一部20多万字的数学巨著《数书九章》。虽然也起名"九章"，但与《九章算术》相比，其数学思想达到了一个新高度，尤其是"物不知数"类不定方程的解法和高次代数方程的数值解法，代表了中世纪世界数学的最高水平。美国著名科学史家萨顿称赞秦九韶是"他那个民族、他那个时代，乃至所有时代最伟大的数学家之一"。

《数书九章》与中国以往数学著作的不同之处，在于采取了演绎推理的结构模式，建立了逻辑演绎体系。这是中国古代数学思想方法抽象化达到新层次的标志。

秦九韶把"物不知数"类不定方程的解法叫作"大衍总数术"，他规定了一整套的数学概念，如问数、定数、定母、衍母、衍数、奇数、乘率、用数、余数、总数等，它们之间有着严格的逻辑关系。利用这些概念，秦九韶进行了逻辑推导，得出了大衍总数术。并给出了具体的算法程序"大衍求一术"，而该算法程序也达到了中国古代算法史上的新高度。

第十四回　数书九章　古代数学创巅峰
　　　　大衍求一　中国定理不虚传

在用孙子定理解决"物不知数"问题时，关键是要求出能被其他数整除，但被某一数除余1的那个数——这种数秦九韶称之为"用数"。

在上一回的例题中，因为问题很简单，"用数"很容易求，试算就能试出来。但是，如果遇到一些复杂的问题，求"用数"就不是那么轻而易举了。比如，《数书九章》有一个问题叫作"分粜推原"，该题目可以转化为这样一个"物不知数"问题："N被83除余32，被110除余70，被135除余30。问N等于几？"

这个问题如果你还去试算，将会非常麻烦。而秦九韶发明了一种算法叫"大衍求一术"，把算筹摆好以后，进行程式化的操作即可得到"用数"，非常方便。图14-1给出了大衍求一术的算法流程图。

为什么叫"大衍求一术"呢？因为"用数"是除以某数后余1的数。秦九韶在《数书九章》开篇就提到，《周易》里说，占卜时要取50根蓍草，任选其中一根不用，只用剩下的49根。这就是大衍求一术名字的由来，表示余1。

通过大衍术，秦九韶很快计算出"分粜推原"问题的最小正整数解为24600。由此可见，秦九韶的大衍术就是"中国剩余定理"的最佳诠释。

秦九韶祖籍山东鲁郡（今山东曲阜一带），因其父在四川做官，出生在四川。他早年随父亲去临安居住过几年，因而有机会在太史局访问学习。后来又幸运地遇到一位精通数学的世外高人，得以跟随这位隐居者学习数学。

宋绍定四年（1231年），秦九韶考中进士，先后在湖北、安徽、江苏、浙江等地做官。他在杭州做官时，见西溪河上无桥，两岸百姓往来不便，便亲自设计并建造了一座桥，当时人们称之为"西溪桥"。元代初年，另一位大数学家、游历四方的北方人朱世杰来到杭州，出于对秦九韶的敬佩，便倡议将"西溪桥"更名为"道古桥"（秦九韶字道古），并亲自题写桥名将其镌刻在桥头。

宋淳祐四年（1244年），秦九韶因丧母离任，为母守孝三年。这三年间，他把长期积累的数学知识和研究心得整理成书，于1247年写成了巨著《数书九章》。当时，毕昇已经发明了活字印刷术，纸张也能大量生产。因此，《数书九章》很快就流传开来。第二年，《数书九章》便传到了宋理宗赵昀的手上。皇帝一看，秦九韶在数学方面的造诣确实很高，于是便专门召见了他。秦九韶在宋理宗面前亲自讲解自己的数学思想，并将《数书九章》献给宋理宗。秦九韶也由此成为中国历史上第一位被皇帝召见的数学家。

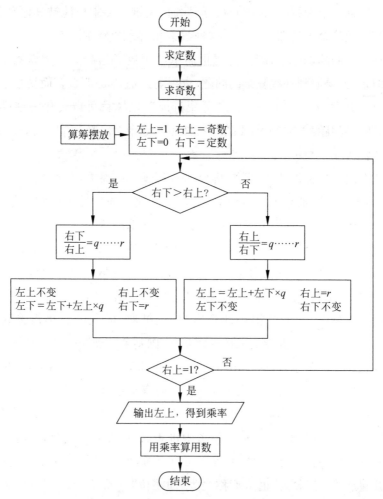

图 14-1 大衍求一术算法流程图(图中以 q 表示相除得出的商,r 表示余数)

  从秦九韶被皇帝召见一事也能看出,宋朝统治者对于科学技术是很重视的。宋代皇室提倡学术活动,多次下诏书组织官员著书立说。而且皇室还亲自做出表率,如皇祐三年(1051年),宋仁宗亲自撰写《浑仪总要》,论述以前浑天仪的优缺点。在朝廷的鼓励下,宋朝科学发展迎来一个高潮,并一直延续到元朝。这其中,既有沈括关于自然科学和工艺技术的百科全书式的著作《梦溪笔谈》,也有专门的数学著作,如秦九韶的《数书九章》、杨辉的《详解九章算法》、李冶的《测圆海镜》和朱世杰的《四元玉鉴》。这些数学著

第十四回　数书九章　古代数学创巅峰
　　　　　大衍求一　中国定理不虚传

作将中国古代数学推向一个新高度,因而上述四位数学家也被后人称为"宋元四大家"。

在《数书九章》中,除了"大衍总数术"外,另一大数学成果就是"正负开方术"。这一算法可以求出任意次代数方程的一个正的数值解。

解方程是数学中最基本的内容,因为我们在生活中遇到的各种问题,通常都需要通过设未知数,根据已知与未知之间的等量关系,构造方程或方程组,然后求解方程或方程组,从而使问题得到解决。

比如说,你买了 3 斤苹果,给了售货员 20 元,售货员找你 5 元,问每斤苹果多少钱?

假设每斤苹果 x 元,就可以列出方程
$$3x + 5 = 20$$
移项合并,得
$$3x - 15 = 0$$
上式就是一个典型的一元一次方程,即形如下式的方程
$$ax + b = 0$$
方程中含有的未知数称为"元",上式只含有一个未知数 x,就称为一元方程。x 的最高乘方次数为一次,称为一次方程。如果 x 的最高乘方次数为二次(即 x^2),就叫二次方程,以此类推。比如,一元二次方程的形式为
$$ax^2 + bx + c = 0$$
一元三次方程的形式为
$$ax^3 + bx^2 + cx + d = 0$$
一元一次方程求解很简单。但是,二次以上的高次方程如何求解呢?

在中国古代,人们很早就解决了二次和三次方程的求解问题。在刘徽注释的《九章算术》中,已经以算法形式给出求一元二次方程和一元三次方程数值解的具体计算程序,后来人们称之为"带从开方法"。之所以叫"带从开方法",是因为其算法就是开方术和开立方术的推广。

古人很早就掌握了开平方和开立方的算法。在《九章算术》中有专门的开方术和开立方术。而开平方和开立方其实就是求解最简单的二次方程和三次方程(如 $x^2 = 9, x^3 = 27$)。因此,解方程的算法由开方术得来也就不奇怪了。后来,中国古代数学家一直把解方程的各种算法称为"××开方法"。

到了 11 世纪,北宋人贾宪提出了一种更简便的"增乘开方法",并创作了"开方作法本源图",用来解三次或三次以上的高次方程式。

秦九韶在贾宪的基础上,提出一套求解高次方程的算法,称为"正负开方法",可以求出任意次代数方程的正的数值解,而且能够把结果算到任意精度,只需按照程序反复地进行四则运算即可。当方程的根为非整数时,秦九韶采用十进小数计数继续求根的小数部分,这是当时世界上最先进的数学成就。

比如,在《数书九章》"测望类"的"遥度圆城"一题中,秦九韶列出了一个十次方程:

$$x^{10} + 15x^8 + 72x^6 - 864x^4 - 11664x^2 - 34992 = 0$$

利用"正负开方法",秦九韶解出 $x=3$。说明"正负开方法"可应用于任意高次方程正根的数值求解。

需要说明的是,中国古代在解高次方程时,只根据需要求出一个正的数值解,没有统一的求解多个正根的公式。比如,我们现在用公式求解一个一元二次方程

$$x^2 - x - 1 = 0$$

会得到两个根

$$x = \frac{1 \pm \sqrt{5}}{2}$$

而利用"正负开方法"得到的是一个正的数值解,即

$$x = 1.618$$

也就是说,在解方程的过程中,已经把需要开方的数字计算出来了,所以得到的是数值解。

那么,这种神奇的"正负开方法"具体如何操作呢?且听下回分解。

第十五回

贾宪三角　二项展开定系数
正负开方　高次方程求数值

——二项式展开与高次方程的数值求解

《九章算术》中有这样一道题,已知正方形面积是 55225 平方步,问边长是多少步？即已知 $x^2=55225$,求 $x=?$

要求解这个方程,就要用到开方术。《九章算术》里的开方术,依据的是完全平方公式：
$$(a+b)^2=a^2+2ab+b^2$$

我们用开方术求解一下上面的问题,以作示例,读者不难体会开方术之运算规则。

首先要初步判断 x 的取值范围,不难判断,若 $x=200$,则 $x^2=40000$；若 $x=300$,则 $x^2=90000$；所以,x 在 200 与 300 之间,设 $x=200+a$。于是有
$$(200+a)^2=55225$$

用完全平方公式展开,合并常数项,得
$$a^2+400a=15225$$

再来判断 a 的取值范围,因为 a 是小于 100 的数,所以代入几十进行试探,不难判断,a 在 30 与 40 之间,设 $a=30+b$。于是有
$$(30+b)^2+400(30+b)=15225$$

用完全平方公式展开,合并同类项,得
$$b^2+460b=2325$$

再来判断 b 的取值范围,因为 b 是个位数,所以代入个位数进行试探,很容易就得出 $b=5$ 时 b^2+460b 正好等于 2325,计算结束。最后的结果是

$x=235$。

这个题答案正好是个整数,如果不是整数怎么办呢?刘徽在《九章算术注》中提出,可以用十进小数继续往下算。《九章算术》中的开方术,其程式是固定的,通过迭代计算,可以把结果算到任意精度。

同理,开立方术依据的是完全立方公式,即
$$(a+b)^3=a^3+3a^2b+3ab^2+b^3$$

开立方和开平方类似,也是先估计最高位数字,代入完全立方公式后再估计第 2 位数字,依次迭代即可。

由开方术和开立方术不难想到,如果要开 n 次方,就需要完全 n 次方公式,即 $(a+b)^n$ 的展开式。现在,我们把这个式子叫二项展开式,简称二项式。

到了北宋年间,二项展开式的规律被数学家贾宪发现了。在 1030 年前后,贾宪完成一部著作《释锁算书》,专门讲解开高次方以及高次方程求解方法,共两卷。在其中有一幅图叫作"开方作法本源图"(图 15-1),此图即为二项式的系数表(图 15-2)。

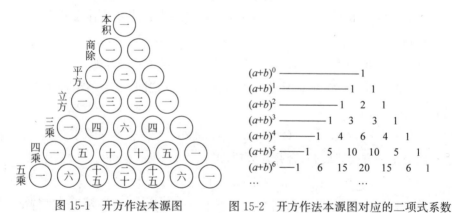

图 15-1 开方作法本源图　　图 15-2 开方作法本源图对应的二项式系数

贾宪用开方作法本源图来阐明开高次方的法则,因为从此图中可以直观地得出 $(a+b)^n$ 的展开式,例如:
$$(a+b)^2=a^2+2ab+b^2$$
$$(a+b)^3=a^3+3a^2b+3ab^2+b^3$$
$$(a+b)^4=a^4+4a^3b+6a^2b^2+4ab^3+b^4$$

第十五回　贾宪三角　二项展开定系数
　　　　正负开方　高次方程求数值

$$(a+b)^5 = a^5 + 5a^4b + 10a^3b^2 + 10a^2b^3 + 5ab^4 + b^5$$

对比图 15-2，读者不难得出 $(a+b)^n$ 的展开式通式。而这个展开式通式现在叫作"二项式定理"。

那么，贾宪是只得到如图 15-2 所示的二项式系数吗？显然不是。这个表可以一直写下去，因为它有一个明显的规律，相信读者也看出来了——两侧的数字都是 1，中间的每一个数字都是上一行"肩上"两数之和，如 $5=1+4$，$10=4+6$。

因为开方作法本源图是一个三角形图案，因此，人们称其为"贾宪三角"。"贾宪三角"是世界上最早出现的二项式系数表，比西方所获得的同样的成就早了数百年。

贾宪的生平人们知之甚少。除了《释锁算书》外，他还有一部著作名为《黄帝九章算经细草》，遗憾的是这两本书都失传了。现在只知道贾宪是北宋著名司天算楚衍的学生。楚衍在《宋史》中有传，曾与历官宋行古等人编订了《崇天历》。

幸运的是，"贾宪三角"被比贾宪晚 200 多年的杨辉记录下来了。杨辉是南宋末年著名的数学家，于 13 世纪中叶至末叶生活在现在浙江杭州一带，曾当过地方官吏，到过苏州、台州等地。杨辉是当时有名的数学家，他每到一处都会有人慕名前来请教数学问题。

杨辉一生编撰的数学著作很多，但部分散佚。据现存史料记载，他至少有以下著作：《详解九章算法》12 卷（1261 年）；《日用算法》2 卷（1262 年）；《乘除通变本末》3 卷（1274 年）；《田亩比类乘除捷法》2 卷（1275 年）及《续古摘奇算法》2 卷（1275 年）。其中《详解九章算法》残缺不全，《日用算法》已经失传。而后 3 种著作共 7 卷基本被完整地保存下来，被后人合刻在一起，称为《杨辉算法》。

杨辉的《详解九章算法》残本大量保留了贾宪著作的内容，其中就包括"贾宪三角"。杨辉在介绍开方作法本源图时解释道："出《释锁算书》，贾宪用此术。"尽管如此，因为《释锁算书》已失传，现在人们也常把这幅图叫作"杨辉三角"。

《详解九章算法》还介绍了贾宪的"增乘开方法"，就是利用开方作法本源图进行高次方程的数值求解。而秦九韶也了解贾宪的工作，他在贾宪的基础上发展了"正负开方术",系统地解决了高次方程的数值求解问题,其算法流程整齐划一,步骤分明,堪称算法典范。

我们举个简单的例子来看看"正负开方术"的计算步骤,其原理和本章开头介绍的开方术是基本一致的。

例:已知 $3x^3+2x^2+7x=42792$,求 $x=?$

在秦九韶的算法中,首先要把方程统一写为 $f(x)=0$ 的形式,所以先把方程改写为下式,即

$$3x^3+2x^2+7x-42792=0$$

再将上式改写成如下形式

$$(3x^2+2x+7)x-42792=0$$

继续改写为如下形式

$$((3x+2)x+7)x-42792=0$$

改写成这样的形式,可以大大节省计算量,方便估值,也方便计算。尤其是对于涉及高次(比如,5 次、6 次甚至更高次)的多项式,可以快速计算多项式数值,避免高次乘方。而且,改写以后方便设计程式化的计算程序——随乘随加。就是从最里边的括号开始,先算 3 乘 x,然后加 2,得到 A_1;再算 A_1 乘 x,然后加 7,得到 A_2;再算 A_2 乘 x,然后加 -42792,得到 A_3。可见,经过这样的改写,n 次多项式的计算问题被简化成 n 个随乘随加的重复计算程序,计算过程大大简化。现在,人们把多项式的这种简化计算程序叫作秦九韶算法。

下面来进行方程的求解。就像开方术一样,首先估计 x 的取值范围。通过试探,判断 x 在 20 与 30 之间,设 $x=20+a$。于是有

$$\{[3(20+a)+2](20+a)+7\}(20+a)-42792=0$$

展开并合并同类项,得

$$3a^3+182a^2+3687a-17852=0$$

上式改写成如下形式

$$[(3a+182)a+3687]a-17852=0$$

再来判断 a 的取值范围,因为 a 是个位数,代入个位数试探,发现当 $a=4$ 时上式刚好等于 0。计算结束。最后的结果是 $x=24$。

从现代的观点看,虽然这个算法利用笔算比较烦琐,但是它可以反复迭

第十五回　贾宪三角　二项展开定系数
　　　　　正负开方　高次方程求数值

代,用算筹可以快速执行。

这个例题如果用贾宪的"增乘开方法"来处理,也是设 $x=20+a$。方程变为

$$3(20+a)^3+2(20+a)^2+7(20+a)=42792$$

然后用二项式定理展开,这就要用到开方作法本源图。而秦九韶的"正负开方术"根本不用二项式展开,采用秦九韶算法,无论多少次方程,都可用随乘随加计算。另外,采用随乘随加,可以设计更整齐、更简洁的算法,这对于通过摆弄算筹来计算的古人来说,操作起来也更加方便。

当方程的根不为整数时,秦九韶采取按原有步骤继续求其十进小数的方法。如卷十二"囤积量容"一问中有方程 $16x^2+192x-1863.2=0$,求得其答数为 $x \approx 6.35$ 寸。当时还没有发明小数点,秦九韶在数字 6 旁边写一个"寸"字,表示后面两位为小数。这样读起来就是六寸三五,这种读法一直沿用到现在。比如,某人身高 1.78 米,我们口语习惯说一米七八,而不说一点七八米。十进小数从刘徽开始使用,在一千多年里都是世界数学史上最先进的成就。

除了"大衍求一术"和"正负开方术"这两项当时世界最高水平的代数成就外,秦九韶还有一项几何学成果——通过三角形三边长来计算三角形的面积。现在人们发现,秦九韶给出的公式和古希腊人发现的公式是等价的。设三角形三边长为 a、b、c,则三角形面积公式为

$$S=\sqrt{s(s-a)(s-b)(s-c)} \quad \text{其中},s=\frac{1}{2}(a+b+c)$$

古希腊不愧是几何王国,很早就发现了用三边长计算三角形面积的公式,不过这个公式的发现权却有争议。现在一般认为是阿基米德发现的,但历史上认为是亚历山大后期的数学家海伦得到的,所以人们称其为"海伦公式"。

对于秦九韶取得的数学成就,我国数学史家梁宗巨评价道:"那时欧洲漫长的黑夜犹未结束,中国人的创造却像旭日一般在东方发出万丈光芒。"有一首诗说得好:

大衍求一同余式,九韶算法解方程。

三斜定积测田亩,数书汇术篇章鸿。

第十六回

不传之秘　奇书只渡有缘人
幻方大师　杨辉构造纵横图

——中国古代的幻方与奇图研究

宋元四大家的另一位数学大家杨辉生活在杭州一带。自唐朝雕版印刷术出现后，江南地区的书籍印刷技术一直走在全国前列。而在江南各城市中，又以杭州的印刷业最为发达。

北宋时期，宋廷出版书籍，大多到杭州刊印。宋室南渡后，杭州的书籍刊印业更为兴盛。杭州的印刷业参与者既有各级官府，也有民间人士，还有大量商业书铺。官方机构以国子监的书籍刊印规模最大、质量最佳。民间的书籍刊印，分为私刻和坊刻两类。私刻属私人刻印活动，用于个人珍藏。坊刻属于商业性刊印活动，可以在市场上公开出售。与发达的书籍刊印相映成辉的，是江南地区长盛不衰的藏书风气。有宋一代，见于史载的藏书家有700余人，其中藏书万卷以上者有200多人，大部分生活于江南各地。

正所谓近水楼台先得月，杨辉身处杭州，刊印书籍方便，收藏书籍也方便。他嗜书如命，但凡能搜集到的数学古籍，无论花多大的价钱都要买回家研究。杨辉读了很多名贤之作，并融会贯通，运用自如。他的著作也是博采众家之长，广泛引用数学典籍。正是由于他的著作，后世才得以对很多已经失传的数学古籍了解一鳞半爪。

杨辉是一位高产的数学家，在十余年的时间里先后编著了《详解九章算法》《日用算法》《乘除通变本末》《田亩比类乘除捷法》四部著作，而且全部刊印发行。虽然刊行书籍花费巨大，但他宁愿平日里节衣缩食，也要把钱省出来用于出书。这些著作的广泛发行，使他声名远播，经常有人登门求教，和他探讨数学问题。

第十六回　不传之秘　奇书只渡有缘人
　　　　　　幻方大师　杨辉构造纵横图

　　南宋德祐元年(1275年)5月,杨辉上述四部著作里的最后一部《田亩比类乘除捷法》正式刊行。对杨辉来说,自觉心愿已满,不负此生。在他看来,当世的数学奇书已经被他搜罗殆尽,不会再有遗漏。

　　正当杨辉志得意满之际,忽然有一天,仆人通报有两位自称叫刘碧涧和丘虚谷的人士前来拜访。杨辉一听此二人姓名,碧涧和虚谷应该是其自号而非本名,于是便知二人乃奇人异士,便赶忙让请进来。二人进得屋来,杨辉见他们虽然衣着朴素,但自有一番仙风道骨,气度不凡。他连忙让二人上座,看上好茶,细问二人由来。

　　刘碧涧和丘虚谷从包裹里拿出一本残破的古籍,请杨辉过目。杨辉接过一看,书页泛黄,封面缺损,既不知书名,也不知作者。翻开一看,第一页就是洛书和河图,再往后看,有四四图、五五图、六六图等,纵横相等,构思精巧,前所未见。不由得赞叹不已,询问此书由来。

　　二人说此书是世外高人相赠,年代久远,作者已不可考。由于书籍多有缺损,久仰杨辉大名,便拜托杨辉补全此书,刊印成集,流传后世。杨辉当仁不让,立刻答应下来。这是一本从未见过的奇书,历代典籍都无记载,对杨辉来说,即使重金收购也是在所不惜,何况二人是免费赠送。他答应二人,尽快将此书细细校订,编撰成册,出版发行。

　　杨辉询问二人住址,待新书刊行,当把原稿送还并新书一并奉上。二人笑称不必,自言他们四海为家,居无定所,待新书广为流传之日,他们自会得知,至于原稿,就送给杨辉了,书渡有缘人,对于这部书稿而言,杨辉才是它最适合的主人。说罢,二人不顾杨辉苦苦挽留,飘然而去。

　　送别二人,杨辉立刻打开古本,细细品读,仔细钻研起来。越研究越发现这些数表图案奥妙无穷。他废寝忘食,钻研其中规律,并给这些数表起了个名字——纵横图。这就是我们今天所说的"幻方"。

　　经过几个月的研究,杨辉参透了古本中纵横图的奥妙,掌握了数字的排列规律,并且在此基础上提出了纵横图的构造方法。于是,他兑现诺言,开始撰写他的第五本著作——《续古摘奇算法》。鉴于纵横图部分篇幅不够,他又从他收藏的古籍中摘取了一些奇题、趣题加入书中,最后编撰成上、下两卷。当年11月,《续古摘奇算法》正式刊行。从杨辉接到古本到出版发行,仅用半年多时间。刘碧涧和丘虚谷看到《续古摘奇算法》,定会欣慰他们托付对了人。

在《续古摘奇算法》中，除了收录洛书和河图以外，还给出了四阶、五阶、六阶、七阶、八阶幻方各 2 幅，九阶和十阶幻方各 1 幅。

在一个 $n\times n$ 的正方形格子中，从 1 开始往里填整数，最后每行、每列及对角线的数字之和都相等，这就是 n 阶幻方。这个相等的数，称为幻方常数。洛书是上古流传下来的一个 3 阶幻方，幻方常数为 15。但是，这个幻方是如何得到的呢？历史上并没有记载。而杨辉给出了这个幻方的构造方法："九子斜排，上下对易，左右相更，四维挺出。"（图 16-1）

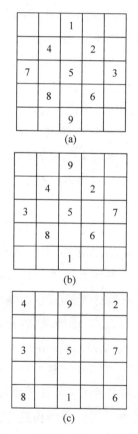

图 16-1 杨辉 3 阶幻方构造法

(a) 九子斜排；(b) 1 和 9 上下对易，3 和 7 左右相更；(c) 2、4、6、8 挺出到四个角

杨辉的方法可以扩展为奇数阶幻方的一般做法，不过最后一步不是"四

第十六回　不传之秘　奇书只渡有缘人
幻方大师　杨辉构造纵横图

维挺出",而是"外围折入"。如图 16-2 所示,以中央九宫格作为幻方,像折纸一样,把外围部分沿中央九宫格轮廓线折叠,将 1、3、7、9 折入九宫格内,则幻方构造完成。再比如,5 阶幻方的构造(图 16-3),首先 25 子斜排;以中央 25 格作为幻方,内部不变;然后上下对易、左右相更;最后把外围部分沿中央幻方轮廓线折叠,数字对称放入中央空格。5 阶幻方构造完成。读者可自行尝试构造 7 阶幻方。

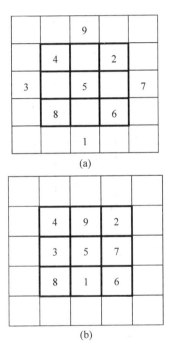

图 16-2　3 阶幻方构造法

(a) 九子斜排,上下对易,左右相更；(b) 1、3、7、9 沿中央幻方轮廓线折叠进入九宫格

需要说明的是,幻方的构造形式不止一种。杨辉给出的两个 5 阶幻方如图 16-4 所示,与图 16-3 不同,但他没有说明构造过程。

偶数阶幻方的构造过程和奇数阶幻方不同。杨辉在四四图中给出了 4 阶幻方的做法:"以十六子依次作四行排列。先以外四角对换(1 换 16,4 换 13);复以内四角对换(6 换 11,7 换 10)。"这样就得到了一个 4 阶幻方,如图 16-5 所示。

不难看出,杨辉 4 阶幻方的做法,是将对角线上的数字以幻方中心点为

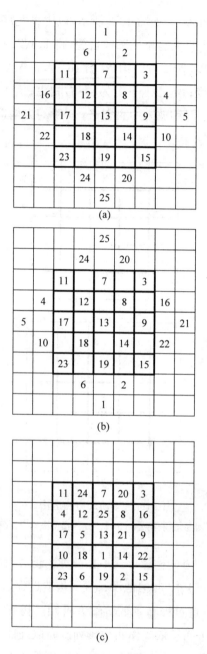

图 16-3　5 阶幻方构造法
(a) 25 子斜排；(b) 上下对易，左右相更；(c) 外围折入

第十六回 不传之秘 奇书只渡有缘人
幻方大师 杨辉构造纵横图

1	23	16	4	21
15	14	7	18	11
24	17	13	9	2
20	8	19	12	6
5	3	10	22	25

4	19	25	15	2
20	10	5	18	12
3	17	13	9	23
14	8	21	16	6
24	11	1	7	22

图 16-4 《续古摘奇算法》中的两个 5 阶幻方

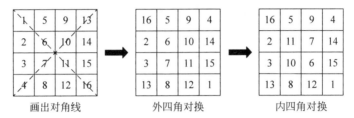

图 16-5 杨辉 4 阶幻方构造法

对称点,做中心对称交换。后来人们研究发现,这种做法可以扩展到 8 阶、12 阶等这种阶数为 4 的倍数的幻方。比如,8 阶幻方,先把 1～64 依次填入 8×8 的方阵,然后将其分成 4 个小的 4×4 的方阵,画出这 4 个小方阵的对角线,然后将所有这些线上的数以幻方中心点为对称点,做中心对称交换,即可得到 8 阶幻方。

杨辉虽然在书中给出了 3～10 阶的所有幻方,但他只给出了 3 阶和 4 阶幻方的做法,其他幻方只是给出图案,没有说明做法。这些图应为古本原图,被杨辉直接录入书中。

杨辉给出的 9 阶幻方"九九图"有许多奇特的性质,可以说是众多类型的 9 阶幻方中最神奇的一种,如图 16-6(a)所示。这个 9 阶幻方可以分成 9 个区域,每个区域都是一个 3 阶幻方,称之为小九宫。这 9 个小九宫第三行中间的数字是 1～9,且分布位置刚好构成洛书(图 16-6(b))。按顺序把 1～81 每九个数字分一组,如 1～9、10～18、19～27 等,设数字 1～9 所在的小九宫为 1 号小九宫、2 号小九宫……可以看到,10～18 按顺序排列在 1～9 号小九宫内,且在小九宫内的位置相同。同理,后面的数组也是按顺序排列在 1～9 号小九宫内,且在小九宫内的位置相同。把这 9 个小九宫的数字之和放在一个新的九宫格里,又构成一个 3 阶幻方(图 16-6c)。总之,杨辉的九九图真是巧夺天工,奥妙无穷。

31	76	13	36	81	18	29	74	11
22	40	58	27	45	63	20	38	56
67	4	49	72	9	54	65	2	47
30	75	12	32	77	14	34	79	16
21	39	57	23	41	59	25	43	61
66	3	48	68	5	50	70	7	52
35	80	17	28	73	10	33	78	15
26	44	62	19	37	55	24	42	60
71	8	53	64	1	46	69	6	51

(a)

4	9	2
3	5	7
8	1	6

(b)

360	405	342
351	369	387
396	333	378

(c)

图 16-6　杨辉九九图
(a) 9 阶幻方与 9 个小九宫；(b) 洛书；(c) 9 个小九宫的数字之和

除了各种幻方以外,《续古摘奇算法》里还有聚五图、聚六图、聚八图、聚九图、八阵图及连环图等,都是玲珑奇巧的数字排列图形。比如,在连环图(图 16-7)中,有 13 个八子大环、12 个四子小环,环环相扣,紧密相连,数字 1~72 分布其中,大环数字之和均为 292,小环数字之和均为 146,刚好是 292 的一半。数字排布也有特定规律,读者可自行分析。其构思之精巧,令人叹为观止。

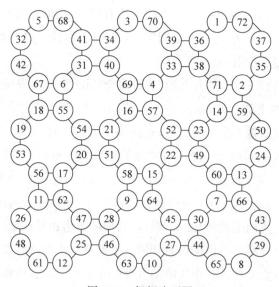

图 16-7　杨辉连环图

第十六回　不传之秘　奇书只渡有缘人
　　　　　幻方大师　杨辉构造纵横图

在《续古摘奇算法》上卷的后半部分和下卷，杨辉辑录了很多古代算经的奇题或者算法，其中包括《应用算法》《详解算法》《指南算法》《九章纂类》《议古根源》《辨古通源》等现在已经失传的著作。从杨辉的笔下，人们才得知历史上存在过这样的书籍。正是：

博览群书知识广，珍本古籍案头藏。

若非杨辉刊古本，奇书异术谁知详。

第十七回

东学西渐　斐波那契开先河
三次方程　欧洲数学起风云

——一元二次方程与一元三次方程的求根公式

中国古代数学在宋元时期达到了最高峰。除秦九韶和杨辉外，与二人同时代的李冶（1192年—1279年），以及元朝初期的朱世杰（1249—1314）也取得了很高的数学成就。

李冶的著作《测圆海镜》既可以说是一部几何学专著，也可以说是一本代数学著作。该书专门探讨圆和直角三角形之间的关系，每一个问题都相当于一个几何定理。而问题的求解则是用"天元术"（即设未知数解方程），这又是代数学的内容。尤其是该书的体例类似于《几何原本》那样的演绎体系，卷一包含了解题所需的定义、定理、公式，后面各卷问题的解法均可在此基础上以天元术为工具推导出来。

朱世杰的著作《四元玉鉴》可以说是古代筹算系统的巅峰。该书建立了四元高次方程组的数值求解理论——四元术。四元术的核心是四元消法，这是一套完整的消未知数的方法。通过特定的算筹摆放方位，通过方程组中不同方程的配合，依次消掉未知数，化四元方程组为一元高次方程，然后利用"天元术"进行求解。更重要的是，朱世杰采用"天元""地元""人元""物元"这四元来表示四个未知数，这就像我们今天采用 x、y、z、w 一样，这样的数学技巧远远走在世界的前列。

但是，巅峰过后，辉煌不再。自朱世杰以后，中国的数学发展突然中断，几百年间再无进步。究其原因，主要是筹算数学已经达到它的顶峰，再向前迈进，必须突破筹算的限制，向符号代数转化，但古人没能突破这一步。近代数学之所以发展迅速，最关键的就是大量使用符号。一套合适的符号能

第十七回　东学西渐　斐波那契开先河
　　　　　　三次方程　欧洲数学起风云

够精确、深刻地表达某种概念、方法和逻辑关系。在符号出现之前,各种运算只能借助文字来叙述,简单的算法还好,复杂的算法则非常难以理解,这给学习者造成了极大的困难,也阻碍了数学的发展。总之,数学要想进一步发展,就要求更高的抽象化和符号化,此时,筹算就显露出它的弱点。

而欧洲人则抓住了历史发展的机遇。随着造纸术和印刷术的西传,欧洲人有了传播文化的载体和途径。从14世纪开始,随着文艺复兴运动的开展,欧洲逐渐从中世纪的黑暗中走出来,拉开了近代科学大发展的序幕。

在数学方面,首先就是一系列数学符号的标准化。数学符号的演进并不是一蹴而就的,而是经过几百年的发展,我们现在习以为常的数学符号才确定下来。表17-1给出了部分代数符号最早出现的时间。

表17-1　部分代数符号的最早出现时间

运算或关系	符号	使用者	国籍	时间
加、减	$+$、$-$	维德曼 J. Widman	德国	1489
乘	$\times$ 或 $\cdot$	奥特雷德 W. Oughtred	英国	1631
除	$\div$	拉恩 J. H. Rahn	瑞士	1659
等于	$=$	雷科德 R. Recorde	英国	1557
大于、小于	$>$、$<$	哈略特 T. Harriot	英国	16世纪
比例	$:$	奥特雷德 W. Oughtred	英国	1631
指数符号	a^n	笛卡儿 René Descartes	法国	1637
根号	$\sqrt{\ }$	鲁道夫 C. Rudolff	奥地利	16世纪
根号	$\sqrt[n]{\ }$	吉拉尔 A. Girard	荷兰	16世纪
括号	( ) [ ] { }	韦达 François Viète	法国	1593
对数符号	log、ln	莱布尼茨 G. W. Leibniz	德国	17世纪
函数符号	$f(x)$	欧拉 Leonhard Euler	瑞士	1734
已知数	$a,b,c,\cdots$	笛卡儿 René Descartes	法国	1637
未知数	$x,y,z,\cdots$	笛卡儿 René Descartes	法国	1637

欧洲人在中世纪时,数学发展远远落在了世界的后面,他们是怎么赶上来的呢?这其中,有一位数学家起到了重要的作用,他把阿拉伯、印度及中国的先进数学知识引进到了欧洲,也发掘了古希腊和阿拉伯先贤们发现的经典数学知识,他的著作为欧洲从黑暗时代到文艺复兴架起了一座宏伟的桥梁。他就是列奥纳多·斐波那契(Leonardo Fibonacci,约1175年—1250年)。

斐波那契生于意大利的比萨共和国。当时意大利是不统一的,分成许多小国,如威尼斯共和国、佛罗伦萨共和国等。比萨共和国位于意大利中部,是一座拥有1万人口的独立城邦。斐波那契家族在当地颇有名望,他父亲是政府官员,曾担任非洲殖民地的海关主管。斐波那契少年时就跟随父亲游历各国,十余年间辗转北非、希腊、土耳其、叙利亚等地,接受当地教育,学习当地的先进文化。

斐波那契在25岁左右,回到比萨,潜心研究数学,著书立说。两年以后,他写成了《算术书》(也译作《算盘书》或《计算之书》)。在这本书里,他引入了阿拉伯数字作为记数系统,这是他从阿拉伯人那里学来的。斐波那契认识到,阿拉伯数字要比当时欧洲人使用的罗马数字先进得多。例如,阿拉伯数字268用罗马数字表示是CCLXVIII(C代表100,L代表50,X代表10,V代表5,I代表1),根本分不清位数,加、减法就比较复杂,乘、除法更是难以计算,谁优谁劣一目了然。

实际上,阿拉伯数字最早也是从印度传入的,阿拉伯人修改了其中几个数字的记号,使其更容易书写,最后就变成了我们熟悉的数字:0、1、2、3、4、5、6、7、8、9。

俗话说,工欲善其事,必先利其器。一套好的记数系统,对于数学的重要性不言而喻。阿拉伯数字的引入,使算术变得更加容易,而且方便在纸张上演算,便于检查运算过程,很快就在欧洲普及。

《算数书》首先介绍了阿拉伯数字及其算术计算。然后介绍了日常商业贸易中实用的计算问题,如物价、利润、利息、工资、货物交换、合伙关系、度量及货币换算等。其编排模式类似于《九章算术》,与古希腊的逻辑演绎体系完全不同,可见东方数学对其影响之深。

《算数书》还介绍了各种各样有意思的问题,这些问题都是斐波那契从早期的希腊、阿拉伯、埃及、中国和印度数学家的作品中引用的。这些趣味数学问题包括蜘蛛爬墙问题、狗追兔问题、农夫买马问题等,另外还有《张丘建算经》中的"百鸡问题"和《孙子算经》中的"物不知数"问题。此外他还介绍了盈不足术(他称为"契丹算法"),以及开方术和开立方术。

《算数书》中最有名的问题莫过于"兔子问题"。假设一对大兔子一个月生一对小兔子,一对小兔子一个月长成一对大兔子,最开始有一对小兔子,问12个月后有多少对兔子?

第十七回　东学西渐　斐波那契开先河
　　　　　三次方程　欧洲数学起风云

斐波那契用一个数列给出答案：1,1,2,3,5,8,13,21,34,55,89,144,233,377,……

人们发现，这列数字遵循了一个很清晰的排列规律，从第 3 项开始，数列中的每个新数字刚好是前两个数字之和。这种类型的数列叫递推数列。

为什么兔子的数目是如此增长呢？我们可以试着分析一下。

第 1 个月，有一对小兔子，这是第 1 个数字：1。第 2 个月，这对小兔子长成了大兔子，这是第 2 个数字：还是 1。第 3 个月，这对大兔子生了一对小兔子，这是第 3 个数字：2。

从第 3 个月开始：每个月的兔子对数＝上个月兔子对数＋本月新生小兔子对数。

而：本月新生小兔子对数＝上个月大兔子对数；上个月大兔子对数＝上上个月的兔子对数。

从而得出：每个月的兔子对数＝上个月兔子对数＋上上个月的兔子对数。

所以，把这个数列按下 1 项等于前 2 项之和排列下去，就能得到每个月兔子对数。

斐波那契数列引起了后人广泛的兴趣，人们对它进行了大量的研究，其中最令人惊异的，莫过于它和黄金分割的神秘联系。人们发现，随着数列的延续，相邻两项的比值越来越接近黄金分割比，如 $\frac{34}{55} \approx 0.61818$，$\frac{55}{89} \approx 0.61798$。可以证明，最终的极限比值就是 $\frac{\sqrt{5}-1}{2}$。

有趣的是，很多植物真的是和"兔子问题"一样生长的。例如，当树木生长时，新生的枝条往往需要"休息"一段时间供自身生长，然后才能萌发新枝。所以，一株树木的枝桠数，便构成斐波那契数列。这个规律，就是生物学上著名的"鲁德维格定律"。

《算术书》是中世纪欧洲出现的最具有影响力的数学作品。这本书对当时沉寂的欧洲数学界来说，像是打了一剂强心针，直接改变了欧洲数学的面貌。这本书一共有 12 个手抄版本流传下来，抄写时间从 13 世纪到 15 世纪不等，可见其影响之广。

自从斐波那契把先进的数学文化引入欧洲,欧洲数学慢慢跟上了时代的脚步。在文艺复兴期间,阿拉伯人的各种文献都被翻译过来,古希腊的著作也被重新挖掘出来。经过近300年的发展,欧洲数学终于强势崛起,其中最重要的事件,莫过于三次方程求根公式的发现。这是整个欧洲近代数学崛起的先声。

在12世纪,一部阿拉伯数学著作被翻译成拉丁文传到欧洲,在欧洲产生了巨大的影响,长期被作为教科书使用。这就是阿拉伯数学家花拉子米(约780年—约850年)写的《代数学》。

阿拉伯数学家把代数学看成是解方程的学问。《代数学》这本书主要阐述了求解一元一次方程和一元二次方程的基本方法。其中最重要的成果,就是对于形如下式的一元二次方程:

$$x^2 + px + q = 0$$

给出了一般的求根公式:

$$x = \frac{-p \pm \sqrt{p^2 - 4q}}{2}$$

欧洲数学家对于这个公式很感兴趣,他们很自然地联想到,三次、四次乃至更高次方程应该也有这样的求根公式。于是纷纷投入精力研究,却始终徒劳无功。甚至有数学家断言,三次、四次方程的公式解与化圆为方问题一样难以解决。因此,三次方程的求根公式在当时就成了数学皇冠上的明珠,谁要摘下这颗明珠,谁就能傲视群雄。

1535年2月,意大利数学界流传着一条激动人心的消息,有两位数学家都声称得到了一元三次方程的解法,二人要公开打擂,挑战对方,一决高下。时间定于2月22日,地点在米兰市大教堂。

这堪称数学界的华山论剑!人们纷纷打探这二人是何方神圣。有好事者早已探得消息,一位名叫菲奥尔(Fior),是博洛尼亚大学数学教授费罗(Ferro,1465年—1526年)的得意门生;另一位名叫塔尔塔利亚(Tartaglia,约1500年—1557年),是威尼斯的一个数学教师。

比赛当天,来自全国各地数学爱好者们早早涌入米兰大教堂,在台下翘首以盼,期待着见证历史的时刻。

在等待选手出场的时间里,台下观众免不了八卦选手的小道消息。有

第十七回　东学西渐　斐波那契开先河
　　　　　三次方程　欧洲数学起风云

人说菲奥尔的老师费罗早在20年前就发现了三次方程的解法，但一直秘而不宣，只传给了菲奥尔一个人，菲奥尔经过20年的修炼，赢面相当大。还有人好奇为什么另一位选手塔尔塔利亚的名字这么奇怪，因为"塔尔塔利亚"在意大利语里是结巴的意思。有人说这不是他的本名，因为他是布雷西亚人，小时候被入侵意大利的法国军队砍伤面部，变成了结巴，由于人们都叫他结巴，他干脆把自己的名字改成了结巴。

就在众人议论纷纷时，两位选手终于登场了。在公证人和裁判官的见证下，二人像考试一样分坐在擂台两端的桌子前，然后各拿出一份试卷交给裁判官。裁判官把二人的试卷交给对方，检查无误后，宣布比赛开始。

根据事先约定，这场比赛中出的题目是形如 $x^3+px=q$ 这种没有二次项的一元三次方程。每人给对方出30道题目，两个小时内谁答对得多，谁就获胜。

竞赛双方在台上埋头演算，台下观众也都屏息凝神观战。只见塔尔塔利亚运笔如飞，稿纸一张接一张地堆在桌面上，而菲奥尔则似乎遇到了困难，写写涂涂，眉头紧皱，额头渗满了汗珠。看好菲奥尔的观众不由得为他捏了一把汗。

两个小时一晃而过。随着裁判宣布时间到，塔尔塔利亚放下笔，微笑着拿起试卷，向观众展示。台下观众虽然看不清，但能看出来他30道题全部写出了答案。而菲奥尔则没有这么从容了，他无奈地放下笔，苦笑着盯着试卷发愣，裁判过来收走了他的卷子。

不一会，比赛结果出来了。经裁判核对，塔尔塔利亚30道题全部做对，而菲奥尔竟然一道也没做出来。塔尔塔利亚大获全胜。三次方程的难题终于有人能破解了，台下的观众欢呼起来，庆祝这个历史性的时刻。一些兴奋的观众跑上台，抬起塔尔塔利亚，不断地将他抛向空中，表示对他的敬意。

塔尔塔利亚一战成名，名声大噪。比赛结束以后，登门拜访者络绎不绝，希望他公布三次方程求解的秘密，让世人一睹为快。但是塔尔塔利亚却不为所动，谁也不知道他葫芦里卖的什么药。

当时，米兰大学有一个名叫卡尔达诺（Cardano，1501年—1576年）的数学教授，正在写一部著作《大术》（*Ars Magna*）。卡尔达诺到处收集资料，准备将这本书写成一部包罗万象的数学大全。因此，他非常希望将三次方程的解法收入书中。卡尔达诺多次给塔尔塔利亚去信请教,但都遭到了拒绝。因此,他决定剑走偏锋,用一个"歪招"来对付塔尔塔利亚。

1539年的一天,塔尔塔利亚收到一封信,说米兰有一个社会名流想见他,请他到米兰去做客,并愿意为他提供资金搞数学研究。塔尔塔利亚心动了,他是一个穷教师,最缺的就是钱,现在有人愿意资助他,何乐而不为呢?虽然信上没说这位社会名流是谁,但他还是按地址找了过去。

殊不知,写信的正是卡尔达诺。当塔尔塔利亚见到卡尔达诺时,才知道这位所谓的社会名流正是多次写信向他求教的卡尔达诺。但是,既然已经来了,他也没法转头就走。卡尔达诺盛情款待他在自己家中住了3天。俗话说,吃人家的嘴软,拿人家的手短。3天之内,塔尔塔利亚终于被卡尔达诺的热情招待所感动,在卡尔达诺保证不会泄密的承诺下,将三次方程的解法口诀告诉了卡尔达诺。那个时候,还没有发明现在用的各种代数符号,方程解法仍然需要用文字叙述,因此,塔尔塔利亚将解法编成口诀,便于记忆。

送走塔尔塔利亚以后,卡尔达诺和自己的学生费拉里(Ferrari,1522年—1565年)立即开始研究解法口诀。他们发现,塔尔塔利亚采用换元法,设 $x = \sqrt[3]{t} + \sqrt[3]{u}$,通过引入2个新变量 t 和 u 代替原来的未知数 x,从而将方程从三次降为了二次,求解二次方程得到 t 和 u 的解,代入即可得到 x 的解。最终对形如下式的一元三次方程

$$x^3 + px + q = 0$$

给出了一个求根公式

$$x = \sqrt[3]{-\frac{q}{2} + \sqrt{\left(\frac{q}{2}\right)^2 + \left(\frac{p}{3}\right)^3}} + \sqrt[3]{-\frac{q}{2} - \sqrt{\left(\frac{q}{2}\right)^2 + \left(\frac{p}{3}\right)^3}}$$

塔尔塔利亚给出的这个公式对不对呢?卡尔达诺找到了一种证明方法,证明这个公式是正确的。

卡尔达诺本身也是一个身手不凡的数学家,掌握了塔尔塔利亚的求解诀窍以后,他又进一步找到了求解下列完全一元三次方程的方法。

$$x^3 + ax^2 + bx + c = 0$$

他采用的仍然是换元法,设 $x = y - \frac{a}{3}$,则上面的方程就能变换成 $y^3 + py + q = 0$ 的形式,直接代入塔尔塔利亚的公式即可求出 y,然后代入 $x =$

第十七回　东学西渐　斐波那契开先河
三次方程　欧洲数学起风云

$y-\dfrac{a}{3}$ 即可得到 x 的解。

而卡尔达诺的学生费拉里更是了不得。费拉里采用换元法将四次方程变换成三次方程和二次方程，最终得到了一元四次方程的公式解法。可以说，卡尔达诺和费拉里已经完全超越了塔尔塔利亚，在解方程方面取得了辉煌的成就。

1545年，《大术》正式出版。书中收录了三次方程和四次方程的解法。卡尔达诺虽然违背了诺言，但他并没有掠人之美，他在书中写明三次方程的解法是塔尔塔利亚告诉他的，充分肯定了塔尔塔利亚的优先发现权。但是，卡尔达诺的解释并没有得到塔尔塔利亚的谅解，他公开斥责卡尔达诺背信弃义，并向他提出挑战。卡尔达诺自知理亏，没有回应。但是费拉里决定要为自己的老师讨回公道，于是他替老师接受了挑战。

1548年8月10日，塔尔塔利亚和费拉里在米兰大教堂对于高次方程的解法进行公开论战。结果，费拉里技高一筹，塔尔塔利亚败下阵来。他可能没想到，费拉里这个初出茅庐的小伙子，已经是解方程的顶尖高手。

辩论失败的后果是严重的。当时，意大利盛行公开的学术辩论，就像决斗一样，失败者会名誉扫地，甚至断送学术生涯。塔尔塔利亚因辩论失败失去了威尼斯的教职，只好回到家乡布雷西亚。1557年，57岁的塔尔塔利亚孤寂而逝。

随着《大术》的出版，三次方程和四次方程的求解方法不再神秘。人们开始研究五次以上方程的求解，大家都在想，能不能继续用换元和降次的方法，求解高次方程呢？结果，所有人都失败了。究其原因，要等200多年后才能揭开谜底，此处暂且不表。

卡尔达诺虽然得到了三次方程的求根公式，但他没有意识到，这个公式中还隐藏着一个大秘密。这个秘密对代数学带来的影响，不亚于无理数的发现，欲知详情，且听下回分解。

第十八回

负数开方　虚数助力解方程
排列组合　概率破解掷骰子

——虚数的发现与概率论的起源

卡尔达诺在《大术》这本书里，举了非常多的三次方程求解的例子。在这些例子中，他发现一个无法解释的现象：有的方程明明有实根，却无法用公式计算。比如下面这个例子：

$$x^3 - 15x - 4 = 0$$

很显然，$x=4$ 是方程的一个根，口算都能验证。但是奇怪的是，代入求根公式，却得到下面这个奇怪的结果：

$$x = \sqrt[3]{2+\sqrt{-121}} + \sqrt[3]{2-\sqrt{-121}}$$

这里出现了令人困惑的 $\sqrt{-121}$。负数开平方，在当时的人们看来是无意义的，因此卡尔达诺对此大惑不解，认为这种情况下公式是不能使用的。

当年 $\sqrt{2}$ 出现时，曾引起毕达哥拉斯的恐慌，但事实证明 $\sqrt{2}$ 导致了无理数的发现。如果卡尔达诺了解这段历史的话，恐怕就不会草率地下结论了。

很快，这个问题就引起了意大利另一位数学家邦贝利（Bombelli，1526—1572）的重视。邦贝利在研究《大术》的时候，对这个方程进行了长时间的思考。他认识到原方程绝不是不可解的，$x=4$ 就是其根。理论上来讲，利用公式应该能得到这个根才对。因而他开始思考负数开方的含义，$\sqrt{-121}$ 代表什么意思呢？

他首先思考 $\sqrt{121}$ 这样的正数开方的含义。这很简单，$\sqrt{121}$ 的含义就是它的平方等于 121，即

$$(\sqrt{121})^2 = 121$$

第十八回 负数开方 虚数助力解方程
排列组合 概率破解掷骰子

以此类推，$\sqrt{-121}$ 的含义不就是它的平方等于 -121 吗？即
$$(\sqrt{-121})^2 = -121$$

想到这里，他兴奋极了，如果 $\sqrt{-121}$ 有了意义，这个求根公式就能继续使用了！

进一步地，他认识到只要规定 $(\sqrt{-1})^2 = -1$，那么所有负数开平方就都可以进行了，因为所有负数都可以写成正数与 -1 的乘积。例如：
$$\sqrt{-121} = \sqrt{121 \times (-1)} = \sqrt{121} \times \sqrt{-1} = 11\sqrt{-1}$$

有了这样的规定，他很快就计算出
$$2 + \sqrt{-121} = (2 + \sqrt{-1})^3$$
$$2 - \sqrt{-121} = (2 - \sqrt{-1})^3$$

把上述结果代入求根公式，得
$$x = (2 + \sqrt{-1}) + (2 - \sqrt{-1}) = 4$$

得到这一结果后，邦贝利兴奋异常地写道："起初，这一情形对我来说看起来更像诡辩，直到我找到证明方法，才相信它是真理。"由此，邦贝利确认，负数开方也是有意义的，他给这种数起名叫"虚数"。

邦贝利的发现可以说是数系发展史上的重大飞跃。人类对数的认识从整数扩展到分数，从正数扩展到 0 和负数，从有理数扩展到无理数，现在，又从实数扩展到了虚数。

为了书写方便，后来人们将 $\sqrt{-1}$ 记为 i，即
$$i^2 = -1$$

并称 i 为虚数单位。

这样一来，$2 + \sqrt{-121}$ 就可以写成 $2 + 11i$；$2 - \sqrt{-121}$ 就可以写成 $2 - 11i$。后来，人们把形如 $a + bi$ 的数称为"复数"。虽然复数理论经过了 200 多年的发展才得以完善，但复数的起源就是从邦贝利的发现开始的。

虚数出现以后，人们对方程的根的个数有了更深刻的认识。人们逐渐认识到，包括虚数根在内，方程的根的个数与方程的次数相等，即几次方程就有几个根（有时存在几个根相等的情况）。

人们发现，对于一个 n 次方程，如果 x^n 的系数为 1，且它的 n 个根为

$x_1, x_2, x_3, \cdots, x_n$。那么这个方程可以写为

$$(x-x_1)(x-x_2)(x-x_3)\cdots(x-x_n)=0 \qquad (18\text{-}1)$$

例如,方程 $x^4-7x^2+12=0$ 有 $2,-2,\sqrt{3}$ 和 $-\sqrt{3}$ 四个根,则

$$x^4-7x^2+12=(x-2)(x+2)(x-\sqrt{3})(x+\sqrt{3})=0$$

这是因为不管 x 取哪个根,代入式(18-1)总有一项为 0,0 乘以任何数仍然为 0。而且只有 n 项 $(x-x_i)$ 乘起来才能得到 x^n,所以 n 次方程必然有 n 个根。

因此,三次方程事实上有三个根。卡尔达诺公式只给出一个根,是不完全的,后来人们又找到了另外两个根的公式。例如上面讨论的三次方程 $x^3-15x-4=0$,除了 $x=4$ 以外,还有另外两个根 $x=-2\pm\sqrt{3}$。

话说回来,卡尔达诺虽然用不光彩的手段从塔尔塔利亚那里得到了三次方程的求解口诀,但是,正是因为他将其公之于众,才迅速推进了数学的发展。从整个数学史看,三次方程的求解开启了近世代数的各种思想方法,是 16 世纪数学宝库中最耀眼的明珠。

卡尔达诺是个很奇怪的人物。他研究数学,却又同时研究占星术,他当过医生,还热衷于赌博。他甚至写了一本书叫《论赌博游戏》(*Liber de Ludo Aleae*),在这本书里,从各种游戏的玩法到如何在比赛中不被对手欺骗都有记述。重要的是,他是历史上第一个从数学概率角度来研究赌博的人。他自称"发现了 1000 种惊人现象背后的原因"。

《论赌博游戏》共 32 章,在第 5 章中卡尔达诺给出了他研究赌博的原因:"赌博是一种社会邪恶,不少人染上此恶习。正如生理上的疾病需要研究,赌博这种社会弊端也完全有理由去研究之、治疗之。"在 9~15 章和 31~32 章,卡尔达诺集中研究了有关掷骰子的问题。这些研究堪称概率论最早的萌芽。

卡尔达诺是第一个系统推算概率的人。不过当时卡尔达诺没有发明"概率"这个词,他使用"机会"这个词表示概率的意思。他用想要的结果数目除以可能结果总数的分数来表示机会(概率),而且明确指出:若骰子是均匀的,则 6 个面出现的机会相等。这恰是经典概率模型的概率定义。

根据上面的定义,卡尔达诺指出扔一次骰子出现 1 点的概率是 1/6。然后他计算出连续两次投出 1 点的概率应是 $1/6 \times 1/6$;连续三次投出 1 点的

第十八回　负数开方　虚数助力解方程
　　　　排列组合　概率破解掷骰子

概率应是 1/6×1/6×1/6。

在书中,卡尔达诺提出了这样一个问题:"如果同时扔出两颗骰子,在扔出的点数之和上押注,那么押多少点赢的可能性最大?"

他首先将所有可能情况列出,如表 18-1 所示。从表中可以看出,在同时扔出两颗骰子的情况下,可能出现的结果共有 36 种。当然,即使不列表也很容易计算,第 1 颗骰子的点数有 6 种可能性,第 2 颗骰子的点数也是 6 种可能性,那么可能出现的结果就是 6×6=36 种。后来人们把这种计数规则总结成一条法则叫乘法法则:如果完成一件事要分成几个步骤,第一步有 m 种方法,第二步有 n 种方法……最后一步有 r 种方法,这些步骤又缺一不可,那么完成这件事就有 $m×n×…×r$ 种不同的方法。

表 18-1　两颗骰子的点数组合

骰子一	1	1	1	1	1	1	2	2	2	2	2	2	3	3	3	3	3	3
骰子二	1	2	3	4	5	6	1	2	3	4	5	6	1	2	3	4	5	6
骰子一	4	4	4	4	4	4	5	5	5	5	5	5	6	6	6	6	6	6
骰子二	1	2	3	4	5	6	1	2	3	4	5	6	1	2	3	4	5	6

然后他把所有点数和的可能情况列出,如表 18-2 所示。分析表中数据,卡尔达诺给出的答案是:"如果同时扔两颗骰子,押注于其点数之和,则在 7 上押注是最有利的。"

表 18-2　两颗骰子点数之和的可能情况

点数和	可能情况	结果数目	概率
2	骰子一 1 骰子二 1	1 种	1/36
3	骰子一 1　2 骰子二 2　1	2 种	2/36
4	骰子一 1　2　3 骰子二 3　2　1	3 种	3/36
5	骰子一 1　2　3　4 骰子二 4　3　2　1	4 种	4/36
6	骰子一 1　2　3　4　5 骰子二 5　4　3　2　1	5 种	5/36
7	骰子一 1　2　3　4　5　6 骰子二 6　5　4　3　2　1	6 种	6/36

续表

点数和	可能情况	结果数目	概率
8	骰子一 2 3 4 5 6 骰子二 6 5 4 3 2	5种	5/36
9	骰子一 3 4 5 6 骰子二 6 5 4 3	4种	4/36
10	骰子一 4 5 6 骰子二 6 5 4	3种	3/36
11	骰子一 5 6 骰子二 6 5	2种	2/36
12	骰子一 6 骰子二 6	1种	1/36

从表 18-2 还可以看到,不管你押注哪个数字,赢的概率都是很低的,即使是押 7,赢的概率也只有 1/6,而输的概率高达 5/6。如果偶尔赌一把,你可能会赢,但是如果赌上几十局几百局,是必输无疑的。因为局数越多,运气的成分越小,最终结果与概率越接近。假设你每次都押 7,如果你只赌 6 局,那赢几局输几局不好说;但是如果你赌了 600 局,那么一定就是你赢 100 局左右,输 500 局左右。

有时候,赌场为了刺激赌徒,会设置赔率。比如,对于押 2 点,会设置 30∶1 的赔率。这就是说,你下注 1 块钱,如果赢了会赢回 30 块钱。但是,即使这样,你输钱的概率也比赢钱的概率大。因为按概率来讲,你押中 2 点的概率是 1/36,就是说你押 36 次才能赢 1 次,要输掉 35 块钱,才能挣回来 30 块钱,实际上还是输了 5 块钱。这意味着,只要赌徒们玩的局数足够多,赌场一定是赢的那一方。事实上,只有 35∶1 的赔率才是公平的,这时候,谁赢谁输就纯靠运气了。当然,赌场给的赔率是一定低于 35∶1 的,因为赌场要保证你赢的概率不超过 50%。这样,它才能永远立于不败之地。而对于赌徒来说,玩一两局有可能碰巧赢点钱,如果一直玩下去,最后必然输个精光。

进一步,卡尔达诺探讨了同时扔出两个骰子至少出现一个 1 点的概率。从直觉上,掷 1 个骰子出现 1 点的概率是 1/6,那么掷 2 个骰子出现 1 点的概率将是掷 1 个骰子的两倍,即 1/6+1/6=1/3,但卡尔达诺敏锐地感觉到,这样计算实际上把出现两个 1 点的概率重复算了一次,所以应该减去出现两

第十八回　负数开方　虚数助力解方程
　　　　　　排列组合　概率破解掷骰子

个1点的概率1/36,结果是1/3－1/36＝11/36。从表18-1数一数即可知道,出现1点确实只有11种情况。

卡尔达诺还研究了同时扔3颗骰子的情况。此时可能出现的结果有6×6×6＝216种。表18-3给出了3颗骰子点数之和的概率情况。从表中能看出,抛出10点和11点的概率是最大的。

表18-3　三颗骰子点数之和的概率情况

点　数　和		结 果 数 目	概　　　率
3	18	1种	1/216
4	17	3种	3/216
5	16	6种	6/216
6	15	10种	10/216
7	14	15种	15/216
8	13	21种	21/216
9	12	25种	25/216
10	11	27种	27/216

　　卡尔达诺进一步探讨了很多有趣的问题。比如,当你扔3个骰子时,至少出现一个1点的概率是多少?

　　这个问题,可以换位思考,先看看不出现1点的概率有多大。显然,每个骰子不出现1点的概率都是5/6,那么3个骰子都不出现1点的概率是

$$\frac{5}{6} \times \frac{5}{6} \times \frac{5}{6} = \frac{125}{216}$$

反过来,至少出现一个1点的概率就是

$$1 - \frac{125}{216} = \frac{91}{216}$$

上面算出的概率是具有普遍性的,至少出现任何一个数字的概率都是91/216。卡尔达诺还算出来,同时出现任何两个不同数字(比如同时出现1点和2点)的概率都是5/36;同时出现两个相同数字(比如同时出现两个1点)的概率都是2/27。

　　卡尔达诺因为赌博输掉了大量钱财。当他终于摸清了掷骰子的套路时,不得不发出悲叹:"要想取得赌博的最大收益,就是压根不去赌博。"

　　卡尔达诺于1576年9月21日去世,终年75岁。他毕生与占星术为伍,

至老尤甚。70岁那年,他写了一本书叫《基督传记》,炮制了以星位占卜命运的天宫图,并宣称耶稣的命运也逃不出天宫图的支配。结果因此锒铛入狱,罪名是亵渎基督。一年后,卡尔达诺出狱。不知是出于辩解、开脱还是抗争的目的,卡尔达诺开始写自传《我的生平》。在这篇自传中,为了维护自己大占星家的"光辉"形象,他煞有介事地宣称早已算出自己的离世日期——1576年9月21日。当日子真的来到这一天,卡尔达诺的预言成真了——他选择自杀来维护自己的声誉。正是:

三次方程由他启,概率博弈自他开。

占星大法定死日,无奈自杀真可哀。

第十九回

方程奥妙　韦达发现新定理
脱胎天文　三角独立成学问

——韦达定理的发现与三角学的发展

话说当年卡尔达诺从塔尔塔利亚那里获取的三次方程的秘密,是一套解法口诀,那个口诀像诗句一样,有整整 25 行,复杂难懂。而卡尔达诺也没好多少,他在《大术》里叙述的三次方程的求解过程,写了整整两页纸,恐怕得看一天才能看懂。其原因在于那时候人们没有使用符号来表述方程。在描述求解某一特定形式的方程时,当时的数学家都是先用文字进行说明,然后举一些例子进行解释。

试想一下,在讲述三次方程的求根公式时,如果把卡尔达诺的原文写上的话,恐怕大家根本没有兴趣读下去,而用符号语言,一个公式就可解决问题。短短一行公式和两页纸的长篇大论,哪个更容易理解,读者不难判断。德国数学家莱布尼茨说过:"符号的巧妙和符号的艺术,是人们绝妙的助手,因为它们使思考工作得到节约,在解释说明上有所方便,并且以惊人的形式节省了思维。"那么,用符号作为方程的语言是从什么时候开始的呢?那是在卡尔达诺《大术》出版以后的第 46 年,即 1591 年。

1591 年,法国数学家弗朗索瓦·韦达(François Viète,1540 年—1603 年)出版了一本书——《分析方法入门》。这是一部在代数学发展史上里程碑式的著作。在该书中,韦达引入了一套规则,将方程中的未知量用元音字母表示,已知量或常量用辅音字母表示。这是代数史上最具重要意义的革新,为现代代数学的发展铺平了道路。后来,法国数学家笛卡儿在此基础上做了改进,采用英文字母表中前面的字母(如 a、b、c 等)表示已知量,后面的字母(如 x、y、z 等)表示未知量,这就是我们现在所采用的符号体系。

韦达1540年出生于法国的普瓦图。他从小酷爱数学,曾仔细研究过丢番图和卡尔达诺等的著作。不过韦达并没有专攻数学,由于他父亲是律师,在父亲的影响下,韦达大学也学了法律。毕业后韦达当过一段时间的律师。不过他并不适合这个职业,工作没几年就放弃了,转行做了一个显贵家族的家庭教师,并在此期间撰写了一些论文。虽然当时没有发表,但这是他从事数学研究的重要开端。从1570年开始,韦达步入政界,他先后担任了一系列政府职务,并成为法国国王御前会议的成员。在1584年到1589年的5年间,韦达因为受到政敌的排挤而不得不退出宫廷,赋闲在家。塞翁失马,焉知非福。正是在这5年时间中,韦达得以集中精力进行代数学的研究,将头脑中多年的构思加以整理,形成文稿,并在后来的10年里逐步完善。

1589年,韦达被重新启用。原来,那一年西班牙出兵干涉法国内战,战争中,法军截获了一封西班牙密信。法国国王将任务交给了韦达,要求他破译密信。西班牙仗着复杂的军事密码,认为密信不可能被破译,便没当一回事。哪知韦达竟然真的将这封信破译了!他花了5个月时间,终于找到了这份情报的加密方法。他将破译结果写成了一份报告交给国王,这对法军无异于是如虎添翼,使法军逐渐掌握了战争主动权,最终击退了西班牙军队。

后来西班牙国王得知法国真的破译了密码,感到不可思议。不可能,绝对不可能!他的内心是崩溃的。他坚信韦达一定是使用了巫术,便煞有介事地向罗马教皇控诉法国在这次战争中使用了巫术。实在是令人啼笑皆非。

1591年,51岁的韦达厚积薄发,出版了著名的《分析方法入门》。随后两年又发表了多篇论文。在这些论著中,韦达讨论了关于二次、三次及四次方程的多种改良解法与技巧。其中最著名的成果是提出了关于方程的根与系数的关系式,也就是现在人们常说的"韦达定理"。

韦达发现,对于一元二次方程 $ax^2+bx+c=0$,它的两个根 x_1 和 x_2 满足

$$x_1+x_2=-\frac{b}{a}$$

$$x_1 x_2=\frac{c}{a}$$

第十九回 方程奥妙 韦达发现新定理
脱胎天文 三角独立成学问

对于一元三次方程 $ax^3+bx^2+cx+d=0$,它的三个根 x_1、x_2 和 x_3 满足

$$x_1+x_2+x_3=-\frac{b}{a}$$

$$x_1x_2+x_1x_3+x_2x_3=\frac{c}{a}$$

$$x_1x_2x_3=-\frac{d}{a}$$

上面这些关系式就是韦达定理。韦达定理的应用很广泛,在很多情况下,它使人们免去了解方程的麻烦,直接由根与系数的关系即可导出所需结果。

韦达定理可以推广到更高次方程。因为高次方程都可以写成式(18-1)的形式,将式(18-1)展开,对比展开式与高次方程同类项的系数,即可得到韦达定理。

由韦达定理可知,如果方程有复数根,则复数根都是以 $p+qi$ 和 $p-qi$ 的形式成对出现的。这样才能保证所有根的和是实数。

1593 年,比利时数学家罗门(Roomen)设计了一个特殊的 45 次方程,并将其解了出来。他非常骄傲,向全法国的数学家发出公开挑战,放言无人能解。比利时驻法大使对法国国王亨利四世说:"法国人不具备求解这一问题的能力。"亨利四世岂能服气?他与比利时大使打赌 1000 法郎,把韦达找了过来。

韦达拿到方程看了几分钟,很快就发现这个 45 次方程可以分解成一个 5 次方程和两个 3 次方程。他当场就解出了 1 个根,让比利时大使目瞪口呆,给亨利四世挣足了面子。韦达回家后,又一鼓作气将另外 22 个正根全部解出(他忽略了负根)。第二天,亨利四世派人把这 23 个解交给比利时大使,大使羞得面红耳赤,举国吹嘘的难题被法国人一天拿下,真是丢尽了脸面。他无奈地交出了 1000 法郎赌金。亨利四世把这 1000 法郎直接赐给了韦达,以表彰他为法国赢得的荣誉。

1600 年,韦达发表了《幂的数值解法》,这是他的最后一部著作。这本书中,韦达讨论了求解高次方程数值解的方法。韦达的方法与贾宪的"增乘开方法"(见第十五回)基本一致,也是采用二项式定理展开迭代计算。但是韦

达的数值解仅限于整数部分,忽略了小数部分。

韦达于 1603 年去世,享年 63 岁。鉴于韦达在符号化代数学过程中做出的巨大贡献,他被尊称为"现代代数学之父"。

韦达除了在代数学方面取得了重要的成就以外,在三角学方面也颇有建树。他在 1579 年出版了一部著作——《应用于三角形的数学定律》,将前人在三角学中取得的成果系统化并加以发展,丰富了三角学的内容。

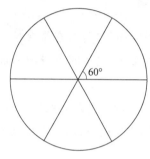

图 19-1　圆周角分为 360°

三角学起源于天文学研究。古人以为太阳等天体都是以地球为中心做圆周运动,为了观测天体运动方便,古希腊人沿用古巴比伦人的六十进制计数法,把整个圆周的角度分成 360 度(360°)。之所以分成 360°,是因为那时候采用的圆周率是 3,按此计算,圆周长是半径的 6 倍,将 1 倍作为一个单位 60°,整个圆周就是 360°。如图 19-1 所示。然后每 1 度又分为 60 分(60′),1 分又分为 60 秒(60″)。虽然后来有了更精确的圆周率,但圆周仍然采用 360°。因为 360 可被 2、3、4、5、6、8、9 等数整除,它可以被方便地平均划分为各种不同的角度,且这些角度都是整数。

如果把圆周等分为 360 段,则每一段弧长对应的圆心角(弧长两端与圆心连线构成的角度)就是 1°。显然,这个角度与圆的半径长短无关。假设半径是 1,那么周长就是 2π,等分为 360 段后每一段弧长就是 $\frac{2\pi}{360}$,这段弧长对应的圆心角就是 1°。为了方便角度与弧长对应,人们定义了弧度的概念:

$$\frac{2\pi}{360} \text{弧度} = 1°$$

在实际书写时,"弧度"二字可省略,即

$$\frac{2\pi}{360} = 1°$$

显然:2π=360°;π=180°;π/2=90°;π/3=60°;π/4=45°;π/6=30°。这些都是常见的弧度与角度之间的换算关系。

早期的三角学就是研究圆周的弧长、弦长与角度之间的关系。之所以叫三角学,是因为这些关系必须通过构建三角形尤其是直角三角形来研究。

第十九回　方程奥妙　韦达发现新定理
　　　　　脱胎天文　三角独立成学问

古希腊的托勒密(约 90 年—168 年)是地心说的集大成者,他的著作《天文学大成》涉及了很多三角学的内容。在中世纪,阿拉伯人在与天文学相关的三角学方面取得了很多研究成果。比如"正弦"这一名词就来自于阿拉伯人。

最早将三角学从天文学中独立出来的人是阿拉伯数学家纳西尔丁(1201 年—1274 年)。他在《横截线原理书》中,把三角学作为独立的学科进行论述。在欧洲,德国数学家雷格蒙塔努斯(Regiomontanus,1436 年—1476 年)在 1464 年完成一部著作《论各种三角形》,这是欧洲第一部独立于天文学的三角学著作。

1551 年,奥地利数学家雷蒂库斯(Rheticus,1514 年—1574 年)在《三角学准则》一书中,重新对三角函数进行了定义。他把三角函数定义为直角三角形的边长之比,建立了三角函数与角度的直接联系,脱离了过去那种必须依赖圆弧的做法,从而使平面三角学从球面三角学中独立出来。

用直角三角形来定义三角函数是非常直观和容易理解的。如图 19-2 所示,在直角三角形 ABC 中,斜边是 AB,∠A 的对边是 BC,邻边是 AC,则有

$$\sin A = \frac{\text{对边}}{\text{斜边}}; \quad \cos A = \frac{\text{邻边}}{\text{斜边}}; \quad \tan A = \frac{\text{对边}}{\text{邻边}}$$

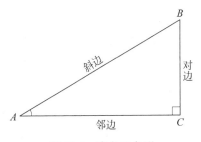

图 19-2　直角三角形

上面这些比值统称为三角比,其中 sinA 叫作∠A 的正弦(sine);cosA 叫作∠A 的余弦(cosine);tanA 叫作∠A 的正切(tangent)。

对于∠A 来说,它的三角比只与其角度有关,而与直角三角形的大小无关。因此,人们计算出了从 0°到 90°的所有角度的三角比,列成表格方便查阅,称为三角函数表。雷蒂库斯和他的学生奥托(Otho,1550 年—1605 年)前后历时 30 余年编制的三角函数表于 1596 年刊行,其角度间隔只有 10 秒。也就是说,他们计算了从 0°到 90°总计 32400 个角度的三角比。其工作量之

大令人叹为观止。

表 19-1 给出了几个常见角度的三角比。从表中可以看出，30°角的正弦刚好等于 60°角的余弦，反之亦然。而且二者的正切呈倒数关系。这是因为 30°加 60°刚好等于 90°，因此它们是同一个直角三角形的两个锐角（如图 19-2 中的∠A 和∠B），它们的对边和邻边刚好相反，所以有上述关系。

表 19-1　几个常见角度的三角函数

角度	三角比		
	正弦	余弦	正切
30°	$\dfrac{1}{2}$	$\dfrac{\sqrt{3}}{2}$	$\dfrac{1}{\sqrt{3}}$
60°	$\dfrac{\sqrt{3}}{2}$	$\dfrac{1}{2}$	$\sqrt{3}$
45°	$\dfrac{1}{\sqrt{2}}$	$\dfrac{1}{\sqrt{2}}$	1

在三角学的研究中，人们总结出了角与角、边与角之间的各种关系和性质，统称为三角公式。形形色色的三角公式可以使人们巧妙地处理各种问题。数学家们对于三角公式的探寻也是乐此不疲。在三角公式中，常用希腊字母 α（读作"阿尔法"）、β（读作"贝塔"）、γ（读作"伽马"）等来表示角度。

在古希腊时，托勒密就发现了平方关系公式，即

$$\sin^2\alpha + \cos^2\alpha = 1$$

这个公式很容易通过勾股定理得到，因为

$$\sin^2\alpha + \cos^2\alpha = \frac{\text{对边}^2 + \text{邻边}^2}{\text{斜边}^2} = \frac{\text{斜边}^2}{\text{斜边}^2} = 1$$

托勒密还得到了两角和的正弦关系式，即

$$\sin(\alpha + \beta) = \sin\alpha\cos\beta + \cos\alpha\sin\beta$$

以及两角和的余弦关系式，即

$$\cos(\alpha + \beta) = \cos\alpha\cos\beta - \sin\alpha\sin\beta$$

阿拉伯数学家比鲁尼（973 年—1048 年）证明了正弦定理：在任意一个三角形内，各边长和它们的对角的正弦的比值相等，且等于此三角形外接圆的直径（图 19-3），即

第十九回　方程奥妙　韦达发现新定理
　　　　　脱胎天文　三角独立成学问

$$\frac{a}{\sin A}=\frac{b}{\sin B}=\frac{c}{\sin C}=2R$$

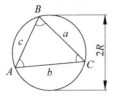

图 19-3　正弦定理

韦达发现了和差化积公式,即

$$\sin\alpha+\sin\beta=2\sin\frac{\alpha+\beta}{2}\cos\frac{\alpha-\beta}{2}$$

随着科学的发展,人们发现三角学在物理学中发挥出越来越重要的作用,许多物理曲线都与三角函数有关,为物理学提供了非常重要的数学基础。因此,三角学受到越来越多的重视,成为数学中重要的分支学科。

第二十回

化乘为加 指数概念现雏形
按表索骥 对数化解计算难

——指数与对数的发明对计算力的解放

在十五六世纪,由于哥白尼"日心说"的出现,天文学发展得很快。为了计算天体的运行轨道,以及各天体之间的位置关系,需要对大量数据进行乘、除、乘方和开方运算。由于数字太大,为了得到一个结果,往往需要计算几个月的时间,极大地浪费了研究人员的时间和精力。其他诸如航海、贸易、工程、军事等领域,同样有繁难的计算困扰着人们。在这样的时代背景下,迫切需要一种快速的计算方法。

当时中国已经普及了一种快速计算工具——算盘。算盘大约出现在宋元时期,到元末明初时已被普遍使用。最初的珠算只用来做加减乘除,口诀也并不完善。到了明代中期以后,珠算口诀才渐趋完善,珠算技术也越来越成熟。而随着珠算大师程大位(1533年—1606年)的出现,珠算技术也达到了顶峰。

商人出身的程大位,自幼就对数学非常感兴趣。他从20岁起在长江中下游一带经商。行商之余,遍访各地的数学名家和珠算能手,遇到算经古籍也不惜重金收购。经商20年之后,程大位在经济和数学上都有了较好的积累,便放弃商业,居家专门从事数学研究。

程大位倾注20年心血,于万历二十年(1592年)完成了巨著《算法统宗》。这一著作开创了中国珠算新的里程碑,对珠算发展起到了极大的推动作用。在这部著作里,程大位花大力气改进了珠算算法及珠算口诀,首次完整地叙述了珠算定位法,并且首次给出了珠算开平方和开立方的方法。《算法统宗》一经出版,便受到广泛欢迎,被大量翻刻和印行,成为后世学习珠算

第二十回　化乘为加　指数概念现雏形
　　　　　按表索骥　对数化解计算难

的经典教材。

只要熟记珠算口诀并经过大量训练，珠算的速度是非常快的。我们经常在电视上看到速算比赛，参赛选手能在观众连数字都没看清的情况下瞬间说出答案，令人惊叹不已。这些选手之所以能算得如此之快，就在于他们采取了"珠心算"这样一种速算方法，就相当于脑海中有一架算盘，能在大脑里快速珠算。

但是算盘并没有流传到欧洲，欧洲人还在绞尽脑汁地研究如何快速计算。他们想到的办法是建立数表，直接查表。这样的办法是有先例的，因为当时已经建立了完善的三角函数表，任何角度的三角函数值都可以通过查表迅速得到，根本不用计算，用起来非常方便。因此，不少人都在研究是否可以通过查表的方式来简化乘、除、乘方和开方等计算。

1544年，德国数学家施蒂费尔（Stifel，1487年—1567年）出版了一部著作《整数的算术》，在这本书中，他列出了一张表格，如表20-1所示。施蒂费尔把第1行数叫作"指数"，第2行叫作"原数"。这是历史上第一次出现"指数"这个词，后来成为正式的数学名词，代表某一个数的幂的次数。比如，表中第2行的"原数"，对应着2的n次幂（2^n），n就是指数。施蒂费尔只列出了表格的前两行，第3行为笔者所加，方便读者对照（因为当时还没有发明a^n这种幂的表示符号）。

施蒂费尔发现，在表20-1中，指数这一行是等差数列，原数这一行是等比数列。指数的加减与原数的乘除相对应。要想求第2行任意两数之积，只需计算这两数对应的第1行的指数之和。例如，要求16×128，查表发现16对应的指数是4，128对应的指数是7，$4+7=11$，则11下面的原数2048就是16×128的结果。对除法也可以类似进行。比如，计算$2048 \div 16$，只要计算$11-7$，则7下面的原数128就是所求结果。

表20-1　2的各次幂与指数对应表

指数	0	1	2	3	4	5	6	7	8	9	10	11	12
原数	1	2	4	8	16	32	64	128	256	512	1024	2048	4096
2^n	2^0	2^1	2^2	2^3	2^4	2^5	2^6	2^7	2^8	2^9	2^{10}	2^{11}	2^{12}

实际上，施蒂费尔已经发现了指数的运算规律，即
$$a^n \cdot a^m = a^{n+m}$$

$$a^n \div a^m = a^{n-m}$$

上面的例子就是 $2^4 \times 2^7 = 2^{11}$；$2^{11} \div 2^4 = 2^7$。

施蒂费尔对他发现的规律感到非常兴奋，因为他把乘除计算转化成了加减计算。如果能找到一种方法，把所有数字都转化成 2 的指数，然后列出一张表格，那么就能快速查表计算了！

但是，想法很美好，实现起来却很困难。比如想计算 13×125，这两个数的指数是多少呢？也就是说，2 的几次方等于 13？2 的几次方又等于 125？那时候还没有发明非整数指数，因此，这个问题对于施蒂费尔来说没法解决。最后，他只能无奈地放弃了这个想法。

虽然施蒂费尔放弃了，但他的想法却启发了两个人——瑞士数学家比尔吉(Burgi，1552 年—1632 年)和英国数学家纳皮尔(Napier，1550 年—1617 年)。

比尔吉意识到，对于 a^n 来说，以 2 为底数时，原数（即 2^n）各数之间间隔太大，应该把底数变成更小的数，这样才能使原数之间的间隔变小，方便查表。考虑到 1^n 都是 1，如果 a 比 1 大一点点，那么 a^n 的间隔就能大大缩小。于是，他选取了 $a = 1.0001$，仿照施蒂费尔的做法，只要把这个数表做得足够大，那么乘除就可以转化成加减查表计算。

但是，还没等比尔吉完成他的表格，纳皮尔已经捷足先登了。纳皮尔花了整整 20 年时间，选择了一个绝妙的底数，编制了一个庞大的数表，并且发明了一个新名词——对数。1614 年，他出版了著作《奇妙的对数法则的说明》。这本书一出版就受到广泛的欢迎，人们接受了纳皮尔的数表，比尔吉的数表也就没多少人关注了。

那么，对于 a^n 来说，纳皮尔选择的 a 是多少呢？经过仔细衡量，他决定选用 0.9999999 作为底数。这是一个比 1 小一点点的数。对这个数连续取不同次幂，它会从 0.9999999 开始逐渐减小（表 20-2），最后减小到 0.0000001。这个数表完成以后，就可以查表计算了。比如，要计算 13×125，可以把它转化成 $0.13 \times 0.125 \times 100000$，查表找到 0.13 和 0.125 对应的指数，再找到二者之和对应的原数，再乘以 100000 就是所要的结果。

表 20-2　0.9999999 的各次幂与指数对应表

指数	0	1	2	3	4
原数	1.0000000	0.9999999	0.9999998	0.9999997	0.9999996

第二十回　化乘为加　指数概念现雏形
　　　　　　按表索骥　对数化解计算难

续表

指数	5	6	7	8	9
原数	0.9999995	0.9999994	0.9999993	0.9999992	0.9999991
指数	10	11	12	13	14
原数	0.9999990	0.9999989	0.9999988	0.9999987	0.9999986

纳皮尔的对数表一经问世便受到人们狂热的追捧。被繁杂的计算弄得头昏脑涨的天文学界，简直要为这个发现沸腾起来。对数表的问世，使他们摆脱了繁复的计算，可以全身心地投入到真正的研究中。人们奔走相告，这激动与欣喜，不亚于计算机的发明。后来大数学家拉普拉斯评论说，对数的发现"以其大大节省计算时间而延长了天文学家一倍的寿命"。而恩格斯更是把对数与解析几何和微积分并称为17世纪的三大数学成就。

有的读者可能有点糊涂了，刚才不是一直在说指数吗？怎么又成对数了？什么是对数？表20-2到底是指数表还是对数表？

其实，这个表既可以说是指数表，也可以说是对数表。指数和对数互为逆运算，两者本质相同，可互相转化。这一点，直到18世纪才由瑞士数学家欧拉发现。当他指出"对数源于指数"时，人们才恍然大悟。而在纳皮尔那个时代，人们并不知道这些。当时并没有 a^n 这样的表示指数的符号，也没有"底数"的概念。因此，纳皮尔并没有采纳施蒂费尔的"指数"来解释表20-2，而是自己提出了"对数"对这个表进行解释。也就是说，纳皮尔把表中第一行数字称为对数。纳皮尔的对数表和施蒂费尔的指数表在本质上是一样的。

"对数"(logarithm)一词是纳皮尔发明的，它源于希腊文，是由"计算"与"数"两个词结合而成。可见对于纳皮尔来说，他的"对数"的首要功能就是用来计算的。中文翻译成"对数"也很有趣，意思是查表比对数字。

由于表20-2小数点位数太多，不易观察，我们用表20-1来解释纳皮尔的对数。现在，表20-1的第一行数字我们不叫它指数了，我们把它叫作对数。它是谁的对数呢？它是第二行数字的以2为底的对数，即

$0=\log_2 1$；$1=\log_2 2$；$2=\log_2 4$；$3=\log_2 8$；$4=\log_2 16$；$5=\log_2 32$；…

这样，纳皮尔给出的对数的运算规则为

$$\log_a MN = \log_a M + \log_a N$$

$$\log_a \frac{M}{N} = \log_a M - \log_a N$$

例如，计算 16×128，根据 $\log_2 16 \times 128 = \log_2 16 + \log_2 128$；查到 16 对应的对数是 4，128 对应的对数是 7，那么 16×128 对应的对数就是 11，则 11 对应的原数 2048 就是 16×128 的结果。通过对数的这种运算法则，仍然达到了"化乘除为加减"的目的，这和指数运算的效果是一样的。

纳皮尔的对数表发表以后，立刻引起了数学家们的重视，伦敦格雷欣学院的数学教授布里格斯（Briggs，1561 年—1630 年）就是其中一位。

布里格斯被对数表深深吸引，全力投入到对数的研究中。随着研究的深入，他觉得对数表查询起来比较麻烦，还可以进一步改良，使计算更加方便。1615 年，经过与纳皮尔几次书信往来之后，他决定去爱丁堡亲自拜访纳皮尔，和他面对面交流。布里格斯坐了 4 天马车，终于从伦敦赶到了爱丁堡。

纳皮尔出身贵族家庭，在爱丁堡附近的小镇有一座城堡。他热情地款待了布里格斯，并邀请他在自己的城堡里住了一个多月。经过一个多月的讨论和尝试，他们决定采用以 10 为底的对数作为常用对数，重新设计对数表格。由于纳皮尔年事已高，没有精力计算新的对数表，于是这项任务就交到了布里格斯手上。

这次见面是在 1615 年的夏天。第二年，布里格斯再次到爱丁堡和纳皮尔畅聊对数，并商量着如何改进。他们约定 1617 年的夏天还要第三次会面。遗憾的是，纳皮尔在 1617 年春天与世长辞。布里格斯唯有全力以赴地计算新的对数表，以此来告慰这位忘年好友的在天之灵。

采用以 10 为底的对数，其实就相当于承认了非整数的指数项。例如，$\log_{10} 2 = 0.301$，意味着 $10^{0.301} = 2$，这就解决了施蒂费尔当年没有解决的问题。有了非整数的指数项，施蒂费尔表格（表 20-1）中的"原数"就可以以很小的间隔连续变化了。

那么，布里格斯为什么要选择以 10 为底的对数作为常用对数呢？以 10 为底有什么特殊之处吗？

是的，以 10 为底的好处就是可以使对数表中的数字方便地转换。比如，计算 $\log_{10} 1.25$（简写为 $\lg 1.25$），可以将其按下式转换计算，即

$$\lg 1.25 = \lg \frac{125}{100} = \lg 125 - \lg 100 = \lg 125 - 2$$

第二十回　化乘为加　指数概念现雏形
　　　　　　按表索骥　对数化解计算难

这样,即使对数表里只有整数,只要查表找到 125 的对数值,减去 2 就能得到 1.25 的对数值。因此,布里格斯的常用对数表可以只列出从 1 开始的所有整数的对数,而不必考虑小数。

1617 年,布里格斯把第一阶段的计算结果写成了一本小册子——《一千个数的对数》,书中给出了从 1~1000 的 1000 个整数的常用对数,精确至小数点后 14 位。这是第一个公开发行的常用对数表。1624 年,布里格斯出版了常用对数专著《对数算术》,论述了对数的应用和计算方法,给出 1~20000 和 90000~100000 的小数点后 14 位常用对数表,还给出 20000~90000 的常用对数的计算方案。1628 年,荷兰数学家弗拉克(Vlacq,1600 年—1666 年)补充了从 20000~90000 之间的对数,出版了完整的常用对数表。这些表格使用了 300 多年,直到 20 世纪 40 年代才被精确至小数点后 20 位的表格取代。

对数表的出现,使研究人员从繁重的计算任务中彻底解脱出来,极大地节省了用于计算的时间。因为对数不光是乘除计算的利器,也是开方计算的利器。这对于研究人员来说,是更为重要的功能。如果熟练使用对数表,开方计算可在 1 分钟内完成,这在以前是不可想象的。

1619 年,德国天文学家开普勒(Kepler,1572 年—1630 年)出版了一部巨著——《宇宙和谐论》。在这本书中,开普勒发表了他的行星运动第三定律:行星公转周期的平方,与椭圆轨道半长轴的立方成正比。1620 年,开普勒在他编撰的《星历表》中,特地注明将此书献给纳皮尔,并声称对数是他得以发现行星运动第三定律的关键。由此可见对数的发明对科学进步起到了巨大的推动作用。

对数的发明也促进了计算工具的发展。英国数学家奥特雷德(Oughtred,1574 年—1660 年)意识到,通过制作一个简单的机械装置,可以省去查找对数表的过程。1630 年,他发明了一种圆形计算尺,由一对中心固定的金属盘组成,盘上有对数刻度,通过转动圆盘可以将两个数的对数值相加。1632 年,奥特雷德又发明了具有滑动标尺的直线对数计算尺。计算尺一经出现,立刻受到了人们的追捧,很快就流行开来,成为科学家们必不可少的常用工具。

虽然计算尺的精度没有查表高,但是一般可以达到 3 位有效数字,对于大多数的计算是够用的。而且计算尺可以通过增加长度细化刻度来提高精度,高级计算尺可达到6位有效数字。20世纪40年代,李政道和他的导师费米为了计算太阳中心的温度,亲自做了一把2米长的计算尺,这大概是史上最长的计算尺了。

计算尺一直流行了300多年,直到20世纪70年代才被电子计算器取代。现在,我们已经基本看不到它的踪影了,但是,它在历史上为人类做出的巨大贡献,将永远被历史所铭记。而这一切,都是起源于对数的发明。正是:

对数运算规则奇,乘除化为加减题。

更兼发明对数尺,计算从此不值提。

第二十一回

我思我在　笛卡儿建立坐标系
数形结合　方程式解析几何学

——平面解析几何的创立

1618年，欧洲爆发了"三十年战争"，这是历史上第一次全欧洲大混战。这场战争是欧洲各国领土争夺以及宗教矛盾激化的产物，一直持续到1648年。在欧洲之前的各种战争中，双方各自参战的人数很少超过几千人。而这场战争的规模远远超过以往，有好几场几万人参加的战役。如果把三十年战争的历次战役合起来统计，可能有100万人参加了这场无休止的战争。

1618年11月的一天，在荷兰南部小城布雷达，有一群人围在一个布告栏前指指点点，议论纷纷。一个瘦高个的年轻士兵正在街边溜达，也好奇地挤上前去看热闹。士兵一眼就看出来，布告栏上贴的既不是广告也不是失物招领，而是一些数学题。这倒让士兵来了兴趣，他认真看了片刻，有些地方实在看不懂，只好向身边人求助。

"请问，谁能告诉我，这是些什么题目？"他问道。

士兵一开口，周围的人纷纷侧目。原来，他说的是法语，周围的人也同样听不懂。

但是，有一个人听懂了。此人衣着考究，学者打扮，也正在思考这些题目。他打量了一眼这个穿着荷兰军服的法国人，用流利的法语问道："小伙子，你对这些题目感兴趣？"

"是的，先生，您能给我翻译一下这些题目吗？"

"这些题目可不简单，这是面向公众的一场数学挑战，是专家们精心设计的数学难题，你确定你要挑战？"学者微笑着问道。

士兵的好胜心被激起来了，他说道："当然，我最喜欢的就是挑战数学难题。"

"好!"学者说道,"我可以给你翻译,但是你要答应我一个条件。"

"什么条件?"

"你要把这些题全部做一遍,明天把你的解答拿给我看。"

"没问题!"士兵爽快地答应下来。"哦,对了,我该怎么称呼您?"

"我叫比克曼,是多特学院的数学教授。你呢,小伙子?"

"我叫笛卡儿,是来自法国的志愿兵。"

"很高兴认识你。"比克曼伸出了手。

"我也很高兴。"二人的手握在了一起。

抄完题目,笛卡儿(Descartes,1596年—1650年)向比克曼(Beeckman,1588年—1637年)说道:"比克曼先生,如果您不介意,可以把您的地址告诉我,我明天亲自送上门去。"

"当然不介意。如果你能全答对的话,我请你喝红酒。"比克曼把地址写给笛卡儿。

"一言为定!"笛卡儿拿着题目朝人群外挤去。他已经迫不及待地想要求解这些题目了。

第二天,比克曼在家等了一上午,也没听见敲门声。他心想,看来这位法国大兵是要失约了。不过也难怪,这些题目城里最好的数学家恐怕一天也难解出来,更别说一个普通人了。他自嘲地摇摇头,打算忘掉这件事。好巧不巧,就在这时,屋外传来了敲门声。不一会儿,仆人进来报告,一位叫笛卡儿的军人求见。"快请进来!"比克曼连忙说道。

比克曼不知道,笛卡儿有睡懒觉的习惯,他早上醒了也不起床,一定要在床上看书或思考老半天才会起床。其实,这些题目他昨天就做完了,但是今天早上又在床上思考问题,起得很晚,所以直到中午才来到比克曼家中。

三十年战争虽然是各国混战,有十几个国家参加,但主要分为两个阵营。这其中,法国和荷兰同属一个阵营。因此,有不少法国人跑到荷兰去参军,甚至自带装备,连军饷都不要,笛卡儿就是其中的一员。那时候荷兰军队也没什么战事,对于这位不要军饷的法国志愿兵,军官们也不为难他,想睡到几点睡到几点,行动自由。

当比克曼看完笛卡儿的解答后,心中暗暗叫好,笛卡儿真是一个数学奇

第二十一回　我思我在　笛卡儿建立坐标系
数形结合　方程式解析几何学

才,这么难的题目他竟然全部答对了。他兴奋地吩咐仆人:"快去把我珍藏多年的那瓶法国红酒拿来,我要和笛卡儿先生好好喝一杯。"

就这样,两个志趣相同的人走到了一起,比克曼和笛卡儿成了好朋友,两人整天在一起讨论数学问题。笛卡儿虽然从小爱好数学,但是在他当法官的父亲的安排下,他大学学的是法律。笛卡儿对法律不感兴趣,大学毕业后一天律师也没当。因为他家境优越,就四处游历,最后来到荷兰当了志愿兵。现在,他终于遇到了一位数学上的导师。比克曼给笛卡儿介绍了韦达等的数学成果,使笛卡儿了解了当时最新的数学进展。比克曼对笛卡儿的一些数学见解也很是欣赏,让笛卡儿深受鼓舞。

有一天,两人谈论起对于数学的看法。比克曼问笛卡儿:"现在人人都在称赞古希腊的几何学,你怎么看?"

笛卡儿说:"人人都在谈论它的优点,但我想谈谈它的缺点。恕我直言,我认为希腊人的几何只是研究一些非常抽象而且看起来也没什么用的问题,它过于依赖图形,束缚人的想象力。尤其是希腊人通过性质描述来定义曲线的方法使人厌烦,而且使得证明非常烦琐。"

比克曼说道:"希腊几何的证明体系是多么完美啊,难道不值得称赞吗?"

笛卡儿说:"希腊几何的每个证明似乎都是为唯一的要求而提供的,而这个要求是能够满足的。它只能使人在想象力大大缺乏的情况下,去练习理解力。"

比克曼又问:"那么代数呢?你对现在的代数学怎么看?"

笛卡儿说:"现在的代数学太从属于法则和公式,成为了一门充满混杂与晦暗的艺术,而不像是一门改进智力的科学。我认为,现在的数学并不是真正的数学。"

"哦?那什么才是真正的数学呢?"

"真正的数学,在我看来,必须把逻辑、几何、代数三者的优点结合起来而丢弃它们各自的缺点。"

"几何和代数结合起来?这可能吗?"

"我也不知道,好像一直有一个不太清晰的想法在我的头脑中徘徊,但我却无法捕捉到它。几何的优点是形状直观,代数的优点是方程简洁。如果能用方程来描述形状,那就是再美妙不过的事情了。"

"笛卡儿,你的想法真是既大胆又新奇。看来,你需要在几何和代数之间架起一座桥梁。"

"是的,我希望我能找到它。"笛卡儿笃定地说。

笛卡儿与比克曼交往了4个月。4个月后,笛卡儿离开荷兰,动身前往丹麦,决心到德意志去参加天主教军队。他在荷兰一场仗也没打,所谓的参军其实就是一场说走就走的旅行。三十年战争的主要战场在德意志,当时德意志有大大小小几百个诸侯国,分成两派,一派是新教诸侯,另一派是天主教诸侯。法国和荷兰支持新教诸侯。也就是说,笛卡儿现在要去参加敌对阵营,而且还是当一名自带干粮的志愿兵。对他来说,可能参军只是一个借口,他的主要目的是周游列国,与不同的人交流思想。

虽然只有短短4个月,但比克曼对笛卡儿的帮助很大。后来笛卡儿说比克曼是"我的研究工作的灵感与令人尊敬的长辈"。对于笛卡儿来说,比克曼确实激起了他的灵感,充分激发了他对数与形的关系的思考。

1619年11月,笛卡儿成为德意志巴伐利亚公爵军队里的一员。不过,他照例还是想睡到几点就睡到几点,仍然是懒散一兵。

很快,一年的时光过去了。一天早上,笛卡儿又躺在床上发呆。哦,不,是思考。他有一句名言:我思故我在。对他来说,思考是生命存在的象征。一年多来,他一直在思考如何在几何和代数之间架起一座桥梁。

突然,笛卡儿的目光被屋顶的一只蜘蛛所吸引。蜘蛛在墙壁上爬来爬去,它所走过的轨迹不就是一条曲线吗?假设把蜘蛛看成一个点,曲线就是点的轨迹。如果能用代数方法描述这个点的位置变化,不就把代数和几何联系在一起了吗?

笛卡儿兴奋起来,他的大脑飞速运转着。说到点,他想到了数轴。数轴上每一个点都被赋予一个数字,同样,每一个数字都对应着一个固定的点,点与数字是一一对应关系。但是,数轴上的点被固定在一条直线上,而蜘蛛是在平面上运动,该怎么办呢?猛然间,他灵光一现,两条相交直线可以确定一个平面,如果让两条数轴相交,那么平面上的每个点就可以由它在两条数轴上的投影数字来确定,这样,数对和平面上的点就有了一一对应关系。

想到这儿,笛卡儿也顾不上睡懒觉了,他一骨碌翻身下地,拿起纸和笔

第二十一回　我思我在　笛卡儿建立坐标系
　　　　　　　数形结合　方程式解析几何学

就开始尝试他的构想。就这样，数学史上最伟大创举——坐标系被发明了。

两条相交的数轴可以构成一个坐标系，如果两条数轴的夹角是直角，就叫作直角坐标系，也叫笛卡儿坐标系，如图 21-1 所示。在直角坐标系中，两条数轴叫坐标轴，分别叫横轴和纵轴，通常记为 x 轴和 y 轴，其交点称为原点，通常记为 O，也代表 0 点。平面上的每一点在两条坐标轴上的垂直投影都对应一个数组，称为坐标。比如在图 21-1 中，原点 O 的坐标为 $(0,0)$，A、B、C 三点的坐标如图中所标注。坐标与坐标系平面内的点是一一对应关系。

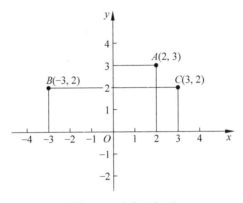

图 21-1　直角坐标系

有了坐标系，平面上的点的运动轨迹就与其坐标 (x,y) 有了关系。笛卡儿经过研究发现，包含 x 和 y 的方程决定了平面曲线的轨迹，他终于搭建起了代数和几何之间的桥梁！例如，笛卡儿发现圆对应的方程是 $x^2+y^2=r^2$，其中 r 是圆的半径。

试想一下，如果我们想描绘出平面上距离原点长度为 5 的所有点，肯定会画出一个以原点为圆心、半径为 5 的圆（图 21-2）。如果在这个圆周上任取一点 A，其坐标为 (x,y)，根据勾股定理，很容易证明 (x,y) 满足 $x^2+y^2=5^2$。更进一步地说，在这个平面上，只有这个圆周上的点的坐标能使 $x^2+y^2=5^2$ 成立。这就意味着，方程 $x^2+y^2=5^2$ 可以精确且唯一地表示这个圆。

就这样，利用坐标系，笛卡儿发现了一种用代数方程表示几何曲线的方法。不光是圆，包括椭圆、抛物线与双曲线在内的各种曲线都可以用方程来

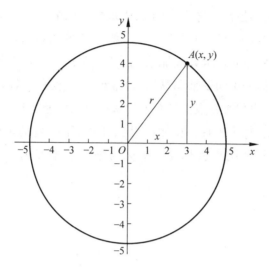

图 21-2　一个半径为 5 的圆

表示(图 21-3)！古希腊人上千年来只发现了 12 种曲线，而利用笛卡儿的方法，各种类型的包含 x 和 y 的方程都对应着一种曲线，可以容易地构造出任意多种曲线。

　　曲线可以由一个方程来确定，这一事实在科学发展史上具有深远的意义。当时，开普勒发现行星绕太阳运动的轨迹是椭圆，伽利略发现炮弹的运动轨迹是抛物线，只要按照笛卡儿的方法建立坐标系，就可以写出曲线的方程，获得运动轨迹上每一点的坐标，进而就可以研究每一瞬间的速度，这为微积分的发明铺平了道路。由此可以看出笛卡儿的发现是多么重要！

　　后来，人们把这种运用代数方法来研究几何问题的方法称为解析几何，也叫坐标几何。从此，几何问题不仅可以归结为代数形式，而且还可以通过代数变换来发现几何性质。笛卡儿实现了他的愿望，将几何与代数的优点结合起来，建立了一种"真正的数学"。现在，人们将这种数学思想称为"数形结合"，对于这一思想，著名数学家华罗庚有一首词写得好：

　　数与形，本是相倚依，焉能分作两边飞？数缺形时少直觉，形少数时难入微。

　　数形结合百般好，割裂分家万事非。切莫忘，几何代数统一体，永远联系，切莫分离！

第二十一回　我思我在　笛卡儿建立坐标系
　　　　　　数形结合　方程式解析几何学

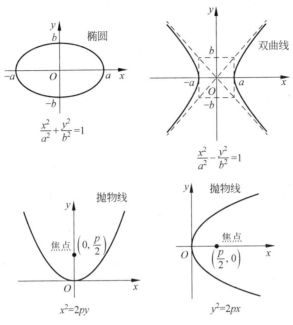

图 21-3　椭圆、抛物线与双曲线的对应方程

　　1621 年,笛卡儿离开了军队。在随后的 5 年里,他继续在欧洲各国游历,结交朋友,交流思想。最后,他还是选择了在荷兰定居。在随后的 20 年里,笛卡儿对哲学、数学、天文学、物理学、化学和生理学等领域进行了深入的思考与研究,出版了多部著作。

　　1637 年,笛卡儿出版了一本关于科学与哲学的著作《方法论》,其中有一个 100 多页的附录《几何学》。在这篇附录里,他介绍了自己在解析几何方面的研究成果,这也被认为是解析几何正式创立的标志。紧接着,笛卡儿在 1641 年出版了一本哲学方面的著作《第一哲学沉思集》,1644 年又出版了一本关于哲学与科学的专著《哲学原理》。

　　在这几本著作出版以后,笛卡儿的大名传遍了整个欧洲,在他的仰慕者和有书信往来的人中,还包括已被放逐的波希米亚公主伊丽莎白(1618 年—1680 年)。而她被放逐的原因,是因为她父亲在白山战役中战败。据说这次战役是笛卡儿唯一参加过的一次战斗,不过伊丽莎白并不以为意。毕竟,笛卡儿并不是战役的指挥者,他只是一个爱睡懒觉的士兵。

　　伊丽莎白公主对笛卡儿的学识非常敬佩。一次,她称赞笛卡儿是一位知识渊博的伟大学者。笛卡儿说:"我努力求学没有得到别的好处,只不过是愈学愈发现自己的无知而已。"公主说:"您别谦虚了,您学识如此渊博,竟然感叹自己无知,岂不是天大的笑话?"

笛卡儿在纸上画了一大一小两个圆圈,递给她说:"你看,圆圈内是你已掌握的知识,圆圈外是浩瀚无边的未知世界。你知道得越多,圆圈就越大,你能接触到的未知部分也就越多。"

公主听了连连点头:"您的解释真是绝妙!"

在笛卡儿的仰慕者中,还有瑞典女王克里斯蒂娜(1626年—1689年)。克里斯蒂娜三番五次地邀请笛卡儿访问瑞典,为她讲授哲学。笛卡儿开始并不想去,但是盛情难却,加上出于对女王的尊敬,笛卡儿最终接受了邀请。但是,他并不知道,他将踏上的是一场死亡之旅。

1649年10月,笛卡儿到了瑞典,见到了女王。克里斯蒂娜是一个精力旺盛的女人,她一天只睡5小时,起床很早。她坚持要求笛卡儿在早晨5点给她上课。这可苦了爱睡懒觉的笛卡儿。

笛卡儿出生时差点夭折,他从小体弱多病,不能起早。他在上小学和中学时,校长特批允许他不必遵守学校的作息时间,他也因此养成了爱睡懒觉的习惯。他习惯在床上度过整个早晨,而每天利用早晨的时光进行思考的习惯也伴随了他一生。有一次,笛卡儿对同样身体孱弱的法国科学家帕斯卡(1626年—1662年)介绍他的养生秘诀,他说,他保持身体健康的秘诀就是每天早上睡到自然醒。然而,这句话竟然一语成谶,成了一个悲剧性的预言。

1649年的冬天,是瑞典历史上最无情的严冬。每天凌晨,还在睡梦之中的笛卡儿就被催他起床的刺耳叫声唤醒。然后睡眼惺忪地坐在冰冷的马车里,穿过寒冷的街道,在5点钟赶到皇宫为女王上课,而且一上就是5小时。

1650年1月,笛卡儿终于坚持不住病倒了,他患上了急性肺炎。而医生的治疗方案居然是给笛卡儿放血。一个多月后,笛卡儿撒手人寰,病逝于瑞典,享年54岁。他成了这位任性的年轻女王的牺牲品。

在17世纪之前,数学研究处于初等数学阶段。初等数学是常量数学,主要研究不变量的代数运算,以及静止的几何图形。而解析几何的出现,则启迪人们把静止的几何曲线视为变量的运动轨迹来研究。这一来,就把变量

第二十一回　我思我在　笛卡儿建立坐标系
　　　　　　数形结合　方程式解析几何学

引入了数学。从此,数学发生了变化,从研究常量的初等数学,进入了研究变量的高等数学。高等数学以解析几何的建立为起点,以微积分的建立为里程碑,取得了令人赞叹的成就。

高等数学是变量数学,主要研究变量和曲线、曲面之间的各种关系。这一阶段数与形已经紧密联系起来,曲线、曲面可以用方程表示,函数的概念被不断地明确和完善,以微积分为基础的分析数学开始发展。而这一切,都是以笛卡儿建立坐标系为起点。因此,笛卡儿获得了后人的高度评价。正如恩格斯所指出的:"数学中的转折点是笛卡儿的变数。有了变数,运动进入了数学;有了变数,辩证法进入了数学;有了变数,微分和积分也就立刻成为必要的了。"正是:

几何形象难描述,代数抽象不直观。

二者结合恰互补,数学从此扬快帆。

第二十二回

射影几何　帕斯卡一鸣惊人
费马定理　业余王故弄玄虚

——射影几何的创立与概率论的成熟

17世纪的法国，随着殖民扩张与商业贸易的兴盛，生产力大大发展起来，这就对科学技术提出了新的要求，从而使社会上掀起了研究数学的热潮。那时候，很多法国人都热衷于利用业余时间搞数学研究，尽管他们来自各行各业，但很多人都靠着业余研究在数学史上留下了自己的名字。由于当时没有学术期刊，出版著作周期又太长，为了及时与同行交流，除了相互通信以外，数学沙龙也应运而生了。

在巴黎，以神甫为职的梅森(Mersenne,1588年—1648年)就是一个狂热的业余数学家。为了与巴黎最优秀的数学家在一起交流思想，梅森组织巴黎的数学爱好者们每周在他家进行一次聚会。这个沙龙聚会名气越来越大，当时的很多知名数学家都慕名而来，笛卡儿有一段时间就是这里的常客。渐渐地，这个数学沙龙被人们称作梅森学院，成为数学家们的定期集会。再后来，梅森学院被官方接管，发展成为法国巴黎科学院，为法国的科学大发展奠定了基础。

1639年的一个周末，梅森照例在家中举办数学沙龙。这天的主角，是一个叫德萨格(Desargues,1591年—1661年)的业余数学家。他早先当过陆军军官，后来成为一个工程师和建筑师。德萨格正在对着在座的人们侃侃而谈："先生们，你们知道为什么达·芬奇的画看上去立体感那么强吗？因为，他不光是个画家，他还是一个数学家！"

"数学家？"人群中一个十几岁的少年睁大眼睛，惊讶地脱口喊道。

"是的，孩子。"德萨格微笑着对他说道，"确切地说，达·芬奇是一个几

第二十二回　射影几何　帕斯卡一鸣惊人
费马定理　业余王故弄玄虚

何学家。"

"为什么呢?"少年好奇地问。

德萨格说:"因为,达·芬奇提出了透视图和光锥体的概念,这是将几何原理运用到绘画中来的理论。他告诉我们,眼睛只能以光锥体的形式看到东西。"说着,他在黑板上画了一幅简单的透视图(图 22-1),然后告诉大家:"你们看,这就是两个光锥体。也就是说,你要想让一个立体图形在平面上以视觉形象展现出来,这个立体上每一点的视线最后都要集中于一点,形成一个光锥体。"

图 22-1　透视图示意图

德萨格还没有说完,少年插嘴说道:"反过来,可以看作是某一点发出的光照射在物体上。光锥体就是光线投射锥。"

德萨格吃了一惊,他赞许地点点头,说道:"没错,这就是我今天要讲的内容——射影几何。"

"射影几何?"人们议论纷纷,"没听说过这个名称啊!"

德萨格说:"各位,大家没听说过很正常。因为,这是我给这种几何学起的名字,或者,也可以叫作投影几何。简单来说,就是研究物体在点光源照射下在平面上投下的影子。"

德萨格又在黑板上画了一幅图(图 22-2),讲解道:"例如,在平面 B 上有一个圆形,在点光源的照射下,投影到平面 A 上就成了一个椭圆。平面 A 可以在平面 B 的上面,也可以在下面,显然,在不同倾斜角度的平面 A 上,物体投下的影子看起来是不一样的,经过几年的研究,我总结出来一些基本的规律。"

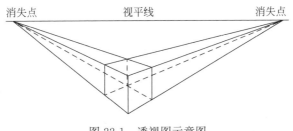

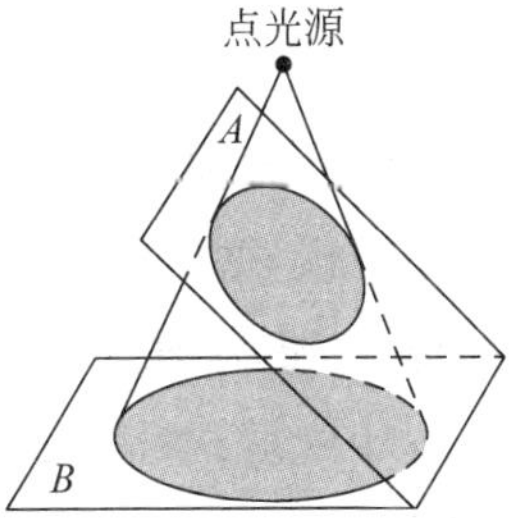

图 22-2　物体在点光源照射下的投影

说着,德萨格拿出几本小册子,分发给众人。他首先递给那个少年一本。少年拿着一看,封面上写着书名——《试图处理圆锥与平面相交情况的初稿》。少年拿着小册子翻看起来。

德萨格继续讲道:"通常来讲,一个图像的投影既改变角度,也改变长度。但是,我发现有些性质在射影下是保持不变的。我得到的基本规律为直线的投影仍是直线;三角形的投影仍是三角形;圆锥曲线的投影仍是圆锥曲线。例如,一个椭圆的投影既可以是一个不同形状的椭圆,也可以是一条抛物线或一条双曲线。我的书中给出了详细证明。"

接着,德萨格又在黑板上画起图来(图 22-3)。画好以后,他讲道:"另外,我在几年前还发现了一个有趣的定理。两个不同的射影毕竟来源于同一个物体,它们之间保持着一些不易察觉的联系。大家请看,D 为点光源,$\triangle ABC$ 和 $\triangle A'B'C'$ 是同一个三角形的光锥体上的两个截面。现在,我把 AB 和 $A'B'$ 延长交于点 P_1,把 AC 和 $A'C'$ 延长交于点 P_2,把 BC 和 $B'C'$ 延长交于点 P_3。那么,我能证明,P_1、P_2 和 P_3 这三点一定位于同一条直线上。"

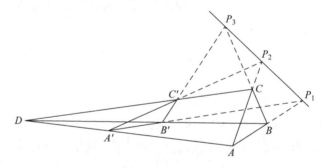

图 22-3 德萨格定理示意图

"哇哦,太神奇了,真没想到!"大家纷纷称赞。

这时候,德萨格注意到那个少年眉头紧锁,似乎在思索着什么,便向少年问道:"嗨,小伙子,你有什么问题吗?"

少年说道:"是的,我在考虑,如果 AB 和 $A'B'$ 平行,它们没有交点怎么办?"

"很好,小伙子,你提的问题很好。"德萨格赞许道,"对于这种情况,我做了一个假定,假定存在一个'无穷远点',定义这个点,是为了让两条平行线

第二十二回　射影几何　帕斯卡一鸣惊人
　　　　　　费马定理　业余王故弄玄虚

相交于这个无穷远点。这样,我们就可以说,在所有的情形里,这个定理都能成立了。"

众人纷纷鼓起掌来。德萨格结束了他的演讲,走下台来,大家开始自由交流。德萨格坐到那个少年身边,问道:"小伙子,你今年多大了,叫什么名字?"

少年答道:"我叫帕斯卡,今年16岁。"

德萨格拍拍他的肩膀说:"很高兴认识你,帕斯卡。欢迎你给我的书提意见。也希望你和我一起发展射影几何的理论。"

帕斯卡认真地说:"谢谢您,德萨格先生,我会认真阅读您的著作的。"

各位读者,别看这帕斯卡只有16岁,他已经参加梅森的数学沙龙快两年了。帕斯卡家境殷实,他的父亲是一位律师,同时也是一个数学爱好者。由于帕斯卡从小身体羸弱,他父亲怕他学习劳神,就决定限制他学数学,把家里所有的数学书都藏起来不让他看到。不料,父亲越不让他学,他就越想学,便偷偷自学起来。

在12岁那年,帕斯卡用折纸的方法证明了三角形的内角和等于180°(图22-4)。当他把这一发现告诉父亲时,他父亲又惊又喜,意识到儿子有很好的数学天赋,于是就不再限制帕斯卡的学习,并且送给他一本《几何原本》,鼓励他研究数学。很快,帕斯卡就把《几何原本》研读精熟。两年之后,帕斯卡的父亲开始带着他参加梅森的数学沙龙,增长见识,汲取最新的数学思想。所以,当帕斯卡遇到德萨格时,他已经参加这个沙龙快两年了。

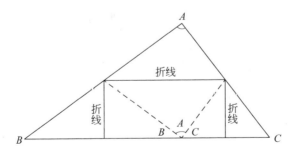

图 22-4　帕斯卡用折纸法证明三角形的内角和等于180°

话说帕斯卡受到德萨格的鼓励,当天回家就开始研读德萨格送给他的小册子。德萨格没有看错人,几个月后,少年天才帕斯卡就发现了射影几何的一个新定理,并且在梅森的聚会上当众宣布了他的发现。

帕斯卡发现,在一个圆上任意画一个内接六边形,然后把这个六边形的每组对边延长相交于一点,那么这三个交点共线。如图 22-5 所示,$ABCDEF$ 是圆的内接六边形,它的三组对边分别是 AB 和 DE、BC 和 EF、CD 和 AF,这三组对边的延长线分别交于 P_1、P_2 和 P_3。帕斯卡首先证明,这三点位于同一条直线上。

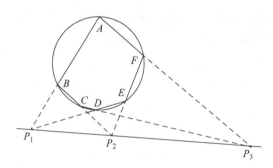

图 22-5　帕斯卡六边形定理示意图

然后,帕斯卡利用德萨格发现的"圆锥曲线的投影仍是圆锥曲线"的射影变换原理,对这个图案进行投影。在不同的投影角度下,圆可以变成椭圆、抛物线和双曲线;但是,直线的投影仍然是直线,六边形的投影仍然是六边形,只不过是形状有些变化,而且直线上的点也不会到直线外。于是,帕斯卡得出一个极为重要的结论:在圆锥曲线上任意画一个内接六边形,把这个六边形的每组对边延长相交于一点,那么这三个交点共线。后来,人们把这个结论称为"帕斯卡六边形定理",简称"帕斯卡定理"。

帕斯卡定理看似简单,却蕴含着丰富的内涵。后来人们发现,从这个定理中可以推导出阿波罗尼奥斯《圆锥曲线论》中的 400 多个命题,一条定理简直抵得上一部鸿篇巨著!

刚开始,有些人还不相信这是一个 16 岁孩子的发现,他们怀疑这是帕斯卡的父亲捉刀代笔。但是,很快帕斯卡就在数学和物理方面取得越来越多的成果,打破了人们的质疑,再也没有人怀疑他的天分。读者朋友们一定很熟悉物理学中的帕斯卡定律,那是他 30 岁时发现的,后来国际单位制中压强的单位也被命名为"帕斯卡"。

1654 年,一个朋友写信向帕斯卡求助,询问一个关于如何"合理分配赌

第二十二回　射影几何　帕斯卡一鸣惊人
　　　　　费马定理　业余王故弄玄虚

注"的问题。这个问题是这样的：甲、乙两人同掷一枚硬币，规定正面朝上甲得 1 分，反面朝上乙得 1 分，先积满 3 分者赢取全部赌注。假定在甲得 2 分、乙得 1 分时，赌局由于某种原因中止，问应该怎样分配赌注才算公平合理？

帕斯卡初次接触到这个问题，感觉毫无头绪，没法立即给出回复，于是便写信向另一位法国数学家费马（1601 年—1665 年）求助。费马也没能立即给出答案，于是两人来来回回通信讨论了 6 个月，终于把这个问题解决了。

帕斯卡的解决方案是：若再掷一次，如果甲胜，甲获全部赌注；如果乙胜，甲、乙平分赌注。这两种情况的概率相同，也就是说，甲有一半的机会获得全部赌注，有一半的机会获得一半赌注。于是他获得赌注的数学期望是

$$\frac{1}{2} \times 1 + \frac{1}{2} \times \frac{1}{2} = \frac{3}{4}$$

而对于乙来说，他有一半的机会获得 0 赌注，有一半的机会获得一半赌注。于是他获得赌注的数学期望是

$$\frac{1}{2} \times 0 + \frac{1}{2} \times \frac{1}{2} = \frac{1}{4}$$

由此，甲应分得赌注的 3/4，乙得赌注的 1/4。

费马给出的是另一种解决方案：结束赌局至多需要两局，这两局有 4 种可能的情况，如表 22-1 所示。前 3 种情况，甲获全部赌注，第 4 种情况，乙获全部赌注。所以甲应分得赌注的 3/4，乙分得赌注的 1/4。

表 22-1　后两局赌局的可能情况

序　号	情　况	结　果
1	第 1 次正面朝上，第 2 次正面朝上	甲胜
2	第 1 次正面朝上，第 2 次反面朝上	甲胜
3	第 1 次反面朝上，第 2 次正面朝上	甲胜
4	第 1 次反面朝上，第 2 次反面朝上	乙胜

帕斯卡与费马用各自不同的方法解决了这个问题。在互相通信中，他们逐渐形成了概率论的基本概念，为现代概率论奠定了基础。

3 年后，荷兰数学家和物理学家惠更斯（1629 年—1695 年）出版了一本名为《论骰子问题中的推理》的小册子，其中就吸收了帕斯卡和费马关于数学期望和排列组合的思想。在这本小册子中，惠更斯正式给出了"数学期望"

这个概率论中的最重要概念的定义：若某人在赌局中以概率 p、q（$p+q=1$）赢得 a、b 元,则其赢钱的数学期望为 $ap+bq$ 元。

到了 1713 年,瑞士数学家雅各布·伯努利（Jakob Bernoulli,1654 年—1705 年）的遗著《推测术》出版。伯努利将数学期望与排列组合的许多方法发展成为更为规范的概率理论,并且提出了以其名字命名的"伯努利大数定律"（当随机事件发生的次数足够多时,该事件发生的频率趋近于预期的概率）。至此,经过卡尔达诺、帕斯卡、费马、惠更斯及伯努利等人的努力,概率论终于发展成为一门理论严谨的数学学科,成了近代数学一个新的分支。正是：

莫道赌博靠运气,数学期望定输赢。

一局两局是偶然,大数定律百局灵。

费马这个人大家一定有所耳闻,他可能是历史上知名度最高的业余数学家,被誉为"业余数学家之王"。费马终生都以律师为业,但他几乎所有的业余时间都用来研究数学。他和同时代的很多优秀数学家都保持着书信往来,他的很多重要的数学思想,都是在与其他数学家的大量信件中提出来的。他的数学思想主要集中在 4 个数学领域,分别是数论、概率论、解析几何和微积分。尽管费马在数学界的活动给人们留下了深刻印象,但他生前只发表过一篇数学论文。曾经不少人都建议他把自己的数学思想整理成书,但费马一直没有行动,甚至很少正式记录他的数学发现的推演过程,导致那些数学发现往往缺乏证明。直到费马去世以后,人们才根据他遗留的书信、手稿和批注,将他的数学思想整理出版,人们才得知他到底做了哪些研究。

现在我们都知道笛卡儿是解析几何的创始人,但是后人研究发现,费马也在同时代建立了解析几何的基本概念,但是他没有发表。大约在 1629 年,费马撰写了一篇手稿《平面和立体轨迹引论》,文中得出结论：一个联系着 x 和 y 的方程,如果是一次的,就代表直线轨迹；如果是二次的,就代表圆锥曲线。1643 年,费马又把三元方程用于空间解析几何,指出二元方程描述曲线,三元方程描述曲面。但是,他的这些著作直到他去世后才出版,在他生前只是与人通信交流过,包括笛卡儿。现在,人们一般认为是笛卡儿和费马共同创立了解析几何。

第二十二回　射影几何　帕斯卡一鸣惊人
　　　　　　　费马定理　业余王故弄玄虚

　　费马对于微积分也做出了一些奠基性的工作，他找到了确定抛物线和双曲线上任意一点切线斜率的方法，以及通过对无穷多的一组矩形的面积求和，来确定这两种曲线下的面积的方法。当现代积分进行面积求和时，划分的矩形具有统一的宽度，但费马划分的矩形宽度是按几何级数变化的。尽管如此，他还是捕捉到了现代积分理论的基本思想。遗憾的是，费马的手稿没有被广泛地传播，因此他对于微积分创立的贡献是有限的。

　　费马最为人所熟知的贡献集中在数论方面。他的关于素数、整除性及整数的幂的定理和猜想引导了现代数论的发展。

　　费马的很多数论上的结论都与素数有关。素数也叫质数，是诸如 2、3、5、7、11…等无法分解为两个整数相乘（除了 1 乘以它本身）的正整数。在 1640 年写给朋友的一封信中，费马给出了一个判断：如果 p 是素数，那么对于每一个整数 a，数 a^p-a 能被 p 整除。费马在信里说明，他证明了这一结论，但是因为证明过程太长而没有附在信里。这是他的一贯风格。后来瑞士数学家欧拉在 1736 年帮他完成了这个证明。现在人们把这个定理叫作费马小定理。

　　费马还给朋友们写信，说他发现形如 $2^{2^n}+1$ 形式的数都是素数，并且一度声称自己找到了证明方法，只是证明过程太长而没法写在信里。但在 1732 年，欧拉发现当 $n=5$ 的时候，数字 $2^{32}+1$ 可以被 641 整除，从而推翻了费马的结论。但具有这种形式的素数现在仍被人们称为"费马素数"，以此来表示对他的纪念。

　　在费马关于数论的研究中，最著名的莫过于费马大定理。费马去世后，他的儿子在整理他的遗著时，发现他在丢番图的《算术》一书中有一段批注："将一个立方数分成两个立方数之和，或将一个四次方数分成两个四次方数之和，或者一般地将一个高于二次的幂分成两个同次幂之和，这是不可能的。关于此命题，我确信已找到了一种美妙的证明方法，可惜这里空白太小，写不下。"

　　费马大定理用数学的语言表述是："当整数 $n \geqslant 3$ 时，关于 x、y、z 的方程 $x^n+y^n=z^n$ 没有正整数解。"我们都知道，当 $n=2$ 时，$x^2+y^2=z^2$ 就是勾股定理，存在 (3,4,5)(5,12,13)(7,24,25) 等多组正整数解。但是，费马说当 $n \geqslant 3$ 时，就找不到正整数解。鉴于费马声称已证出该结论，众多数学家便以为其证明并不难。但结果却出乎所有人的意料，这看似简单的定理竟难倒了一众数学大家。莱布尼茨、欧拉、高斯、勒让德等历史上最豪华的数学明星陆续登场，却都铩羽而归。这个问题一拖就是 300 多年，成为数学史上最大的难题之一。

直到 1994 年，费马大定理终于被英国数学家安德鲁·怀尔斯得证，而怀尔斯也是在前人已经进行了大量研究的基础上，用了整整 8 年才攻克了这一难题，光是证明过程就写了厚厚一本书。现在人们怀疑，当年费马根本没找到证明方法，这不过是他一贯的行事风格，喜欢故弄玄虚。毕竟，如果他确实找到一个美妙的证明，在书页里夹一张纸，把证明过程写在纸上并不是什么难事。

费马在 1665 年去世，享年 64 岁。而比他小很多的帕斯卡从小体弱多病，身体一直不太好，在 1662 年就英年早逝了，只活了 39 岁。

1666 年，脱胎于梅森学院的法国巴黎科学院正式成立，院士们由国王发给薪水，专职从事数学和物理研究。西欧其他国家的科学院也大都在 17 世纪中后期成立。从此，科学研究逐渐走上了正规化和专业化的道路。

第二十三回

巨人肩上　牛顿创立微积分
无穷小量　数学再次遇危机

——微积分的创立

笛卡儿坐标系的建立及解析几何的创立,是科学发展史上的一件大事。当时,物理学的发展正处于紧要关头,1609 年,开普勒发现行星绕太阳运动的轨迹是椭圆;1638 年,伽利略发现炮弹的运动轨迹是抛物线。这些运动都不是匀速运动,速度时时刻刻在变化,如何研究这些运动?这是摆在物理学家们面前的大难题。

恰在此时,解析几何及时出现,为物理学家们提供了一个非常好用的数学工具。于是,"站在巨人肩膀上"的牛顿(1642 年—1727 年)登场了。牛顿在笛卡儿、费马、开普勒和伽利略的研究成果基础之上,将数学与物理结合起来,创造了微积分这一伟大的数学工具,构建了一个宏大的力学体系研究运动规律,从而引发了科学大革命。

牛顿是剑桥大学的高才生。虽然家庭贫困,但他靠勤工俭学减免一半学费。在剑桥大学,牛顿整天泡在图书馆里,如饥似渴地汲取最新的知识。在数学方面,他钻研了笛卡儿的《几何学》和沃利斯的《无穷算术》。这两本书对他的影响非常大,使他掌握了解析几何和无穷级数的基本思想,为他创建微积分铺平了道路。

1665 年,牛顿以优异的成绩从剑桥大学毕业,并继续留校做研究。而就在这一年,一场大瘟疫在伦敦暴发。这是一场凶猛的鼠疫,传染性极强,人们束手无策,每周都有上千人死于瘟疫。为了躲避瘟疫,各地的大学被迫关闭,牛顿也因此回到了家乡,一待就是两年。

在宁静的小山村,没有俗事缠身,可以静下心来一心一意搞研究,对牛顿来说,这未尝不是好事。牛顿的研究范围很广,但他最感兴趣的还是力学问题,他希望由运动现象去研究力,再由力去推演其他运动现象。因此,"运动"就成了牛顿研究的首要对象,他首先要解决的,就是"瞬时速度"问题。

笛卡儿创立解析几何后,函数的概念也随之建立起来。笛卡儿指出,在坐标系中,如果坐标点(x,y)中的x和y有某种联系,x的每一个值都对应着唯一的y值,那么此时就构成了一种变量y随x变化而变化的依赖关系,称之为函数关系。

简而言之,对于每一个x(称之为自变量),都有唯一的y(称之为因变量)与之对应,那么y就是x的函数,用$y=f(x)$表示。图23-1 给出了几个

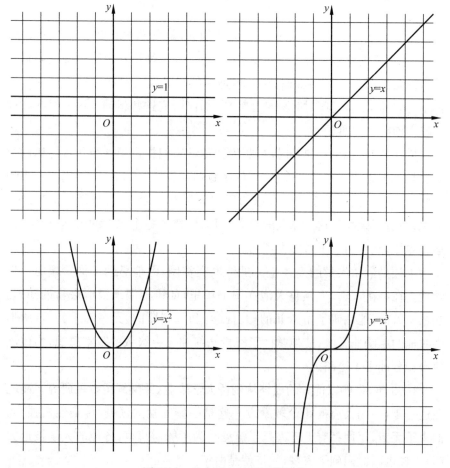

图23-1 几个基本的幂函数图像

基本的形如 $y=x^n$ 的函数（称为幂函数）图像，分别是 $y=1$（即 $y=x^0$），$y=x$（即 $y=x^1$），$y=x^2$，$y=x^3$。对于一些复杂的多项式函数，如 $y=0.4x^3-x^2-10x+15$，其函数图像就是由这些基本幂函数图像叠加而成（图 23-2）。

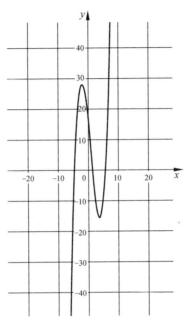

图 23-2　$y=0.4x^3-x^2-10x+15$ 的函数图像

函数概念的出现，使牛顿可以借助函数曲线来研究运动。对于匀速直线运动，路程＝速度×时间（$s=vt$），路程是随时间变化的，即 s 是 t 的函数。s-t 曲线如图 23-3 所示，是一条直线。因为 $v=\dfrac{s}{t}$，显然，要想求速度，只要求直线的斜率即可，在直线上任意选取一段线段，其斜率 $\dfrac{\Delta s}{\Delta t}$ 都等于速度。

匀速直线运动的速度不变，所以 s-t 曲线是一条直线。但是，如果是一个变速运动，它的 s-t 曲线就不是直线了。这时候，瞬时速度该如何计算呢？

牛顿先从一个简单的函数关系入手。假设路程和时间满足关系 $s=t^2$，其 s-t 曲线如图 23-4 所示，那么，物体在每一瞬间的速度是多少？

面对这个问题，牛顿想了一个很巧妙的办法，那就是化曲为直。读者还记得，阿基米德和刘徽的割圆术是用无穷多边的圆内接正多边形去逼近圆，

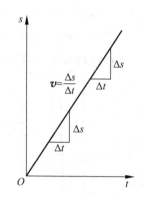

图 23-3　匀速直线运动的 $s\text{-}t$ 曲线

也就是说,圆周近似等于无数条小直线段的组合。于是,牛顿也将 $s\text{-}t$ 曲线分割为无数条小直线段,那么,每一小段都相当于一个匀速直线运动,于是,这一小段内的速度就等于 $\frac{\Delta s}{\Delta t}$。显然,时间间隔 Δt 越短,速度就越能逼近物体在某一时刻的瞬时速度。当 Δt 无限趋于 0 而不等于 0 时,测得的速度就是该时刻的瞬时速度。通过这样巧妙的分割,牛顿推导出来,瞬时速度 $v = 2t$。显然,速度也是时间的函数。

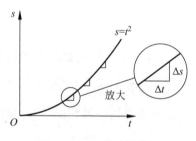

图 23-4　$s\text{-}t$ 曲线的分割

那么,牛顿是如何得到瞬时速度的表达式呢?或者说,对于函数 $y = x^2$,如何求其在某一点的切线斜率呢?

牛顿是这么做的。如图 23-5 所示,将曲线上某一点 (x, y) 与无限靠近它的点 $(x+\Delta x, y+\Delta y)$ 之间部分看作直线段,则点 (x, y) 处的斜率为 $\frac{\Delta y}{\Delta x}$。

因为点 $(x+\Delta x, y+\Delta y)$ 在曲线 $y = x^2$ 上,所以有

$$y + \Delta y = (x + \Delta x)^2$$

又因为 $y = x^2$，代入上式并将方程右边按完全平方公式展开，得

$$x^2 + \Delta y = x^2 + 2\Delta x \cdot x + (\Delta x)^2$$

化简，得

$$\Delta y = 2\Delta x \cdot x + (\Delta x)^2 = \Delta x (2x + \Delta x)$$

两边同除以 Δx，得

$$\frac{\Delta y}{\Delta x} = 2x + \Delta x$$

因为 Δx 趋近于 0，故方程右边 Δx 可略去，于是得到

$$\frac{\Delta y}{\Delta x} = 2x$$

这样，就得到曲线 $y = x^2$ 上任一点的切线斜率为 $2x$。或者说，曲线的斜率函数为 $y = 2x$。

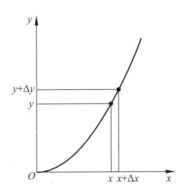

图 23-5　微分法求曲线斜率（为了看得清楚，图中无限接近的两点间隔被放大）

这就是牛顿发明的微分方法，其中 Δx 被他称为无穷小量。利用这种方法，牛顿可以处理各种复杂的运动过程，从而帮助他建立起经典力学的恢宏大厦，使他成为那个时代最耀眼的科学明星。

但是，这个优美的理论在当时竟然掀起了一场轩然大波，问题就出在无穷小量上。很多人发出疑问：无穷小量究竟是不是 0？ 如果是 0，那么 $\frac{\Delta y}{\Delta x}$ 就是错误的，因为 0 不能作除数；如果不是 0，那么上述推导过程中的 $2x + \Delta x$ 直接变成 $2x$ 是否妥当？

因为上述矛盾,微分法从一开始时就遭到了一些人的反对,其中影响最大的是英国红衣大主教贝克莱。1734年,贝克莱出版了一本书指名道姓地对牛顿的理论进行攻击。他指责牛顿在微分法计算过程中先取一个不为0的增量Δx,最后突然令$\Delta x=0$将其略去,这是"依靠双重错误得到了不科学却正确的结果"。因此,贝克莱嘲笑无穷小量是"消逝量的鬼魂"。

贝克莱的攻击虽然遭到了很多数学家的反驳,但也有一些数学家支持他的观点,一时间在数学界中引起了混乱。这使数学家们陷入了尴尬的境地,一方面微积分在实际应用中大获成功,另一方面其自身却存在着逻辑矛盾。因此,数学史上把微积分遇到的危机称为第二次数学危机。

这次危机直到150年后才解除。在欧拉(1707年—1783年)、柯西(1789年—1857年)及魏尔斯特拉斯(1815年—1897年)等众多数学家的努力下,数学家们发展出了极限的概念,用极限来定义曲线上某一点(x_0,y_0)处的导数,即

$$\left.\frac{\mathrm{d}y}{\mathrm{d}x}\right|_{x=x_0} = \lim_{\Delta x \to 0} \left.\frac{\Delta y}{\Delta x}\right|_{x=x_0}$$

导数也叫微商,其意义是求函数曲线在某一点的切线斜率。符号lim是英文limit(极限)的缩写。$\mathrm{d}y$和$\mathrm{d}x$可以理解为在$\Delta x \to 0$时的Δy与Δx。

对于一条光滑连续的曲线,它每一点都有导数,这样曲线的切线斜率也是x的函数,将其斜率函数定义为导函数:

$$\frac{\mathrm{d}y}{\mathrm{d}x} = \lim_{\Delta x \to 0} \frac{\Delta y}{\Delta x}$$

"导函数"的意思是它是从一个函数导出的另一个函数。但是通常也简称为"导数"。对一个函数求导(进行$\mathrm{d}y/\mathrm{d}x$运算),导出的是它的斜率随x变化的函数。

通过定义极限,终于使微积分的理论和逻辑完备化,从而平息了第二次数学危机。正是:

宝剑锋从磨砺出,梅花香自苦寒来。

尽管出生遇危机,破茧成蝶豁然开。

第二十四回

互逆运算　微分积分有玄机
无穷级数　牛顿发现大秘密

——微积分基本定理与函数的无穷级数展开

牛顿于 1664 年秋开始对微积分进行研究，并于 1665 年至 1666 年在家乡躲避瘟疫期间取得了突破性进展。正如他在后来的一封信中写的那样："这些发现都是在 1665 年和 1666 年的鼠疫年代里作出来的。"当时，牛顿把微积分称为"流数术"。据他自述，他在 1665 年 11 月建立起"正流数术"（微分法），1666 年 5 月建立起"反流数术"（积分法），并于 1666 年 10 月将其研究成果写成《流数简论》，但并未发表。

1669 年，牛顿在其友人中分发了一本名为《运用无穷多项方程的分析学》的小册子，其中详尽阐述了他对无穷级数和二项式定理的研究，并初步探讨了微积分理论。后来这本书直到 1711 年才正式出版。

1671 年，牛顿又写了一本《流数法和无穷级数》的小册子，进一步发展了微积分理论，并明确地指出了微分和积分的运算正好相反，二者犹如乘法与除法，互为逆运算。但这本书也是小范围流传，直到 1736 年才正式出版。

1676 年，牛顿又写了第 3 篇微积分论文《求曲边形的面积》。但这篇论文于 1704 年才正式发表。

牛顿的第一本正式出版的涵盖他的微积分理论的书是他的巨著《自然哲学之数学原理》，出版于 1687 年。而这本书也是在他的好友哈雷的一再督促下才写成的，并由哈雷资助出版。

牛顿的论著总是不能及时出版，导致史学家们对于谁是微积分的发明者起了争议，因为当时德国数学家莱布尼茨（1646 年—1716 年）也研究出了微积分的理论。事实上，两人是有过交流的。1676—1677 年，两人有过 4 封书信往来，莱布尼茨向牛顿询问了无穷级数方法的一些细节，并同牛顿分享了一些自己关于积分的结论。当时，他们均未意识到，各自已然独立地创立了微积分理论。

关于谁是微积分的发明者，这场争论持续了很久。英国数学家指责莱布尼茨剽窃了牛顿的成果，而德国数学家则发现了可以证实莱布尼茨原创性的早期著作。随着对历史资料的研究，在今天，数学家们认为牛顿和莱布尼茨差不多在同一时期各自独立地建立了微积分方法。牛顿在发明时间上比莱布尼茨早 10 年，而莱布尼茨公开发表的时间却比牛顿早 3 年。莱布尼茨是作为几何学家对这些问题产生兴趣的，而牛顿则是出于研究物体运动的需要才提出这些问题的。他们都研究了微分、积分的概念和运算法则，从而建立了微积分的数学基础。由于莱布尼茨公开发表得更早，所以现在微积分中的一些基本符号采用的都是莱布尼茨使用的符号。

提到微积分，很多人会以为它很复杂。其实，从上一回的例子就能看出，微积分是用来解决复杂问题的，但它本身并不复杂。简言之，微积分就是把复杂的问题转化成无数个简单问题来处理。

微积分有两个基本思想，一个是无穷分割，另一个是化繁为简。曲线中最简单的是直线，无论多复杂的曲线，都可以划分成无穷多个微小直线段的组合；平面图形中最简单的是矩形，无论多复杂的平面图形，都可以划分成无穷多个微小宽度矩形的组合（图 24-1）。这就是微分和积分的理念。

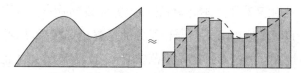

图 24-1　复杂的平面图形可以划分为无穷多个矩形求面积（为了看得清楚，图中宽度无限接近于 0 的矩形被放大）

在坐标系内，一条曲线下方的面积（即曲线与 x 轴包围的面积）是一个非常有用的数据。比如，对于一条速度-时间曲线（v-t 曲线），曲线下方的面积就代表路程（$s=vt$）。更普遍地，在科学研究中，曲线下方的面积代表横坐标与纵坐标所对应的物理量的乘积。因此，计算曲线下方的面积是一个非常重要的问题。

第二十四回　互逆运算　微分积分有玄机
无穷级数　牛顿发现大秘密

牛顿很早就认识到，可以把曲线包围的面积分割成宽度无限微小的一个个矩形，然后累积在一起来求和。但是，有一个现实的问题摆在他面前——这个和如何求出来？当他发明了微分法以后，这个问题终于有了答案。牛顿发现，这个和可以通过"反微分"得到，这就是我们现在所说的"积分"。牛顿把微分法称作"正流数术"，把积分法称作"反流数术"，准确地反映出他对微积分本质的理解。

那么，积分为什么是"反微分"呢？我们来简单地分析一下。

如图 24-2 所示，将曲线 $y(x)$ 下方面积分割成宽度无限微小的无穷多个矩形，然后来研究横坐标位于 x 处的微宽矩形面积。此矩形的高度就是 x 对应的 y 值，宽度是无穷小量 $\mathrm{d}x$，其面积也是无穷小量 $\mathrm{d}S$。显然

$$\mathrm{d}S = y\,\mathrm{d}x$$

简单变换一下，就得到

$$\frac{\mathrm{d}S}{\mathrm{d}x} = y$$

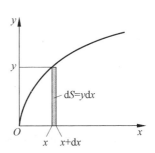

图 24-2　积分法计算曲线下方面积

对于曲线下方任何一个矩形，上式都是成立的。曲线下方面积也是 x 的函数，可以记为 $S(x)$。显然，根据上式，对 $S(x)$ 求导就可以得到函数 $y(x)$。而现在的情况是已经知道函数 $y(x)$，要反过来求 $S(x)$，那只需进行求导的逆运算就行了。就这样，牛顿发现了积分的运算规则——反微分。曲线下方面积随 x 的变化关系 $S(x)$ 得到了，想求哪段范围内的曲线面积都是轻而易举的事情了。

现在我们来总结一下微分和积分的数学内涵。给定一个函数，可以在坐标系中画出一条曲线，它的切线斜率和下方面积都是 x 的函数。对该函数求导，可以导出它的斜率函数；对该函数反求导（求导的逆运算），可以导出它的面积函数。三者之间的关系如图 24-3 所示。求导和积分的互逆运算关系，现在被称为"微积分基本定理"。

微分与积分的关系理清楚以后，微积分的理论框架已经构建起来，接下来，摆在牛顿面前的，是实际操作问题。也就是说，给定一个函数，如何对它进行微积分计算？

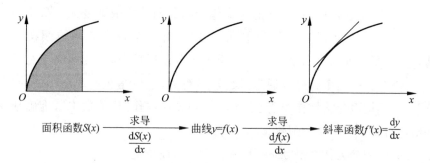

图 24-3 面积、曲线、斜率三者之间的关系

上一回我们举了一个对 $y=x^2$ 求导的例子,这个例子比较简单,是因为 $y=x^2$ 是一个简单的函数,它的导数是 $y=2x$。反过来,$y=2x$ 的反导数就是 $y=x^2$。但是牛顿在创建微积分理论时,面临着一个大问题:复杂函数的微分或积分怎么求?

牛顿发现,幂函数的导数是有规律的,很容易进行求导或反求导。一般而言,幂函数 $y=x^n$ 的导数是 $y'=nx^{n-1}$,如表 24-1 所示。

表 24-1 幂函数的导函数

幂 函 数	导函数(导数)
x^2	$2x$
x^3	$3x^2$
x^4	$4x^3$
x^5	$5x^4$
...	...

这时候,牛顿有了一个大胆的想法:如果能把其他函数都用幂函数的组合表示出来,问题就迎刃而解了!而接下来,他发现了广义的二项式定理,从而帮助他完成了这个看似不可能完成的任务。

读者还记得,北宋年间的数学家贾宪在"开方作法本源图"中发现了"二项式定理"的二项式展开系数(详见第十五回),即 $(a+b)^n$ 的展开式的各项系数。而欧洲人也在 1654 年由帕斯卡重新发现了这个定理,并且将"贾宪三角"称为"帕斯卡三角形"。

不论是贾宪还是帕斯卡,对于 $(a+b)^n$ 的展开式,考虑的都是 n 为正整数的情况,而牛顿则大胆地将 n 扩展到负数和分数。这是一个突破性的创

第二十四回　互逆运算　微分积分有玄机
无穷级数　牛顿发现大秘密

举,让这个展开式一下子增加了无数种可能性。现在,我们将其称为"牛顿二项式定理"或"广义二项式定理"。

如果令 $a=1, b=x$,则 $(a+b)^n$ 就变成了 $(1+x)^n$;再将指数 n 用 α 来表示,牛顿的二项式定理可写成如下形式[①]:

$$(1+x)^\alpha = 1 + \alpha x + \frac{\alpha(\alpha-1)}{2!}x^2 + \frac{\alpha(\alpha-1)(\alpha-2)}{3!}x^3$$

$$+ \frac{\alpha(\alpha-1)(\alpha-2)(\alpha-3)}{4!}x^4 + \cdots \qquad (24\text{-}1)$$

此公式中的 α 可以取任意的正数、负数,或是整数、分数。牛顿发现,当 n 为正整数时,这个展开式只有 $n+1$ 项,与当时熟知的二项式展开相同;而当 n 为负数或分数时,这个展开式是一个无穷级数。

有的读者可能还不太了解什么是无穷级数。其实,无穷级数并不复杂,它就是一个无穷数列所有项相加的和。我国道家经典《庄子》一书中有一句话:"一尺之棰,日取其半,万世不竭。"如果把它看成数学问题,则可以得到一个收敛的无穷级数:

$$1 = \frac{1}{2} + \frac{1}{4} + \frac{1}{8} + \frac{1}{16} + \cdots$$

无穷级数有的是收敛的,趋近于某一个定值。就比如上面的例子。有的是不收敛的,或者说是发散的,例如:

$$\frac{1}{2} + \frac{1}{3} + \frac{1}{4} + \frac{1}{5} + \cdots = \infty$$

上面的无穷级数都是数字的和,而牛顿发现的二项式定理则是幂函数的和。牛顿通过运用式(24-1)的不同变换,成功写出了各种复杂函数的幂级数,从而实现了他的终极目标——用无穷多个 x^n 这样的幂函数配置出任意函数。例如:

$$\sqrt{1-x^2} = 1 - \frac{1}{2}x^2 - \frac{1}{8}x^4 - \frac{1}{16}x^6 - \frac{5}{128}x^8 - \frac{7}{256}x^{10} - \cdots$$

$$\sin x = x - \frac{1}{3!}x^3 + \frac{1}{5!}x^5 - \frac{1}{7!}x^7 + \frac{1}{9!}x^9 - \cdots$$

[①]　此公式中出现了一个数学运算符号"!",叫作"阶乘",它表示正整数的连乘。例如: $2!=1\times 2$; $3!=1\times 2\times 3$; $4!=1\times 2\times 3\times 4$。以此类推。

$$\ln(1+x) = x - \frac{1}{2}x^2 + \frac{1}{3}x^3 - \frac{1}{4}x^4 + \frac{1}{5}x^5 - \cdots$$

这样,复杂函数的微积分运算就能转化成幂函数的微积分运算,变得简单多了。就像牛顿在写给别人的信中所说:"在它们的帮助下,几乎所有问题都得到了解决。"

1669 年,牛顿在手稿《运用无穷多项方程的分析学》中介绍了他关于无穷级数和二项式定理的研究。牛顿的老师巴罗看后大加赞赏,并将手稿分发给另外几个数学家传阅,大家都交口称赞。牛顿这天才的创造逐渐在英国流传开来。

巴罗是剑桥大学第一任"卢卡斯数学教授",他在牛顿上学期间就发现这个学生才华横溢,就有意把牛顿当作接班人来培养。牛顿的《运用无穷多项方程的分析学》让巴罗认识到自己培养的接班人已经超越了自己,完全有能力胜任自己的职位了,于是他在 1669 年 10 月辞去了卢卡斯教授的职务,并推荐牛顿作为继任者。鉴于牛顿公认的才华,剑桥大学同意了巴罗的请求,正式任命牛顿担任第二任卢卡斯数学教授。这一年,牛顿才刚刚 27 岁。

牛顿的大名很快就传到了欧洲大陆。1676 年,莱布尼茨专门写信向牛顿求教关于广义二项式定理和无穷级数的问题。二人虽然在微积分的发明权上有争议,但广义二项式定理的发明权是没有争议的,这也是牛顿最为得意的数学成就。在牛顿去世以后,人们将广义二项式定理刻在他的墓碑的雕塑上,以表达对这位伟大的数学家的纪念。

牛顿把一个复杂函数转变成无穷级数的思想对数学发展产生了深远影响,很快便有两位英国数学家进一步发展了牛顿的无穷级数理论。

一位是泰勒(Taylor,1685 年—1731 年)。在牛顿理论的启发下,泰勒于 1712 年发现了一个将函数展开成无穷级数的公式,现在我们称之为泰勒公式。利用泰勒公式,可以把一个函数用该函数在某一点的各阶导数值组成的无穷级数表示出来。这一公式在微积分中有着重要的应用价值。

另一位是麦克劳林(Maclaurin,1698 年—1746 年)。麦克劳林是牛顿学说的忠实信徒,他在 1742 年出版了《流数论》一书,试图对牛顿的流数术作出系统逻辑的阐述,并提供一个几何架构。在此书中,他提出了麦克劳林公式:

$$f(x) = f(0) + f'(0)x + \frac{f''(0)}{2!}x^2 + \frac{f'''(0)}{3!}x^3 + \cdots$$

第二十四回　互逆运算　微分积分有玄机
　　　　　　无穷级数　牛顿发现大秘密

上式中的撇号数目表示求导次数。$f'(x)$ 表示对 $f(x)$ 求导，称为一阶导数；如果对一阶导函数再次求导，称为二阶导数，记为 $f''(x)$；对二阶导函数再次求导，称为三阶导数，记为 $f'''(x)$；以此类推。

如果一个函数 $f(x)$ 在 $x=0$ 处有各阶导数，那么 $f(x)$ 就可以用麦克劳林公式方便地展开成无穷幂级数。

麦克劳林公式其实就是泰勒公式在 $x=0$ 时的特殊情况，不过这个公式更容易记忆和使用。

1807 年，法国数学家傅里叶（Fourier，1768 年—1830 年）在无穷级数的构成方面取得了重大突破。他发现，一个函数并不一定非得写成幂函数的级数，对于周期性函数，也可以用三角函数的级数表示。简单来说，傅里叶发现，任何周期函数都可以用一系列正弦和余弦函数的和来表示。这就是傅里叶级数。

傅里叶级数在物理学和工程学中有着重要的应用，因为很多物理信号都是周期性函数，如乐音、电磁波、交变电流等。这些物理信号可以看成是一系列周期性变化的波形，而傅里叶级数告诉人们，无论是什么波形，都可以通过正弦波或余弦波的叠加来建立，叠加的级数越多，波形描述越精确。例如，矩形波可由一系列不同频率、不同振幅的正弦波叠加而成，其波形函数为

$$f(x) = \sin x + \frac{1}{3}\sin 3x + \frac{1}{5}\sin 5x + \frac{1}{7}\sin 7x + \cdots$$

上式中随着叠加项的增多，傅里叶级数逐渐逼近矩形波函数，如图 24-4 所示。

当牛顿被问及他是如何在数学和物理领域取得那样显著的成就时，他说："如果说我看得比别人更远一些，那是因为我站在巨人的肩膀上。"这句话反过来用在他身上，也是再合适不过了。他自己也已经成长为新一代的巨人，无数数学家站在他的肩膀上取得了新的成就，促进了高等数学的快速发展。鉴于牛顿在微积分和无穷级数方面所做的开创性贡献，他被公认为是史上最伟大的数学家之一。正是：

巨人肩上成巨人，流数奠基微积分。

无穷扩展二项式，从此级数妙如神。

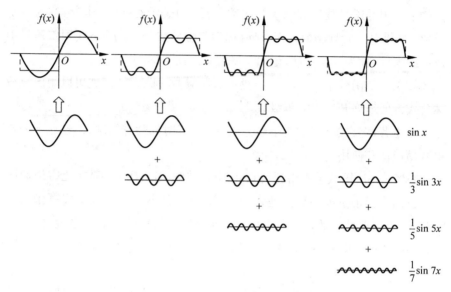

图 24-4　傅里叶级数逼近矩形波

第二十五回

最速降线　伯努利摆擂征解法
物超所值　洛必达重金买定理

——微积分的应用与发展

1696 年 6 月,德国最早的综合学术期刊《教师学报》(*Acta eruditorum*)上出现了一个面向全欧洲数学家的挑战题——最速降线问题。这是一个看起来很简单的问题:一个小球从光滑(不计摩擦力)的滑道下滑,问滑道做成什么形状小球能最快到达终点?

提出这个挑战的是瑞士数学家约翰·伯努利(Johann Bernoulli,1667 年—1748 年),他来自著名的数学家族——伯努利家族。约翰·伯努利之所以提出这个挑战,是因为他不服气他的哥哥雅各布·伯努利(Jakob Bernoulli,1654 年—1705 年)。伯努利家族定居在瑞士巴塞尔,是当地有名的家族。雅各布在家乡的巴塞尔大学任数学教授,约翰虽然也很厉害,但巴塞尔大学只有一个数学教授的名额,因此,约翰不得不远走他乡,在欧洲各地游走。约翰对此耿耿于怀,一直在跟他的哥哥暗暗较劲。因此,当他向全欧洲的数学家发起挑战时,挑战对象当然也包括他的哥哥。

这个问题既可以说是一个数学问题,也可以说是一个物理问题。挑战一经发布,立刻引起了欧洲数学家们的关注。

如图 25-1 所示,如果凭直觉,似乎感觉小球沿 A、B 两点间直线下滑所用的时间最短。不过,实验证明并非如此。最早做这个实验的是意大利物理学家伽利略,他发现把滑道做成一种曲线比直线下滑时间更短,但他错

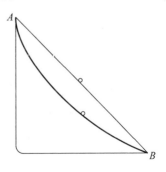

图 25-1　最速降线问题示意图

误地认为这条曲线是圆弧。约翰·伯努利研究此问题后得出结论,并非圆弧。但是,他想考一考其他数学家,包括他的哥哥,因此,他并没有公布他的结果,而是发出公开挑战,声明期限半年,半年后他将公布正确答案。

半年之内,约翰收到了 4 份正确答案,1 份来自他的哥哥雅各布,1 份来自《教师学报》的主编莱布尼茨,1 份来自法国贵族洛必达(1661 年—1704 年)——他是约翰的学生,还有 1 份来自英国的神秘的匿名解答。包括约翰自己的解法在内,一共五份解法,虽然解法各有千秋,但结果都一样——最速降线是一条摆线。

摆线是指一个圆在直线上滚动时,圆周上的一点形成的运动轨迹。直观点说,就是当你骑自行车时,轮胎上一点的路径,如图 25-2 所示。图 25-1 中连接 A、B 两点的曲线就是最速降线,它也是一条摆线。

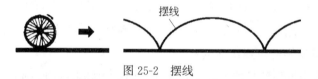

图 25-2 摆线

在这个 5 个解法中,最为精彩易懂的是那个匿名解法。神秘人把物理学与微积分联系得恰到好处,让约翰佩服得五体投地,他对哥哥雅各布说:"我们周围有一头科学的雄狮,这篇关于速降线的论文,只是他露出的一条尾巴。"

1697 年 5 月,这 5 个解法同时在《教师学报》上公布,这时候,那个匿名作者的神秘面纱也终于被揭开了——他就是大名鼎鼎的牛顿!

据说,牛顿看到这个问题后,只用了一晚上就给出了解答,而约翰自己,则整整花了两个星期。

像最速降线这种在以前看来很难解决的问题,在微积分发明以后,就变得不再困难,虽然这 5 个解法各不相同,但都是采用微积分方法求解出来的。由此可见微积分这个强大的数学工具的威力。

事实上,在解决最速降线问题之前,伯努利兄弟还利用微积分解决了另一个有意思的问题——悬链线问题。这个问题看起来也很简单:固定项链的两端,使其在重力的作用下自然下垂(图 25-3),那么此时项链所形成的曲线是一条什么线呢?

第二十五回　最速降线　伯努利摆擂征解法
　　　　　　物超所值　洛必达重金买定理

图 25-3　悬链线

这个随处可见的链子,却困扰了数学家们数百年。这个问题最早由达·芬奇提出,他在作画的过程中,希望能画出最自然、最符合物理学规律的下垂项链,但他一直没能找到答案。100 多年后,伽利略猜测悬链线可能是一条开口向上的抛物线,但是很快就被荷兰物理学家惠更斯否定了。惠更斯通过物理方法证明这条曲线不是抛物线,因为悬链线的重心比抛物线低。事实上,在两头固定的绳索中,悬链线的重心是最低的。但悬链线究竟是一条什么曲线,惠更斯也没能给出答案。

微积分发明以后,这个问题终于迎来了转机。1690 年,雅各布·伯努利开始研究这个问题。遗憾的是,雅各布研究了一年也没有结果。这时,他的研究被他的弟弟约翰得知。约翰为了和哥哥一争高下,马上也投入到了这项研究中。

也许是为了故意气他哥哥,约翰声称自己仅用了一晚上就解决了这个问题。不管他是否只用了一晚上,他确实得到了这个问题的正确答案——双曲余弦函数(图 25-4)。

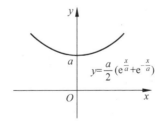

图 25-4　双曲余弦函数(悬链线)及其表达式

如果一根链条的竖向荷载主要是它的自重,悬链线能使链条各处受力更均匀。很多人都见过悬索桥(图 25-5),有人以为其缆索的形状就是悬链线。恰恰相反,它的最佳形状是抛物线。因为悬索桥的缆索不是只挂在两端,而是要从缆索中间垂下许多吊杆,把桥面吊住,它的主要荷载是桥面,因

169

此缆索保持抛物线形状能使桥面各处受力更均匀。这和悬链线的受力情况是不同的。

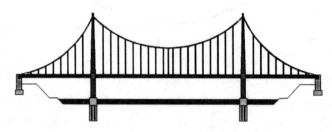

图 25-5　悬索桥示意图

伯努利兄弟二人主要是通过莱布尼茨发表在《教师学报》上的一系列论文弄懂了微积分,他们和莱布尼茨关系很好,保持着频繁的通信往来。后来,在牛顿和莱布尼茨关于微积分发明权的争论中,约翰极力为莱布尼茨辩护,并猛烈地抨击英国人,因为英国人指责莱布尼茨剽窃了牛顿的成果,这让约翰愤怒不已。

那时候,牛顿的论文并没有正式出版,手抄本主要在英国国内小范围流传,因此,欧洲大陆的数学家们并不了解详情。而莱布尼茨于1682—1686年发表在《教师学报》上的3篇论文,则成为最早的正式公布的微积分论文。

1682年,莱布尼茨在论文《论在有理数中用内接矩形逼近圆的正确比例》中初步提出了积分理论。1684年,他发表了《求极大值和极小值以及切线的新方法》,在这一里程碑式的著作中,他给出了求导方法的完整表述,介绍了微分、微商、求导和微积分这几个名词术语,并给出了通过导数确定曲线极值点的方法(图 25-6)。1686年,他在论文《深奥的几何与不可分量和无穷小量的分析》中给出了积分的步骤和微积分基本定理。这些论文的发表时间都早于牛顿,它们也成为欧洲大陆数学家们学习微积分的基石。

闲言少叙,书归正传。且说在1691年,年仅24岁的约翰·伯努利收了一个比他大6岁的学生——洛必达(就是前文所述最速降线问题的5位解题人之一),教他学习微积分。

洛必达于1661年出生在法国的一个贵族家庭,父亲是国王军队里的中将,母亲是军队督军的女儿。洛必达很早就显露出了数学才能,他在15岁时就解出了帕斯卡提出的一个的摆线问题。洛必达出生于军人世家,在家里

第二十五回　最速降线　伯努利摆擂征解法
物超所值　洛必达重金买定理

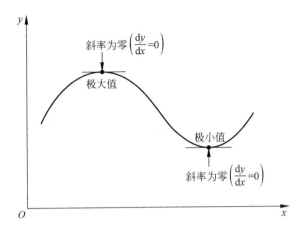

图 25-6　通过导数确定曲线极值点的方法（曲线上升时斜率为正，下降时斜率为负，拐点处斜率为零，所以导数为零的点对应着曲线极值点）

的安排下，他年轻时曾担任骑兵军官。但是，他对军营生活并不感兴趣，再加上眼睛近视，不适合在军中服役，于是便退出军队，开始专心研究数学。

那时候，微积分刚刚出现不久，是最前沿的数学内容。当时约翰·伯努利正在法国巴黎游学，洛必达听说约翰虽然年轻，但是懂微积分，于是便托人找到约翰，希望拜他为师。

洛必达家庭显贵，出手阔绰，约翰也希望结交这样的人物，于是便答应下来，辅导洛必达学习微积分，持续了一年多。后来，约翰离开了巴黎，但和洛必达一直保持着通信联系。

洛必达酷爱数学，希望能够在数学领域留下自己的名字，可惜他一直没有太大的进展。于是，他希望走一条捷径实现自己的愿望。洛必达很清楚自己的老师约翰·伯努利的实力，于是，经过深思熟虑，他给自己的老师写了一封信。

当约翰收到这封信时，其中的内容让他大吃一惊，信中写道："很显然，我们互相都有对方需要的东西。我能在财力上帮助你，你能在才智上帮助我。我提议每年给你 300 个里弗尔，并加 200 个里弗尔作为你之前给我辅导的额外报酬，这个数量以后还会增加。作为回报，我要求你从现在起定期研究一些数学问题，并把一切新发现告诉我，而且不能告诉其他任何人，更不能寄给别人或发表。"

里弗尔是法国古代货币单位,当时大多数法国人一年都挣不到 100 个里弗尔。洛必达一出手就是 300 个里弗尔,开出的价钱十分可观。当时,约翰还是一个二十来岁的小伙子,又刚刚结婚,还在外地漂泊,正是用钱之际,他想着不过就是帮助洛必达解决一些问题而已,就当和同行交流了,还能挣大钱,何乐而不为呢?于是就回信接受了这个提议,开始定期研究洛必达提出的问题,并将自己的研究成果邮寄给洛必达。

有了约翰的帮助,再加上自己的研究,洛必达开始撰写一本微积分教材——《阐明曲线的无穷小分析》。在这本书中,洛必达提出了一条定理,就是现在人们称之为"洛必达法则"的定理——通过把函数之比的极限转化为所给函数导数之比的极限以消除 0/0 型或 ∞/∞ 型的不定式的一个法则。"洛必达法则"是一条极为重要的定理,现在每个学习微积分的学生都要学到它。

《阐明曲线的无穷小分析》于 1696 年出版,这是世界上第一本系统的微积分教科书,洛必达由一组定义和公理出发,全面地阐述了变量、无穷小量、切线、微分等概念,书中有一章专门阐述洛必达法则,对传播微积分理论起了很大的推动作用。洛必达凭借这本书一炮而红,受到了人们的推崇,还被推举进了法国科学院。

在《阐明曲线的无穷小分析》的前言中,洛必达向莱布尼茨和约翰·伯努利致谢,特别是对约翰·伯努利表达了感谢之情,但是,他并没有说明哪些成果是自己的,哪些成果是约翰的。

1696 年正是约翰提出最速降线挑战的那一年,这时候,洛必达已经成为名副其实的微积分专家了,因此,他能成为完成挑战的五人之一也就不足为奇了。

1695 年,约翰·伯努利在惠更斯的推荐下,出任荷兰格罗宁根大学的数学教授,想必这时候他已经不用为经济发愁,不知道他是否还在接受洛必达每年 300 个里弗尔的馈赠,又或者,他是否会对自己曾经接受的馈赠感到后悔呢?

1704 年,洛必达英年早逝,只活了 43 岁。洛必达死后,约翰拿出了他与洛必达的书信,声称"洛必达法则"是由他研究得出的,他在 1694 年的一封信中把这个法则告诉了洛必达。但是他也承认,在得出这个法则的过程中,和

第二十五回　最速降线　伯努利摆擂征解法
物超所值　洛必达重金买定理

洛必达的讨论对他是有所启发的。

即便如此,数学界也没有改变称呼,一方面是因为"洛必达法则"这个名称已经叫习惯了,不便改口;另一方面,是因为人们认为约翰既然已经签了"成果转让协议",就不应该再主张成果的归属权,因为他已经把成果卖给了洛必达,不能违反协议。于是,尽管约翰心有不甘,"洛必达法则"这个名称也无法再更改了。有道是:

洛氏千金买定理,博得青史留姓名。

可叹约翰白努力,为他人作嫁衣裳。

第二十六回

最美公式　欧拉巧用无穷级数
数论明珠　哥德巴赫提出猜想

——哥德巴赫猜想、指数函数与三角函数的联系

1705年,雅各布·伯努利因病去世,瑞士巴塞尔大学数学教授的位置因此空了出来。两个月后,约翰·伯努利回到家乡,接替哥哥的位置,从此,他在这个位置上一干就是42年。

两年后,巴塞尔城里的一个牧师家庭诞生了一个小男婴——欧拉(Euler,1707年—1783年)。欧拉从小就表现出过人的天赋,儿童时代就可以记忆成列的数据,还可以进行复杂冗长的心算。欧拉的父母意识到了他的天赋,决定让他跳级学习,尽快进入大学。

1720年,当欧拉13岁时,他的父亲找到了约翰·伯努利,请求约翰帮忙推荐欧拉进入巴塞尔大学。约翰是欧拉父亲大学时代的好友,对欧拉的天赋也有所了解。于是,他说服校长破格录取了欧拉。就这样,欧拉成了巴塞尔大学里年纪最小的学生。

进入大学以后,欧拉所表现出的天赋让约翰对他刮目相看。于是,约翰决定对欧拉重点培养。约翰为欧拉挑选了各种数学书籍供他阅读,并出题让他解答。每周六下午,约翰都抽出时间为欧拉答疑解惑。在约翰的栽培之下,本就天赋极佳的欧拉的数学水平突飞猛进。

17岁那年,欧拉大学毕业。欧拉的父亲想让他子承父业,将来也当一名牧师,就把他送进了神学院学习神学。即便如此,欧拉仍然定期与约翰见面讨论数学问题。同时,约翰也去规劝欧拉的父亲,说这个孩子的数学天赋远远超出了其他学生,将来在数学领域必有一番大作为,去当牧师是浪费天赋。在约翰的耐心劝说下,欧拉的父亲终于被说服了,不再强求欧拉学习神

第二十六回　最美公式　欧拉巧用无穷级数
　　　　　数论明珠　哥德巴赫提出猜想

学。于是,欧拉拜入约翰门下,充任其助手之职。

1725 年,俄国女王叶卡捷琳娜一世决定建立圣彼得堡科学院,于是向欧洲科学家发出邀请函。当年,老约翰的两个儿子——30 岁的尼古拉·伯努利(1695 年—1726 年)和 25 岁的丹尼尔·伯努利(1700 年—1782 年)同时被聘请为圣彼得堡科学院的数学教授。

不幸的是,尼古拉在去了俄国的第二年就病逝了。于是叶卡捷琳娜召见丹尼尔,希望他再推荐一位家族成员来俄国任职。没想到,丹尼尔却推荐了当时只有 19 岁的欧拉。叶卡捷琳娜不相信一个 19 岁的小伙子能担此大任,但也不便驳丹尼尔的面子,就发出了聘书,不过,她并没有将欧拉聘为教授,而是聘请欧拉担任丹尼尔的助手。

因为经常在老约翰家做客,欧拉和丹尼尔关系很好,熟悉得就像一家人一样。老约翰正因大儿子去世担心孤身在外的小儿子,现在欧拉能去陪伴小儿子,他也是乐见其成,鼓励欧拉去俄国发展。1727 年 5 月,经过长途跋涉,欧拉抵达了圣彼得堡。欧拉可能自己也没想到,他将在这里结婚生子,一待就是 14 年。

1733 年,丹尼尔离开俄国返回家乡。26 岁的欧拉顺理成章地接替了丹尼尔的职位,成为圣彼得堡科学院的数学教授,挑起了大梁。第二年,欧拉解决了一个困扰数学家们几十年的问题,从而一举奠定了他在数学界的地位。

这个问题乍一看好像并不难,求下列无穷级数的和:

$$1+\frac{1}{2^2}+\frac{1}{3^2}+\frac{1}{4^2}+\frac{1}{5^2}+\cdots$$

雅各布·伯努利曾经面向欧洲数学界公开征集此题的解答,但没有人能给出答案,包括一直跟他较劲的弟弟——欧拉的老师——约翰·伯努利。

欧拉巧妙地利用三角函数和代数方法找到了这个无穷级数的和是 $\frac{\pi^2}{6}$。

圆周率 π 是一个无理数,但出人意料的是,它竟然与自然数构成的简单数列存在如此简单的关系!

在此之前,莱布尼茨用积分法求圆的面积,也导出一个 π 的著名的表达式:

$$\frac{\pi}{4}=1-\frac{1}{3}+\frac{1}{5}-\frac{1}{7}+\frac{1}{9}-\cdots$$

找到了这样的数列，人们再也不用复杂的割圆术去计算圆周率了。后来人们还发现了更多圆周率的计算方法。比如，1975年发现的高斯—勒让德算法，是一种迅速收敛的圆周率算法，只需25次迭代即可产生 π 的4500万位正确数字。

1736年，欧拉解决了困扰数学家们多年的另一个问题——哥尼斯堡七桥问题，由此建立了一个新的数学分支——图论。

1738年，欧拉遭受了一次沉重的打击，右眼因为眼疾失明，但他依旧高产不辍，坚持进行数学创作。

1741年，欧拉离开俄国，接受了普鲁士国王的邀请，到柏林科学院任数学教授。他在柏林待了25年，共撰写了300多篇论文，涉及数学的各个领域。

1742年6月，欧拉收到了一封信，信中提出了一个猜想，希望欧拉能给予证明。这个猜想是：任何一个大于2的整数都可以写成3个素数之和（当时，1被认为是素数，现在规定1既不是素数也不是合数）。信的署名为哥德巴赫。

欧拉在柏林期间，一直与俄国的原同事们保持着联系，哥德巴赫（1690年—1764年）就是其中一位。哥德巴赫出生于德国，但他一直在俄国工作。哥德巴赫主要从事数论研究，他曾在圣彼得堡科学院工作过，和欧拉是同事。尽管哥德巴赫后来离开圣彼得堡科学院去了莫斯科大学，但他和欧拉之间一直保持着密切的联系，二人频繁通信，并一起进行研究。

一个月后，哥德巴赫收到欧拉的回信。

"哥德巴赫，我的老朋友，你好！关于你的这个命题，我做了认真的推敲和研究，看来是正确的。但是，我也给不出严格的证明。这里，在你的基础上，我认为：任何一个大于2的偶数都是两个素数之和。不过，这个命题也不能给出一般性的证明。但我确信它是完全正确的。"

后来，经过欧拉提炼后的表述——任何一个大于2的偶数都可表示成两个素数之和——被人们称为"哥德巴赫猜想"。

我们可以对哥德巴赫猜想进行检验，如4=2+2；8=3+5；16=5+11；32=3+29…但是，你不可能把所有的数都拿来检验，要想确认这个猜想是否是正确的，就需要严格的数学证明。令人们没想到的是，这个猜想证明起

第二十六回　最美公式　欧拉巧用无穷级数
　　　　　　数论明珠　哥德巴赫提出猜想

来异常困难,不但欧拉没有成功,直到现在也没有人可以证出来!

迄今为止,有关"哥德巴赫猜想"的最佳结果出自我国数学家陈景润(1933年—1996年)之手,其于1966年取得的成就尤为卓越。陈景润证明了"1+2",具体是说:"每一个充分大的偶数都可以表示成1个素数和一个不超过2个素数的乘积之和"。例如:62=7+5×11。这一结论在国际上被誉为"陈氏定理"。

现在,距离陈景润证明"1+2"已经过去半个多世纪了,但"哥德巴赫猜想"这颗数论皇冠上的明珠,还是没有人能够摘取!正是:

数论皇冠有明珠,哥氏猜想放光芒。

问世至今三百年,谁人撷取作佩囊?

1748年,欧拉发现了一个优美的公式:
$$e^{i\pi}+1=0$$

这个公式如此优美,它漂亮简洁地把数学中5个最常用、最基本、最重要的数字——0、1、π、e、i联系在一起。自从它诞生以来,就被人们公认为是最美数学公式。

读者朋友对0、1、π这三个数字都很熟悉;i是虚数单位,$i=\sqrt{-1}$,在第十八回中也介绍过;唯独e可能是你比较陌生的一个数字。

e被称为"自然常数",它是一个无理数,其数值等于2.718281828459045…。这个数字何时最早出现,众说纷纭,至今还是一个谜。不过,它获得"自然"这个称号,是在微积分出现以后。因为以e为底的指数函数$y=e^x$(图26-1)的导函数还是它本身,也就是说e^x的斜率仍然是e^x。如此简单的规律,难道不是"自然"的选择吗?这不正符合数学的简洁之美嘛!于是,e就被称为"自然常数"。

欧拉是如何得到这个公式的呢?这就要得益于无穷级数了。当时,下列三个函数的无穷级数对于数学家们来说已经是基本常识了。

$$e^x=1+x+\frac{1}{2!}x^2+\frac{1}{3!}x^3+\frac{1}{4!}x^4+\frac{1}{5!}x^5+\cdots$$

$$\sin x=x-\frac{1}{3!}x^3+\frac{1}{5!}x^5-\frac{1}{7!}x^7+\frac{1}{9!}x^9-\cdots$$

$$\cos x=1-\frac{1}{2!}x^2+\frac{1}{4!}x^4-\frac{1}{6!}x^6+\frac{1}{8!}x^8-\cdots$$

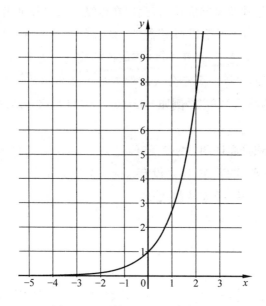

图 26-1　函数 $y=e^x$ 的曲线图像

欧拉敏锐地发现，$\sin x$ 和 $\cos x$ 的展开项正好各是 e^x 的展开项的一半，唯一的不同就是有些项的正负号有变化。

这时候，欧拉想到了虚数单位 i。如果对 i 进行 n 次方运算，其数值将会在 i、-1、$-i$、1 之间循环切换，如表 26-1 所示。那么，如果用 ix 来代替 x，会有什么结果呢？欧拉是有名的心算大师，他都不用往纸上写，脑海中就出现了结果。

$$e^{ix}=\left(1-\frac{1}{2!}x^2+\frac{1}{4!}x^4-\cdots\right)+i\left(x-\frac{1}{3!}x^3+\frac{1}{5!}x^5-\cdots\right)$$

上式正好出现了 $\sin x$ 和 $\cos x$ 的级数，于是就得到

$$e^{ix}=\cos x+i\sin x$$

就这样，欧拉发现了指数函数和三角函数之间的深层次联系，这个公式也被称为"欧拉公式"。

在欧拉公式中取 $x=\pi$，得

$$e^{i\pi}=\cos\pi+i\sin\pi=-1$$

移项，就得到了最美数学公式，即

$$e^{i\pi}+1=0$$

第二十六回　最美公式　欧拉巧用无穷级数
数论明珠　哥德巴赫提出猜想

表 26-1　i^n 的数值

n	i^n	n	i^n
1	$i^1=i$	5	$i^5=i$
2	$i^2=-1$	6	$i^6=-1$
3	$i^3=-i$	7	$i^7=-i$
4	$i^4=1$	8	$i^8=1$

读者如果仔细观察图 26-1，就会发现函数 $y=e^x$ 的曲线在 $x>0$ 的部分上升得非常快，这就是我们常说的"指数爆炸"。对于 $y=a^x$ 这样的函数，如果 $a>1$，那么 y 值的增长就叫"指数增长"，这是一种非常惊人的快速增长，因此人们用"指数爆炸"来形象地比喻它。

地球到月球的距离大约是 38 万公里，假设有一张可以无限对折的 0.1 毫米厚的纸，你猜猜对折多少次纸的厚度就能达到地月距离？

说出来你可能不信，只要 42 次就够了！因为每一次对折，厚度就变成原来的 2 倍，也就是说，纸片的厚度在以 2^x 的速度增长。当 $x=42$ 时，纸片的厚度变成了原来的 2^{42} 倍。你可以用计算器算一算，这时候它的厚度达到了 44 万公里，已经远远超过了地月距离。由此可见指数增长的惊人威力。当然，在实际当中找不到这么大的纸，普通的纸片折几次就无法继续了。

1766 年，59 岁的欧拉决定离开德国，重回圣彼得堡科学院。当时，他担任着柏林科学院数学研究所的所长。临行前，普鲁士国王请他推荐一位继任者。欧拉毫不犹豫地说："继任者非拉格朗日莫属！"

拉格朗日（1736 年—1813 年）是法国数学家，他在 19 岁时便写了一篇数学分析领域的论文送给欧拉审阅，欧拉回信高度赞赏，由此使拉格朗日一举成名，当年就被任命为都灵皇家炮兵学校的教授，第二年又成为柏林科学院通讯院士。

在欧拉的举荐下，30 岁的拉格朗日在 1766 年就任柏林科学院数学研究所的所长，在这个职位工作了 21 年。拉格朗日没有辜负欧拉的重托，他是数学分析（通过微积分和无穷级数等理论深入研究函数的性质和行为）的开拓者，也是分析力学的创立者，还是天体力学的奠基者。拉格朗日在柏林时，除了大量的数学研究工作外，还完成了他的代表作《分析力学》，这是继牛顿以后最重要的经典力学著作。1787 年，拉格朗日回到法国，在巴黎科学院任职,直到去世。拿破仑称赞他为"数学科学高耸的金字塔"。

1766年,欧拉重新回到圣彼得堡科学院,此时他的左眼也开始遭受眼疾的困扰。1770年,欧拉的左眼也失明了。就像音乐大师贝多芬失聪一样,命运也跟数学大师欧拉开了个玩笑。但是,双目失明的欧拉并没有放弃数学研究。他让他的儿子将刊物上的文章念给他听,遇到表格或图像就向他描述。依靠强大的理解力,欧拉能够吸收他听到的内容,在头脑中构造各种数学概念,并通过心算完成必要的数学运算。

欧拉具有超强的心算能力,他曾经用心算把一个复杂的收敛级数的17项加起来,计算到第50位数字。双目失明后,他依然解决了连牛顿都头疼的月球运动问题,其复杂的高等数学的分析都是心算得出的,因此被人们称为"分析的化身"。欧拉通过心算求解了一个问题或证明了一个定理后,他就将结果口述给助手写成论文。通过这种方式,欧拉竟然又撰写出近400篇论文。

欧拉活跃的思维直到他生命中的最后一天。1783年9月18日,在进行了一些关于热气球上升的数学计算后,欧拉突发脑溢血,在家中去世,享年76岁。

欧拉是历史上最高产的数学家之一,他从19岁就开始发表论文,一生中发表了约560篇论文,出版了《微分学原理》《积分学原理》《无穷小分析引论》《代数完全指南》《用全新方法论述月球运动》等多部著作。在他去世后的80年里,他的同事们又发表了他的另外300篇论文。法国数学家拉普拉斯(1749年—1827年)曾这样评价:"读读欧拉吧,他是我们所有人的老师!"

第二十七回

数学王子　青年高斯获美誉
向量问世　物理箭头进数学
——复数与向量理论的发展

19世纪初,德国出了一个大数学家——卡尔·弗里德里希·高斯(1777年—1855年)。在19世纪之前,欧洲数学的中心在法国和英国。但是从19世纪开始,德国开始迎头赶上,很快就成为新的数学王国,其中的开创性人物就是高斯。

1777年,高斯诞生于德国东北部的布伦瑞克。那时候的德国,还没有形成统一的国家,是一个由几百个大小邦国构成的封建王国。布伦瑞克离柏林大约有200公里,土地贫瘠,人口稀少。高斯的父亲是个普通劳动者,当过园丁、砖匠和运河上的工长,他的母亲是一个女佣。虽然家境贫寒,但高斯还是按时上学了,因为当时德国实行义务教育,小孩子必须接受小学教育。

高斯在7岁时,进入了当地的一所国民小学读书。这所小学规模很小,是一所乡间小学,仅有的一位数学老师叫布特纳。布特纳是一个大学生,但是因为在城里找不到工作,只好跑到乡下来教书。布特纳一开始是瞧不起学校里的穷孩子的,要不是实行义务教育,这些孩子根本不可能来上学。布特纳认为穷孩子是天生的笨蛋,下功夫教育他们也是白费功夫,因此在教学上敷衍搪塞,很不认真。

10岁那年,高斯升入三年级。有一天,布特纳来给三年级上数学课,他又想敷衍了事,就在黑板上写了一道题:

$$1+2+3+\cdots+98+99+100=?$$

"从1加到100,大家算吧!"说完,他就坐下看起小说。他想着这些孩子们就是算到下课也算不出来,这一节课又混过去了。

没想到,他的小说还没看一页,台下就有一个学生把答案报了出来:"5050"。布特纳一惊,这正是正确答案。抬头一看,原来是高斯。他脱口问道:"你怎么算这么快?"

高斯站起来,不慌不忙地答道:"这 100 个数字,可以分成 50 组,$1+100=101$,$2+99=101$,$3+98=101$,这 50 组数字每组加起来都是 101,所以总和是 $101\times50=5050$。"

事实上,10 岁的高斯已经独立地发现了等差数列(每一项与前一项的差都相等的数列)的求和公式,即

$$等差数列之和 = \frac{(首项+末项)\times项数}{2}$$

虽然这个求和公式在古代就已经被发现,但是布特纳在课上并没有讲过,对于一个 10 岁的孩子来讲,能独立发现这个公式,也算是天赋异禀了。布特纳大为惊讶。从此,他改变了看法,不再歧视穷孩子,开始认真教学。不但如此,他还特别给高斯开小灶,将自己收藏的数学书籍借给高斯,并且热心地指导高斯学习这些书籍。

在布特纳的指导下,高斯进步很快。高斯在 11 岁时就学习了欧拉的著作《代数完全指南》。不久,布特纳就跟别人说:"高斯已经超过我了,我没有什么可教他的了。"对于布特纳来说,一个小学生超过自己并不是什么丢面子的事,而是发现一个天才的自豪与喜悦。

11 岁那年,高斯小学毕业了。经过布特纳的再三劝说,高斯的父亲才同意儿子继续升学,学费由布特纳和另一位欣赏高斯的老师共同负担。这一年,高斯以优异的成绩考入布伦瑞克高级文科中学,并且直接跳过一年级读二年级。两年后,高斯升入高中。这时候,他的神童名声传到了布伦瑞克公爵耳中。在自己的地盘上出现了一个神童,公爵很骄傲也很重视,于是决定为高斯支付后续的教育费用并为他提供长达 15 年的资助,资助他进行数学研究。这一资助为高斯解除了后顾之忧,使他再也不用为金钱发愁。应该说,高斯是非常幸运的,遇到了这么多赏识他的人,使他可以不用为几两碎银而额外消耗精力,可以全身心地投入到数学研究中。

1792 年,年仅 15 岁的高斯进入布伦瑞克本地的一所大学——卡洛琳学院。在这里,他开始崭露头角,产出了一批研究成果,其中最重要的就是发

第二十七回　数学王子　青年高斯获美誉
　　　　　　向量问世　物理箭头进数学

明了最小二乘法。

最小二乘法又称最小平方法，是以偏差平方和最小为目标进行数据拟合的一种方法。在天文、物理等应用领域进行实验测量时，数据点都或多或少包含一定的误差，如何通过这些带有误差的数据点拟合出最精确的函数曲线，具有重要的实际意义，最小二乘法就是一个很好的拟合手段。

最小二乘法一举成名是在 1801 年。那年元旦，意大利天文学家毕亚齐观测到一颗新的小行星——谷神星。在这颗小行星进入太阳背影以前，他连续观测了 41 天并记录其位置，他估计大约 10 个月以后谷神星将会在太阳的另一侧重新出现。当时许多数学家和天文学家都对谷神星再次出现的时间和位置进行了预测，但都不准确，唯有高斯利用自己发明的最小二乘法，拟合出了谷神星运行轨道的精确方程。12 月 7 日，天文学家们重新观测到谷神星，结果与高斯预测的位置完全一致。这一成功让高斯名声大噪。1829 年，高斯证明最小二乘法比其他方法具有更好的优化效果。如今，最小二乘法已经成为自然科学中数据分析的基本方法。

1795 年，高斯从卡洛琳学院毕业，进入哥廷根大学攻读学位。第二年，他就攻克了一个困扰人们 2000 多年的难题——尺规作图画正 17 边形。尺规作图是古希腊数学的传统，在高斯以前，人们找到了用直尺和圆规作出正 3、4、5、6、8、10、12、14、15、16 边形的方法，但是正 17 边形没人能作出来，甚至有人认为根本作不出来。高斯不但成功推翻了人们的错误认识，作出了正 17 边形，而且从理论高度证明了哪些正多边形是可以通过尺规作图作出来的，哪些是作不出来的（比如正 7、9、11、13 边形就作不出来），从而彻底解决了正多边形的尺规作图问题。这一年，高斯只有 19 岁。

1801 年，24 岁的高斯出版了一部著作——《算术研究》，这是他关于数论的研究汇总，书中包含了数论领域许多重要结果的优美证明。此书一经出版，就被全欧洲的顶尖数学家们奉为大师级作品。甚至有人认为，《算术研究》在数论上的贡献堪与《几何原本》在几何学上的贡献相媲美。当人们纷纷打听这部著作的作者时，才知道高斯只是一个 24 岁的年轻人。人们不敢相信，这么年轻的一个小伙子，居然能写出这么一部高深的著作。于是，高斯获得了"数学王子"的美誉。

1806 年，布伦瑞克公爵在抵抗拿破仑统帅的法军时不幸阵亡。高斯失去了资助，必须找一份合适的工作来维持生计。此时，他的名声早已传遍欧洲，俄国的圣彼得堡科学院不失时机地向他发出邀请。德国又岂能坐视人才流失？德国科学界的头面人物为高斯争取到了哥廷根大学数学和天文学教授的职位，同时担任哥廷根大学天文台的台长，使他安心地留在德国。后来，在高斯的带领下，哥廷根大学涌现出一大批优秀的数学家，成了闻名世界的数学圣地。

很快，高斯就又取得了一项重要成就——复数的几何表示。

如前所述，虚数是 16 世纪人们在解代数方程时引入的。但是虚数和复数诞生以后，受到了很多人的怀疑与反对，因为他们无法找到复数在数轴上的位置。1806 年，高斯提出把复数用平面上的点来表示：在直角坐标系中，横轴作为实轴，纵轴作为虚轴，全体实数与实轴上的点一一对应，全体虚数与虚轴上的点一一对应，于是整个平面上的点就与复数一一对应（图 27-1）。这种坐标平面后来被称为"复平面"，也叫"高斯平面"。

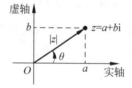

图 27-1　复数在复平面中的表示（a 是实部，b 是虚部）

就像实数可以用直线上的点来几何表示，高斯平面的建立使复数可以用平面上的点几何表示，这一下子就使人们对复数有了真实感和位置感，接受起来就没那么困难了。

高斯不仅把复数看作平面上的点，而且还看作是一种向量，如图 27-1 所示，任意一个非零复数 $z=a+bi$ 可以看成是一个从原点出发的向量。高斯利用复数与向量之间的一一对应关系，阐述了复数的几何加法与乘法。至此，复数理论终于被比较完整和系统地建立起来，怀疑与反对的声音也渐渐绝迹，复数终于被人们接纳，成为数系大家庭中的一员。

说到向量，这也是在 19 世纪发展起来的一个重要的数学概念，它起源于物理学中的"矢量"这一概念。

物理学中有很多既有大小也有方向的物理量，如力、速度、动量等。物

第二十七回 数学王子 青年高斯获美誉
向量问世 物理箭头进数学

理学家们把这样的量用一个箭头来表示,称为矢量。"矢"就是箭头的意思。比如说表示"力",用一个箭头的长度表示力的大小,箭头的指向表示力的方向。

如果一个物体受到多个力的作用,那么它的合力应该如何计算呢?物理学家们找到了一种法则,叫平行四边形法则,即两个力合成时,可以用表示这两个力的矢量为邻边作平行四边形,则两邻边之间的对角线就代表合力的矢量(图 27-2(a))。这一法则在 16 世纪已经被发现,后来牛顿在其巨著《自然哲学之数学原理》给出了证明。不难看出,平行四边形法则可以简化为三角形法则,即把两个箭头首尾相连,那么从起点到终点的箭头就是合力的矢量(图 27-2(b))。

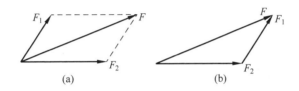

图 27-2 力的合成法则

(a)力的平行四边形法则;(b)简化的三角形法则

三角形法则对于所有矢量都是适用的,由此可以抽象出矢量的"加法"运算。矢量相加,就是把所有箭头首尾相连,不管箭头朝向空间哪个方向,把所有箭头首尾相连就是它们的和,如图 27-3 所示的示例。

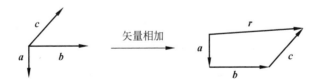

图 27-3 矢量的加法(a、b、c[①]三个矢量相加,其合矢量为 r,相当于三个矢量首尾相连,这三个矢量可以在同一平面,也可以不在同一平面)

加法是一种数学运算,矢量可以相加,这就启发数学家们把矢量抽象成一种数学概念,叫作向量。向量和矢量是数学和物理对同一概念的两种称

[①] 矢量在书写时,可以用带箭头的小写字母如 $\vec{a}$、$\vec{b}$、$\vec{c}$ 等来表示。

呼,二者本质上是一样的。向量的加法就借用了物理中的矢量加法,满足平行四边形法则和三角形法则。把向量放到平面直角坐标系中,它的起点放在坐标原点,它的终点就对应一组坐标。有了这组坐标,我们就知道这个向量是如何从起点出发到达终点的,也就确定了这个向量。根据三角形法则,很容易就能发现一个向量恰好等于它在 x 轴上的投影向量和 y 轴上投影向量的向量和(图 27-4(a)),也就是说它可以分解成横坐标和纵坐标两个分向量之和。同理,如果把一个向量放到空间坐标系中,也就是再加一个 z 轴,那么它恰好等于它在 x 轴、y 轴和 z 轴上三个投影向量的向量和(图 27-4(b)),即它可以分解成三个坐标分向量之和。

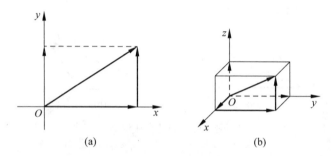

图 27-4　向量在坐标轴上的分量首尾相连,即可合成该向量
(a) 平面向量分解;(b) 空间向量分解

向量既然有加法运算,数学家们就少不了继续创造它的乘法运算。向量中所谓的"乘法",不过是人为规定的运算法则,借用了"乘法"这个名称,和数字之间的乘法是完全不同的。向量有两种乘法,叫作"点乘"与"叉乘",其运算的创造灵感都是来自于对物理学中一些常用定律的抽象。比如,计算力在某一方向上所做的功就是"点乘"运算,计算力对于某一点的力矩就是"叉乘"运算。有趣的是,人们没有定义向量的"除法"运算,因为实际当中没有这方面的需求。

向量理论的发展,经历了众多物理学家和数学家的努力,其中高斯提出的复数的几何解释也促进了向量理论的发展。关于向量,有一首诗说得好:

一根箭头表向量,首尾相连是加和。

运算起源自物理,沟通代数与几何。

纳入直角坐标系,正交分解易组合。

第二十七回　数学王子　青年高斯获美誉
　　　　　　　向量问世　物理箭头进数学

　　点乘叉乘分两种,科学领域用处多。

　　闲言少叙,书归正传。却说高斯在哥廷根大学工作了几十年,取得的成果不计其数,如果要一一列举,恐怕得写一本书。据后人统计,在数学和物理领域,光以他的名字"高斯"命名的成果就达110个,可谓世界之最。但是有一个数学问题,高斯研究了几十年,也得出了很多结论,他却一直秘而不宣,只把这些成果记录在自己的日记本上。尽管在与极少数好友的通信中有少量透露,但他却从来没有发表过关于这方面的任何论文和著作。1829年,高斯的一个朋友曾力劝他发表有关成果,但高斯却回信说,也许我终生不会发表,因为我怕如果公布自己的发现,"黄蜂就会围着耳朵飞",并会"引起波哀提亚人的叫嚣"(波哀提亚人是古希腊的一个部落,向以愚昧著称)。

　　作为一流的数学家,高斯清楚地知道自己的成果一旦发表,将会受到来自四面八方的口诛笔伐,即使不会失去现在的地位,也会使他毁誉参半,声名狼藉。用现在的话说,至少掉一半粉。高斯是一个很谨慎的人,他不愿意冒这样的风险。后来人们也是在他去世以后才知道他的这些研究结果。那么,到底是什么内容让高斯如此谨慎呢？且听下回分解。

第二十八回

几何奥秘　第五公设藏玄机
机缘巧合　黎曼统一几何学

——几何学的大变革

1832年1月,高斯收到一封信,是他在哥廷根大学上学时的老同学法卡斯·波尔约寄来的。

法卡斯·波尔约也痴迷于数学,他最大的愿望就是到大学任教,但由于始终没有取得重大成就,最后只能当了一辈子中学数学教师。尽管如此,他仍然勤于数学研究,并最终写成一部著作《写给好学青年的数学原理》。这本书共两卷,总结了那个时代的诸多数学知识。

高斯收到的信,就是《写给好学青年的数学原理》的附录部分,这是一篇数学论文,题目是《空间的绝对真实的科学》。不过,这篇附录并不是法卡斯·波尔约自己写的,而是他的儿子雅诺什·波尔约写的。在信中,老波尔约请高斯对自己儿子的论文作出评价,显然,他是希望儿子能得到这位数学权威的认可。

老同学所托,高斯自然不会怠慢,他翻开论文。不看不要紧,一看吓一跳,这不正是自己捂了几十年都不敢发表的理论嘛,现在竟然被这个年轻人写出来了! 这个年轻人了不得,高斯不禁暗暗赞叹。

1832年3月,老波尔约接到了高斯的回信。他急忙打开看了起来。信中写道:

"关于你儿子的工作,如果我一开始就说我不能称赞他,你一定会惊讶,但是我别无他法,因为称赞你儿子就等于称赞我自己。你儿子所采用的方法和所得出的一些结果,和我在30~35年以前的思考几乎完全相同,我真是被这些结果吓住了。关于我自己的著作,虽只有一小部分已经写好,但我的

第二十八回　几何奥秘　第五公设藏玄机
　　　　　机缘巧合　黎曼统一几何学

目标本来是终生不想发表的。现在，使我高兴的是，老朋友的儿子以如此非凡的方式赶上了我，而且能把它发表出来免得它同我一起被湮没，我非常高兴。无论如何，请你替我向他致以诚挚的特别敬意……"

自己儿子的数学思想竟然和大数学家高斯如出一辙，这让老波尔约喜出望外，立马把信拿给儿子看。没想到小波尔约看了以后却眉头紧锁，心情跌落到谷底。自己辛辛苦苦多年搞出的研究成果，竟然是高斯几十年前就发现的东西，这就意味着自己失去了这一发现的优先权，这让小波尔约苦闷不已。痛苦之下，他甚至怀疑高斯这位"贪心的巨人"是在说谎，目的是剽窃他的成果。

高斯可能做梦也没料到，他这封推心置腹的信，竟然给小波尔约造成如此大的伤害。

小波尔约是一名军人，毕业于维也纳皇家工程学院。在父亲的影响下，小波尔约很喜欢数学，一直坚持进行业余研究。他在1826年就写出了《空间的绝对真实的科学》这篇论文。意气风发的他，坚信自己的成果将震动数学界，他写信对自己的父亲说："我已经白手起家，创造了一个新奇的世界。"

小波尔约将论文寄给母校的数学老师，请求评审和支持，但不幸的是，最终没有收到回音，他的稿件遗失了。后来没办法，只好附在其父的著作后面于1831年出版。但是，老波尔约的著作并没有引起多大反响，认真阅读其附录的人更是寥寥无几。当他把希望寄于高斯时，高斯不但没有任何实际行动来帮助宣传，反而"夺走"了这一发现的优先权，这让小波尔约感到十分痛苦。更大的打击还在后面，不久以后，小波尔约得知早在1829年俄国就有人公开发表了相关理论，即便不算高斯，他也不是最早发表这一理论成果的人了。

人生就是如此，有的人幸运，有的人不幸，幸运的人都是相似的，不幸的人则各有各的不幸。老波尔约安慰他的儿子说："很多事物仿佛都有那么一个时期，突然间就在很多地方同时被人们发现，正如在春天看到紫罗兰处处开放一样。"但是，心灰意冷的小波尔约，再也没有了从前的热情，没有了当年的意气风发。1833年，小波尔约遭遇车祸致残，从军队退役。此后，他一直过着穷困潦倒的生活，再也没有发表过任何论文，最后郁郁而终。

那么，小波尔约和高斯研究的到底是什么理论？高斯为什么如此害怕引起别人的非议呢？这一切，还要从两千多年前的古希腊说起。

话说当年古希腊的欧几里得写出了《几何原本》，两千多年来都被人们

当作是几何学的圣典,其中所述的几何学一直被称作欧几里得几何,简称欧氏几何。欧氏几何建立在5条公设的基础之上,具体如下:

(1) 由任意一点到另外任意一点可以画直线;

(2) 线段可以任意延长;

(3) 以任意点为圆心及任意距离为半径可以画圆;

(4) 凡是直角都相等;

(5) 过直线外一点,有且仅有一条直线与已知直线平行。

这5条公设的前4条看起来都是极为自然的事,甚至可以说是"废话",但唯有第5条不是那样简单明了,它看上去更像是一个定理。《几何原本》问世以来,第5公设就广受争议,很多人都认为第5公设应该能从其他4条公设推导出来,于是他们试图证明这一点。这种证明的努力一直持续了两千多年,不知道有多少数学家卷入其中,耗尽毕生精力而一无所得。

在历史上,曾经有一些数学家一度声称自己证明了第5公设,但后来人们发现他们的证明都是无效的。在这些证明过程中,人们认识到第5公设与下面任何一个命题都是等价的:

(1) 三角形内角和等于$180°$;

(2) 有相似三角形存在;

(3) 三角形的面积可以任意大;

(4) 有矩形存在。

尽管数学家们屡战屡败,但依然前仆后继,总有人不信邪,要继续证明这个公设。上文提到的老波尔约就是其中一位。不过不出意外,他也失败了。令他没想到的是,他的儿子小波尔约大学期间也选定了这个课题,立志要解决他父亲无法攻克的难题。

老波尔约得知后心急如焚,自己已经耗费了毕生精力,他不想让儿子也把一生赔上,于是赶紧写信劝阻道:

"你会在这上面花费掉所有的时间,一辈子无法证明这个命题。这个无底的黑洞或许可以吞没一千个像牛顿那样杰出的天才,它任何时候也不会在大地上放出光明。"

小波尔约虽然没有被他父亲的话吓住,但是显然他也知道想要证明第5公设是徒劳无益的。于是,他换了一个角度来考虑这个问题,他不再试图证

第二十八回　几何奥秘　第五公设藏玄机
　　　　　　　机缘巧合　黎曼统一几何学

明第 5 公设,而是去考虑第 5 公设是否具有唯一性。也就是说,是不是所有的几何都必须满足第 5 公设？还有没有别的可能性？

思路一转换,一个崭新的世界出现了！小波尔约尝试着将第 5 公设改为：过直线外一点,至少可以做两条直线与已知直线平行。结果发现,这个新的第 5 公设与前 4 个公设组合起来的新的公理系统,可以推导出一个逻辑自洽的新的几何,也就是说,欧氏几何不是唯一的几何学！

1823 年,年仅 21 岁的小波尔约写信给他的父亲,说他已经成功创造了一个与欧氏几何不同的新系统。1826 年,他写出了介绍这个新的几何学的论文——《空间的绝对真实的科学》。后面的故事大家都知道了。

巧合的是,小波尔约的新几何与高斯早年设想的新几何是一样的,他们都是假设过直线外一点,至少可以做两条直线与已知直线平行。而更巧的是,俄国也有一位数学家做出了同样的假设,他就是喀山大学的数学教授——罗巴切夫斯基（1792 年—1856 年）。

罗巴切夫斯基从 1815 年开始研究第 5 公设,经过了近 10 年的研究,他也独立地建立了新的几何理论,他称之为"想象中的几何"。1826 年,他在喀山大学的报告会上宣读了论文《几何学原理及平行线定理的严格证明概要》,公开报告了他的研究成果。

罗巴切夫斯基的报告引起了一片哗然。在这种几何中,三角形的内角和小于 $180°$,不存在矩形,不存在面积任意大的三角形,当三角形的面积增大时其内角和会缩小。这些结论让专家们连呼荒唐。会后学术委员会迟迟没有给出鉴定意见,最后连文稿都搞丢了。

1827 年,罗巴切夫斯基升任喀山大学的校长,这一次,学术委员会终于不再反对这篇论文。两年后,他的论文在《喀山大学学报》全文发表,并被喀山大学学术委员会推荐给圣彼得堡科学院评审。不过,科学院可不管你是不是校长,院士们眼光高得很,最后返回来的结论是："罗巴切夫斯基校长的这篇论文谬误连篇,因而不值得科学院注意。"

罗巴切夫斯基并没有放弃,为了引起国际学术界的注意,1840 年,他把论文翻译成德文,以《平行线理论的几何研究》为名发表在德国杂志上。果然不出高斯所料,新几何的一系列反直觉的结论让人们群起而攻之。有人说新几何是"荒唐的笑话",是"对数学家的嘲讽"。有人写文章讥讽说："为什么不把标题写成《对几何学的讽刺》呢?"连著名诗人歌德也写诗嘲讽。

尽管大多数人对新几何持否定态度,但是,在铺天盖地的嘲讽中,有的人还是保持清醒的,甚至会从中发现机会。抓住这个机会的人,叫黎曼。

黎曼是高斯的得意门生,他1826年出生在德国汉诺威的一个小山村,19岁考入哥廷根大学,师从高斯攻读数学。1851年,黎曼博士毕业,希望留校任教。按哥廷根大学的规定,要想取得讲师资格,就要做一次公开的学术演讲。高斯亲自给黎曼选定了题目——关于几何基础的假设。

黎曼的博士论文研究的并不是这个课题,准备时间只有两个月,这让黎曼简直绝望。他给父亲写信说,"我又陷入绝境中了。"但是,这是唯一的机会,他不能放弃。他只有全身心地投入到这个题目的研究中,才能力争在最短的时间内完成这一工作。

夜深人静,人们早已进入了梦乡,而哥廷根大学的一间宿舍中,却透出一点微弱的光亮。灯光下,黎曼正在紧张地研究,时间是如此宝贵,他不得不夜以继日地备战,他的大脑高速运转着,草稿纸写了一张又一张。

转眼间,演讲的日期到了,高斯和其他评委们静静地坐在演讲厅,等待着黎曼的汇报。

只见黎曼自信地走上讲台,胸有成竹地讲起来:"在欧氏几何中,过直线外一点,有且仅有一条直线与已知直线平行;在罗氏几何中,过直线外一点,至少可以作两条直线与已知直线平行。而我发现,还有一种新的几何,过直线外一点,不存在与已知直线平行的直线。虽然在这一点上大不相同,但这三种几何学都是自洽和完备的,自身没有任何自相矛盾的地方……"

黎曼的演讲大获成功,连高斯都赞叹不已。这是数学史上最为成功的学术演讲之一。

根据过直线外一点可作平行线的数目的不同,高斯、小波尔约和罗巴切夫斯基建立了一套区别于欧氏几何的几何体系,而黎曼则建立了另一套体系,这两套体系统称为非欧几何。而黎曼的工作还不止于此,他把三种几何进行了统一和推广,这才是最有意义的工作,这就是黎曼几何。

黎曼几何把二维空间推广到更高维,构造出了高维空间的几何学。因为高维空间很难直接观察,所以黎曼构建了一整套数学方法来研究它。在黎曼几何中,空间的曲率决定了它的性质,如果空间曲率为零,它就是平直空间,属

第二十八回　几何奥秘　第五公设藏玄机
机缘巧合　黎曼统一几何学

于欧氏几何；如果空间曲率不为零，它就是弯曲空间，属于非欧几何。

表 28-1 给出了三种几何及其对应空间的一些基本性质比较。图 28-1 给出了三种几何的二维空间示例。

表 28-1　三种几何的性质对比

比较项目	欧氏几何	罗氏几何	黎氏几何
过直线外一点有几条平行线	一条	至少两条	没有
空间曲率	0（平直）	<0（负曲面）	>0（正曲面）
三角形内角和	180°	<180°	>180°
圆周率	π	>π	<π
二维空间示例（图 28-1）	平面	马鞍面（又叫双曲抛物面，看上去像马鞍）	椭球面（球面是椭球面的特例）
别称	抛物几何	双曲几何	椭圆几何

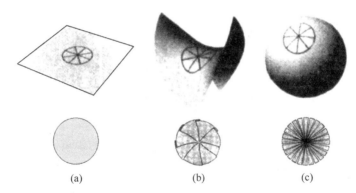

(a)　　　　　(b)　　　　　(c)

图 28-1　三种几何的二维空间示例（图中三个圆的半径相同，但它们的周长是不同的，跟平面相比，马鞍面上的圆周长更长，球面上的圆周长更短。如果把三个圆都剪下来在桌面上平摊开，平面没有变化，马鞍面有了褶皱，球面则有了裂缝）

(a) 欧氏空间——平面；(b) 罗氏空间——马鞍面；(c) 黎氏空间——球面

在短短两个月内，黎曼创造出了他一生中最辉煌的成就。高斯恐怕也没料到，自己给黎曼选择的题目，竟然使几何学发生了质的飞跃。从此，不但非欧几何被人们所接受，几何学的研究领域也被大大拓展。

黎曼如愿以偿地成了哥廷根大学的讲师。事实上，以这次演讲的学术水平，给他教授都不为过。后来黎曼又取得了很多成果，其中最著名的莫过

193

于提出了"黎曼猜想"。这个猜想在数论领域非常重要,但至今还没有人能证明。1866 年,由于过度劳累,年仅 40 岁的黎曼英年早逝,真是天妒英才,令人惋惜。

在那个年代,几乎所有人都认为我们生活在欧几里得所描述的平直空间中,非欧几何所描述的弯曲空间不过是一种想象中的几何。事实真是如此吗?这一点,直到黎曼去世 50 年后才有了答案,而且答案还让人大吃一惊。广义相对论告诉我们,四维时空是一个整体结构,任何有质量的物体都会造成时空的弯曲。像太阳和地球这样的天体,会造成"明显的"时空弯曲,我们竟然真的是生活在弯曲空间中!

那么,我们为什么感觉不到自己处于一个弯曲的时空中呢?正所谓"不识庐山真面目,只缘身在此山中"。我们在太空中看地球,一下子就能发现它的表面是一个二维球面。而我们站在地面上却很难体会到这一点,总感觉是一个平面。同理,我们身处四维时空中,如果你不到更高维空间观察,你就很难感觉出时空的弯曲。这时候,黎曼几何的意义就体现出来了,依靠黎曼几何,我们可以在空间内部判断这个空间是否弯曲,这叫"内蕴几何学"。

在弯曲空间中,直线就是两点间距离最短的线。黎曼发现,两点间的距离是几何中最基本的内蕴量,其他的几何量都由它决定。借助勾股定理,能够从内部来研究空间的曲率:如果空间中两点之间的距离能用勾股定理来计算,那么这个空间就是平直空间;反之,如果空间中两点间的距离不能用勾股定理来计算,那么它必定是弯曲空间。勾股定理这个看似简单的定理,在几何学中具有无可估量的重要意义。[①]

广义相对论可以说是人类智力的巅峰,而广义相对论的数学基础,正是黎曼几何。如果没有黎曼几何,恐怕爱因斯坦也无法发明广义相对论。黎曼几何在人类科学史上的地位由此可见一斑。

"5"这个数字在代数和几何发展史中似乎有着特殊的魔力。依靠对第 5 公设的推广,几何学研究领域大大拓展,而代数学中对 5 次方程的求根公式的研究,也使代数学的领域被大大拓展。欲知详情,且听下回分解。

---

① 注:想进一步了解的读者可参阅拙著《时空密码》,清华大学出版社 2019 年出版。

第二十九回

天才双星　五次方程难题解
难兄难弟　才华未展身先死

——代数学的大发展

1832年5月30日清晨，巴黎郊外，葛拉塞尔湖湖畔，一层薄薄的白雾笼罩在散发着青草芬芳的草地上空，几声清脆的鸟叫声显得分外刺耳。

草地上有两个人背对背站着，相距大约有20步远。其中一个身材魁梧，健硕的肌肉仿佛要把衣服胀破，另一个则身形单薄，是一个瘦弱的青年。两人都身着黑色礼服，看上去仿佛要去参加一场宴会，但是他们的手中都握着一把手枪，明眼人一看就知道，这两人要进行一场决斗。

站在远处的见证人喊道："你们准备好了吗？"

"是的，先生。"壮汉沉稳地说道。

"准备好了！"瘦弱的青年紧紧握住手中的枪。

"开火！"见证人突然发令。

青年迅速转身，毫不犹豫地举枪瞄准，刚看清楚对面的人影，对面的枪就响了，瞬间，他感觉自己的腹部像是被什么东西撕裂了，他胡乱地放了一枪，仰面倒在地上。

远处的壮汉满意地吹了吹枪口上冒出的青烟，朝着倒在地上的青年鞠了一躬。必要的礼仪还是要遵守的，毕竟，这是一场礼貌且合法的决斗，打死人不用偿命的那种。

壮汉头也不回地离去了，受伤昏迷的青年则被人抬到医院抢救。第二天早晨十点，这个可怜的年轻人离开了人世，他的生命被永远定格在21岁。当时没有人知道，这个年轻人的死亡将会给数学发展造成多么大的损失。后来有一些著名的数学家说，他的死使数学的发展推迟了几十年。他就是群论的创始人——伽罗华(1811年—1832年)。

话说自从卡尔达诺于1545年在《大术》中正式公布一元三次方程和四次方程的求根公式以后(见第十七回),人们就一直致力于寻找五次方程的求根公式。但是,研究了近300年,所有人的努力都失败了。这时候,有人开始怀疑五次方程是否存在根式解。

第一个试图证明五次以上方程不存在求根公式的数学家是拉格朗日。拉格朗日在1770年发表了一篇长达200页的论文《关于代数方程解的思考》,试图得出这种不可能性的证明,但是并没有成功,他不得不坦言这个问题"好像是在向人类的智慧挑战"。不过,他在这篇论文中提出了方程预解式的概念,并且指出预解式与这样一个性质有关——方程的各个根在排列置换下的形式不变性,为后来者提供了有益的思路。

1824年,在拉格朗日去世11年后,这个对人类智慧的挑战终于被一个22岁的年轻人攻破。此人是挪威的一个青年数学家,名叫阿贝尔。任谁也不会想到,此时他的寿命仅剩5年。阿贝尔利用后来被称为置换群的理论,严格证明了对于一般的五次及五次以上方程,根式解是不可能存在的。根式解不存在并不是说它没有解,而是说用有限次的加、减、乘、除和开方等运算将方程的根明确表达出来是不可能的。此外,阿贝尔还指出一些特殊的五次方程是有根式解的。比如,$x^5-32=0$、$x^5-5x^3+5x-4=0$,都有根式解。

阿贝尔也探究过判断五次方程是否具有根式解的条件,但是苦苦思索而终不可得。尽管如此,他的证明也已经是一个巨大的突破。然而,这时候的阿贝尔,只是一个在校大学生,他没有论文发表的渠道,于是决定自费印刷,寄给欧洲有名气的数学家,希望能得到他们的认可。由于囊中羞涩,阿贝尔不得不将论文压缩成只有6页纸的篇幅,这导致证明中的推理难以理解。结果,他寄出去的信都石沉大海,没有掀起任何波澜。其中被他寄予厚望的高斯,压根连信封都没有拆开。后来人们在高斯的遗物中找到了这封未拆封的信。可能是给高斯写信的人太多了,像阿贝尔这样不知名的大学生,高斯想不出他能有什么惊人的发现,于是就没拆封也未可知。

1825年,阿贝尔大学毕业,他从挪威政府申请到一笔奖学金,得以到欧洲各国进修,他第一站便去了德国柏林。在柏林,阿贝尔认识了一位业余数

第二十九回　天才双星　五次方程难题解
难兄难弟　才华未展身先死

学爱好者——工程师克列尔。两人一见如故，克列尔非常欣赏阿贝尔的才华。在阿贝尔和其他一些朋友的鼓励下，克列尔于 1826 年创办了一份数学杂志——《纯粹与应用数学杂志》。杂志第 1 期便刊登了阿贝尔的 7 篇论文，其中就包括他关于五次方程的研究成果。随后两期又连续刊登了阿贝尔的 15 篇论文。这些论文篇篇都是经典，阿贝尔靠一己之力撑起了这份杂志。这份杂志直到现在还在发行，已经成为世界知名的老牌数学杂志。

1826 年 7 月，阿贝尔离开德国去往法国。当时的巴黎科学院聚集了柯西、泊松、傅里叶、勒让德等一大批数学大家，可以说是欧洲的数学中心，所以阿贝尔希望到法国去得到进一步的认可。

阿贝尔到达法国以后，把自己关于椭圆函数的一篇创造性的论文提交给巴黎科学院。科学院委托柯西作为评审人进行评价。遗憾的是，柯西对这个年轻人的论文并不重视，他把论文塞进抽屉，一放了之，根本没有过目。

可怜的阿贝尔天天满怀希望地期盼着科学院的消息，苦等了半年，却杳无音讯，他终于意识到，没希望了。这时候，他的钱也快花光了，没法继续在法国待下去了，只好踏上了回国的旅途。那时候的交通不像现在这么便利，在寒冷的冬季，漫长而劳顿的旅途，让身心俱疲的阿贝尔倒下了，他染上了肺结核。肺结核在当时是不治之症，这意味着，阿贝尔的生命进入了倒计时。

1827 年 5 月，历尽艰辛的阿贝尔终于回到了自己的祖国挪威。但是，回国后的阿贝尔并没有找到合适的工作，只好给人当代课老师。尽管身体每况愈下，他还是抓紧最后的时间拼命地撰写论文，然后发表到好友克列尔的杂志上。正是阿贝尔接踵而至的作品为克列尔的杂志赢得了良好的声誉，柏林数学界也认识到了这个小伙子的才能，开始为他寻求一个教授职位。

1829 年 4 月 8 日，克列尔满怀喜悦地写信通知阿贝尔，柏林大学为他提供了一个教授职位，一个月内就会下发聘书。他不知道的是，阿贝尔已经在两天前离开了人世，他再也没法收到这个好消息了。真是天妒英才，造化弄人，数学界的一颗新星就这样陨落了。

巧合的是，就在阿贝尔去世几个月以后，法国的一个 18 岁的年轻人解决了阿贝尔关于五次方程的遗留问题——什么样的特殊方程能够用根式来求解？他就是伽罗华。

此时的伽罗华还是一个刚刚考入巴黎师范大学的大一新生,但是,他研究这个问题已经好几年了。在 17 岁的时候,伽罗华就提出了"群"的思想,然后,他利用这一思想在 18 岁时建立了判别方程根式可解的充分必要条件,从而彻底解决了根式求解代数方程这一困扰数学界三百年的难题。同时,这也是"群论"这一数学分支的发端。

在历史上,伽罗华最早提出"群"的定义,不过他只是针对一个具体的群(置换群)做了定义。在 19 世纪后半叶,数学家们认识到"群"可以是一个更加普遍的概念,而不必仅限于置换群,于是提出了群的更一般的定义。这个定义其实并不难理解,我们不妨来看一看。

群的定义:对一个非空集合,定义其运算法则(称之为"乘法"),若此集合满足以下 4 个条件,则称此集合构成群。

(1) 群元素满足封闭性:任意几个元素的乘积(包括元素自己与自己相乘)仍在集合中。

(2) 群元素满足结合律:三个元素相乘,先把前两个相乘,再和第三个相乘,或先把后两个相乘,再和第一个相乘,积不变。

(3) 存在单位元素:集合中存在一个单位元素,使任意元素与单位元素的乘积仍为该元素。

(4) 逆元素在其中:集合中任一元素都有逆元素,该元素与逆元素的乘积为单位元素,且逆元素也是此集合中元素。

需要注意的是,在群的定义中,"乘法"为广义的乘法,表示群元素间的运算关系,它可以是你定义的任何一种运算规则。比如说,对于全体整数,定义其"乘法"为加法,我们来判断一下它是否构成群。

(1) 封闭性:任意几个整数相加仍为整数,满足。

(2) 结合律:加法结合律,我们小学就学过,满足。

(3) 单位元素:任意整数与 0 相加不变,所以 0 就是单位元素,满足。

(4) 逆元素在其中:任意整数与它的相反数相加和都是 0,所以每个元素的逆元素就是它的相反数,而且任意整数的相反数也是整数,即逆元素也在这个集合中,满足。

于是我们得出结论,全体整数在其"乘法"为加法的情况下可以构成群。

伽罗华证明,n 次方程的 n 个根的所有的置换操作的集合构成一个群,

第二十九回　天才双星　五次方程难题解
　　　　　难兄难弟　才华未展身先死

这就是前面提到的置换群。

在置换群中,群元素不是具体的数,而是置换操作。比如,方程有 5 个根,我把它按(1 2 3 4 5)的顺序排列,现在我把它们的位置变换变成(1 3 2 4 5),这就是一个置换操作,这个操作就是置换群中的一个元素。而置换群的"乘法"运算是连续操作,就是说两个群元素相乘,相当于把方程的根的排列进行连续两次置换操作。

伽罗华研究了置换群,并进一步考虑了置换群中具有某些对称性的"子群"。他证明,当且仅当这些子群满足一定条件时,方程才是根式可解的。

细心的读者可能还记得,方程的根从某种意义上讲具有对称性。如果方程有复数根,则复数根都是以 $a \pm bi$ 的形式成对出现的(见第十九回)。这在复平面上表示为两个根在同一个圆上且对称于实轴(图 29-1)。而对称性就是伽罗华打开根式解谜题的钥匙,它与方程是否根式可解存在着本质的联系。当然,其具体细节相当复杂,不是本书讨论的内容,读者如果感兴趣可以查阅相关专业书籍。

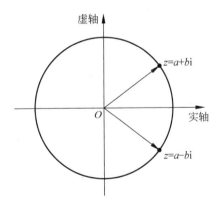

图 29-1　方程的两个共轭复根具有对称性

后来人们发现,群论和对称性有着深刻的联系,它是处理对称性的数学工具。现在,群论已经在数学、物理和化学领域得到了广泛的应用。

1829 年 7 月,18 岁的伽罗华把他用群论方法来研究代数方程解的理论写成论文,提交给法国科学院。命运的安排就是如此巧合,就像当年的阿贝尔一样,科学院又委托柯西作为论文的评审人。1830 年 1 月 18 日,柯西被安排在科学院的例会上对伽罗华的论文进行口头报告,但他因病没有参加。

他在给大会秘书的一封信中写道:"今天我应当向科学院提交一份关于年轻的伽罗华的工作报告……但因病在家,我很遗憾未能出席今天的会议,希望你安排我参加下次会议,讨论已指明的议题。"然而,当下一次报告会举行时,柯西却只宣读了他自己的一篇论文,并未介绍伽罗华的工作。他说论文找不到了,建议伽罗华修改后重新投稿。

1830年2月,伽罗华将修改后的论文又提交上去了,并且参加了科学院的数学大奖评选,希望能够获奖。这次的论文评审人是另一位大数学家傅里叶。但遗憾的是,傅里叶还没来得及给出评审意见就在当年5月去世了,伽罗华的手稿再次遗失不见。令人唏嘘的是,这一次的数学大奖颁给了两位数学家,其中一位就是已经去世的阿贝尔。法国科学院对阿贝尔的认可来得太迟了一些。

1831年1月,伽罗华第3次重新组织了有关求解代数方程的研究结果,写成《求解代数方程的研究论文》一文,再次提交给科学院。这篇论文是伽罗华关于群论的最重要的作品,这次的审稿人是泊松。泊松倒是挺负责,没有把论文弄丢,但是他看了4个月以后,得出的结论居然是"完全不能理解"。最后,他给出的建议是退稿重写,建议伽罗华重新提交一个对相关理论更完整、更详细的说明。

1831年10月,怀才不遇的伽罗华收到了退稿信,他既无奈又气愤,没办法,只好按照泊松的建议重新写一篇容易理解的文章。但是这时候他根本没有条件和心情写论文了,因为他正被关在监狱里!

伽罗华诞生在拿破仑帝国时代,经历了波旁王朝的复辟。1830年7月,法国掀起了推翻波旁王朝的第二次资产阶级革命。革命虽然取得了胜利,但胜利的果实却落到了金融资产阶级的代理人路易·菲利普手中,他当上了国王。由于伽罗华积极参加革命,积极投身到反对路易·菲利普的斗争中,所以遭到了反动政权的迫害,于1831年7月被捕入狱,被判刑9个月。

收到退稿信时,伽罗华已经在监狱里待了3个月,他的身体遭受了严重的摧残。他强忍着身体的病痛和心中的愤怒,写完一个5页纸的序言后就没有继续下去。他在序言中愤怒地指责科学院的院士们能力有限,导致他3次提交论文都没有成功。

服刑大概8个月的时候,伽罗华倒下了,他被批准保外就医,最后一个月

第二十九回　天才双星　五次方程难题解
难兄难弟　才华未展身先死

的刑期就在医院里度过,然后于1832年4月刑满释放。

伽罗华获释后不久,就陷入了政敌设置的圈套中。他爱上了一个舞女,而舞女突然又冒出一个情人,并提出要和他决斗。伽罗华知道对手当过军官,枪法很好,自己难以摆脱死亡的命运,但年轻气盛的他不愿意认输,硬着头皮接受了对手的挑战。

决斗前一天,伽罗华连夜给朋友写信,仓促地把自己平生的数学研究心得扼要写出,并附以论文手稿。他在写信时不时地中断,在纸边空白处写上"我没有时间,我没有时间"。他赶在天亮之前,终于写下了一个极其潦草的大纲。

第二天清晨,在美丽的葛拉塞尔湖湖畔,伽罗华倒在了那片散发着青草芬芳的草地上。临终之前,他对趴在身边哭泣的弟弟说:"不要哭,我有足够的勇气在20岁的时候死去。"他被草草埋葬在一个公墓的壕沟内,结束了短暂的一生。今天,伽罗华的坟墓已经无迹可寻。

伽罗华死后11年,终于有一位名叫约瑟夫·刘维尔的法国数学家看懂了他的论文,并将他的成果公之于世,发表在自己创办的数学杂志上。这份杂志和克列尔创办的杂志同名,也叫《纯粹与应用数学杂志》,不过一个是法文,另一个是德文。尽管伽罗华的论文发表了,但是在随后的20年里,还是很少有人能理解群论。直到1870年,法国数学家卡米尔·约当根据伽罗华的思想,写了《论置换与代数方程》一书,至此,群论才终于被人们理解与接受,开始快速发展起来。这时候,距离阿贝尔和伽罗华去世已经有40年左右。如果两位少年天才不是过早离世的话,群论的发展又怎能被推迟40年?有诗叹曰:

命运多舛双子星,难逢伯乐痛人心。

襟抱未展身先死,空余万丈不尽才。

第三十回

无穷集合　谁说不能比大小
罗素悖论　数学三次遇危机

——集合论的诞生与争议

19 世纪是数学发展非常迅速的时期，各种新理论、新思想层出不穷，远远超出了前几个世纪。到了 19 世纪末期，又冒出来一个引起极大争议的新理论，而这个理论也最终成了现代数学的基础，这就是集合论。

集合是一个看起来很简单的概念，把几个研究对象放在一起就构成一个集合，这些研究对象就叫作集合里的元素。当然，对集合里的元素也有一定的要求，它们必须是确定的，互不相同的。比如说，{1,2,3,4,5}可以构成一个集合；{水星，金星，地球，火星，木星，土星，天王星，海王星}也可以构成一个集合。再比如，全体整数可以构成一个集合，全体自然数也可以构成一个集合。

集合的概念应该说早已有之，最早可以追溯到古希腊数学家毕达哥拉斯提出的"全体"的概念。但是集合这个名词是由德国数学家康托尔（1845 年—1918 年）提出的。1874 年，康托尔提出："把若干确定的、有区别的事物（不论是具体的还是抽象的）合并，看作一个整体，称其为集合，其中每个事物叫作该集合的一个元素。"他指出集合中的元素具有三个性质：确定性、互异性和无序性。

如果集合里元素的个数是有限的，这个集合就是有限集合，有限集合是很明确的，性质也是很简单的。比如说，从{1,2,3,4,5}这个集合中挑几个元素出来构成一个真子集{1,2,3}，那么真子集的元素个数比原来集合的元素个数少。这是显而易见的，也是人们熟知的一条公理：整体大于部分。

但是，如果集合里的元素个数有无穷多个，这个集合就是无限集合，或者叫无穷集合。无穷集合里的元素个数是一样多？还是不一样多？如何比较元素个数的多少？这就很让人头疼了。

早在 17 世纪，意大利物理学家伽利略就提出了一个问题：正整数和正整数的平方数哪个更多？

伽利略指出，正整数有无穷多个，正整数的平方数也有无穷多个，那么到底是正整数多，还是平方数多呢？伽利略说，从某一个角度来看，它们是一样多的，因为上下两列数字建立了一一对应关系（表 30-1）。

表 30-1　正整数与平方数的一一对应关系

正整数	1	2	3	4	5	6	7	8	…
平方数	1^2	2^2	3^2	4^2	5^2	6^2	7^2	8^2	…

可是从另一个角度看，平方数明明只是正整数的一部分，平方数应该远远少于正整数才对。从这个角度来看，平方数只和正整数中的一小部分建立了对应关系，如表 30-2 所示。

表 30-2　正整数与平方数的另一种对应关系

正整数	1	2 3	4	5 6 7 8	9	…	16	…	25	…	36	…
平方数	1^2		2^2		3^2		4^2		5^2		6^2	…

这两个数列都包含无穷多个数，也就是说它们的个数都是无穷大，那么这两个无穷大到底是什么关系呢？真是让人困惑。伽利略也无法做出判断，他把这个问题作为一个悖论，留给了后人。

对于伽利略的问题，数学家们也做了探讨。早期的数学家们倾向于把无穷看作是永远在延伸着的，一种变化着的东西来解释。也就是说，无穷永远处在构造中，永远完成不了，并非实在。高斯就持这种观点，他说："我反对将无穷量作为一个完成了的实体来使用，这在数学中是从来不允许的。所谓无穷，只是一种说话的方式……"

这样的观点符合人们的直观感觉，毕竟无穷就是没完没了的延续，根本没有尽头，自然不会构造完成。所以人们普遍接受这样的观点，直到康托尔的出现。

康托尔 1845 年出生在俄国圣彼得堡。11 岁那年他父亲带着全家迁居到德国的法兰克福。康托尔中学时期就非常喜欢数学,立志成为一名数学家。大学期间,尽管他的父亲坚持要求他学习工程技术,将来当一名工程师,但他后来终于说服父亲同意他学习数学并且一直读到博士。1867年12月,康托尔完成了博士论文答辩,在论文中他解决了高斯提出的一个二次不定方程问题,获得了柏林大学的博士学位。

1867年,康托尔还发表了另一篇论文,题目为《数学中提出问题比解决问题更重要》。从这个题目中就能看出康托尔具有敢于打破常规的科研思想。后来,大物理学家爱因斯坦也曾说过类似的话,他说:"提出问题往往比解决问题更重要,因为后者也许仅仅是数学上或实验上的技能而已。而提出新的问题、新的可能性,从新的角度去看待旧的问题,却需要有创造性的想象力,这才意味着科学的真正进步。"

博士毕业后,康托尔没能留在柏林大学,最终接受了哈勒大学的教职。1872年,康托尔开始研究无穷集合,其中一个重要问题就是:给定两个无穷集合,如何判断哪一个含有更多的元素。通过与好友戴德金的不断讨论,最终他们认定一个核心判据:一一对应。

1874年,康托尔发表了关于无穷集合的一篇革命性的文章——《关于一切代数实数的一个性质》。他提出:如果两个无穷集合之间的元素能够建立起一一对应的关系,那么这两个无穷集合就拥有相同的元素个数,他称之为"等势"。也就是说,在他的理论中,正整数和平方数的个数是相等的,并不存在伽利略所说的悖论。

有读者要问了,从表30-2能看出来,平方数是正整数的一部分,如果二者数目相等的话,岂不是整体等于部分?

你说得一点也没错!但是,康托尔说,这就是无穷集合的特点,无穷集合就是能与其真子集建立一一对应的集合!也就是说,无穷集合的特点就是整体等于部分。这一点和有限集合大相径庭。

你可能会说,哦,我明白了,康托尔的观点就是所有无穷集合的元素个数都是一样的。

你错了!康托尔说,无穷集合里元素的个数也有多有少,其中元素个数最少的集合是正整数集,即集合{1,2,3,4,5,…}。这个集合就像我们从小就开始学的数数一样,1、2、3、4、5、6、7、…那样一直数下去。康托尔把能这

第三十回　无穷集合　谁说不能比大小
罗素悖论　数学三次遇危机

样一直数下去的集合称为"可数集合"。

康托尔证明，有理数可以和正整数一一对应，即可以从1开始无限地给有理数编号，因此有理数也是可数的。还可以证明，自然数集、奇数集、偶数集、整数集、平方数集等都是可数的，这就意味着它们的元素个数都是相等的。

你可能要问了，难道还存在不能一一编号的无穷集合吗？是的。康托尔用反证法给出了一个证明，证明实数集就不能与正整数集建立一一对应关系。也就是说，我们不可能给实数一一编号，实数是"数"不过来的。因此，康托尔把像实数集这样的无穷集合叫作"不可数集合"。

据此，康托尔提出，实数集里元素的个数大于正整数集。也就是说，根据元素个数来划分，无穷集合也存在"大小"，可数集合是最小的无穷集合，还存在很多更大的集合，即不可数集合。康托尔证明，除了实数集外，还有很多不可数集合，如无理数集合、复数集合等。他还证明，不存在最大的不可数集合。也就是说，你拿来任何一个不可数集合，都能找到比它更大的不可数集合。

爱提问的康托尔还提出一个问题：有没有最小的不可数集合？康托尔猜测，实数集就是最小的不可数集合。也就是说，他猜测不存在大于正整数集而小于实数集的集合。这个猜测被称为"连续统假设"。这一假设直到今天也没有被证明，但是也没有被否定，成了数学界有名的难题之一。

康托尔的这一套理论，显然和以前人们认为无穷永远处在构造中、永远完成不了的观点是相悖的。他把无穷集合看作是一个构造完成的实体，因此可以用来比大比小。

康托尔这套"离经叛道"的理论，极大地违反了人的直觉，一经问世就受到了猛烈的批判。连康托尔的老师克罗内克都激烈地反对他。

克罗内克是康托尔在柏林大学上学时的三位指导教师之一，他认为，数学的对象必须是可构造出来的，不可用有限步骤构造出来的对象都是可疑的，不应作为数学的对象。他对康托尔提出了严厉的批评，指责康托尔处理的是一些空泛的、纯粹虚假的概念，他把康托尔的工作描述为"骗人的鬼话"以及"数学疯子"的产物。哈勒是个小地方，远离数学学术中心，康托尔曾多次争取调到柏林大学，但在克罗内克的阻挠下，一直没能成功。

批判康托尔的人远不止克罗内克一个。法国大数学家庞加莱说:"康托尔的集合论是病态与邪恶的坟墓,下一代数学家一定会视其为一种数学病。"德国大数学家豪斯道夫则不冷不热地说:"集合论这个领域中什么都不是自明的,而且,越是似乎有理的东西,往往越是错误的。"连康托尔自己也承认他的推理产生了一个怪物,他在给好友戴德金写信时说:"我看到了这些事实,且严格证明它是真的,但连我自己也不敢相信它!"

虽然批评的声音很多而且很严厉,但是这并不是一边倒的声音,也有一些数学家站出来支持康托尔。例如,德国数学大师希尔伯特说:"没有人能把我们从康托尔为我们创造的乐园中开除出去。这是数学思想最惊人的产物。"英国大哲学家罗素说:"康托尔破译了围绕着数学无限的诸多难题,这可能是我们这个时代最值得夸耀的最伟大的工作。"

对于康托尔的集合论,笔者也想发表一点个人浅见。笔者认为,康托尔集合论的基础是"一一对应",即能建立一一对应关系的集合元素个数相等,这是人为规定的一种规则,一旦这个规则改变,整个集合论就变了。就像几何中的第 5 公设一样,它是一个人为的规定,如果换作不同的规定,就会有不同的几何,集合论也是如此。而且,既然这是一种人为规定,那就应该可以有别的规定,只要能形成一个自洽的逻辑体系。因此,在康托尔的规定下,他的集合论是自成体系的,但是,就像存在非欧几何一样,应该也存在非康托尔集合论。

数学界围绕康托尔集合论的争辩长达十几年之久,最后,康托尔的创造还是被广泛接受。无穷集合论在 20 世纪初逐渐渗透到各个数学分支,成为分析理论、测度论、拓扑学及数理科学中不可缺少的工具。

曾经批评康托尔的庞加莱也改了口。1900 年,在国际数学家大会上,庞加莱宣称:"借助集合论的概念,我们可以建造整个数学大厦……今天,我们可以说绝对的严格性已经达到了……"

正当数学家们为集合论已经深入到数学的各个分支、成为数学的基础而欢欣鼓舞时,数学史上一场新的危机正在悄悄降临。而这个危机的始作俑者,正是极力夸赞集合论的英国哲学家罗素。

1902 年 6 月,罗素写信给德国数学家弗雷格,告诉他自己发现了集合论的一个悖论。为了使这个悖论更加容易理解,罗素后来将其改为"理发师悖

第三十回 无穷集合 谁说不能比大小
罗素悖论 数学三次遇危机

论",其意思是这样的:一个小镇里有一个理发师,他宣称,我只给那些不给自己理发的人理发。那么,理发师该不该给自己理发?

根据集合论,小镇上的人可以分为两个集合,一个是{不给自己理发的人},另一个是{给自己理发的人}。那么,理发师该属于哪个集合?你会发现,不管他属于哪个集合,他都不应该属于那个集合。

集合有一个重要的性质——确定性。确定性是指任何一个元素是否属于某个集合是确定的,即或者是这个集合的元素,或者不是,二者必居其一。这是集合论的基石。而理发师悖论直接打破了确定性,理发师属于哪个集合是无法确定的,这直接动摇了集合论的基础。

这一悖论以简单明了的方式,使看上去绝对严密的集合论陷入了自相矛盾之中,震惊了整个数学界,第三次数学危机爆发了。

当时弗雷格刚完成著作《算术的基本法则》,正打算付印。收到罗素的信后,他惊呆了,无奈之下,只好在书的末尾添了一段附言:"对一位科学家来说,最难过的事情莫过于在他的工作即将结束时,其基础崩溃了,罗素先生的一封信正好把我置身于这个境地……"

庞加莱也沮丧地说:"我们设置栅栏把羊群围住,免受狼的侵袭。但是很可能围栅栏时就已经有一匹狼被围在其中了。"

危机产生后,数学家们不得不寻找解决方案。1908年,德国数学家策梅洛提出应该对集合作一些必要的限制,采用公理化的方法来消除悖论。他提出了7条公理,要想构成一个集合,必须满足这些公理。后来经过不断的修改与补充,现在的公理化集合论要求集合必须满足10条公理的限制,这样就成功地排除了已知的悖论,而且使集合论中有价值的内容尽可能地保存下来。

但是新的问题又来了,公理化的集合论本身是不是会出现新的矛盾呢?这一点没人能知道。虽然目前人们没有发现它有矛盾,但是并没有能证明它没有矛盾。庞加莱对此又发表了一番高见:"为了防狼,羊群已经用栅栏圈起来了,但是却不知道圈内有没有狼。"

第三次数学危机对数学有着深远的影响,导致数学家们围绕数学基础卷入了一场大辩论中。他们看到了这次危机涉及数学的根本,因此必须对数学的哲学基础加以严密的考察。在这场大辩论中,逐渐形成了三个数学哲学学派。

一是以罗素为代表的逻辑主义学派。按照罗素的观点,"数学就是逻辑",全部数学可以由逻辑推导出来。至于逻辑的展开,则是依靠公理化方法进行,即通过符号演算的形式来建立整个逻辑体系。逻辑主义以纯粹符号的形式实现逻辑的彻底公理化的思路,对现代数理逻辑有很大贡献。

二是以荷兰数学家布劳威尔为代表的直觉主义学派。这一派的先驱就是集合论的批判者克罗内克,他们认为数学理论的真伪只能用人的直觉去判断。他们的名言是"存在必须是被构造"。他们坚持数学对象的"构造性"定义,按照这种观点,要证明任何数学对象的存在,必须同时证明它可以用有限的步骤构造出来。今天,构造性数学已成为数学中一个重要的学科群体,并与计算机科学密切相关。

三是以希尔伯特为代表的形式主义。形式主义的要旨是:将数学彻底形式化为一个公理系统,然后证明这一系统是相容的和完备的。但是,1928年奥地利数学家哥德尔提出了著名的"哥德尔不完全性定理",直接推出这样一个结论:一个非常强的形式系统的相容性是不可证明的。这一定理揭示了形式化方法不可避免的局限性,同时告诉我们,即使在数学这样被认为最可靠的知识中,也不存在所谓的"终极真理"。

尽管争论激烈,但这三大学派都没能对数学基础问题作出令人满意的解答。后来,关于数学基础的争论也逐渐淡化,数学家们更多地专注于数理逻辑的具体研究。这方面的研究取得的一个直接的成果,就是数理逻辑与计算技术、电子技术的结合,带来了20世纪最重要的一次技术革命——电子计算机的诞生。

在电子计算机的帮助下,计算的理论和方法对数学产生越来越大的影响,中国古代所推崇的算法数学重新焕发生机。现在,人们已经把计算看作是与理论和实验并列的第三种科学方法。在计算机算力的支撑下,计算方法的研究空前活跃,并形成了一个新的数学分支——计算数学。在计算机上进行人工不可能完成的海量计算,不仅使数学家们得以证明一些困难的定理,而且还帮助他们猜测新的事实,发现新的定理。而计算机发展的最终目标则是模拟人类智能,用机器代替人的思维,帮助人类证明数学定理。对于数学家来说,计算机已经成为他们不可或缺的助手。

第三十回　无穷集合　谁说不能比大小
　　　　　罗素悖论　数学三次遇危机

　　行文至此,本书也将告一段落。从19世纪末开始,以集合论的建立为起点,以公理化体系和结构观点来统观数学,使数学进入了现代数学阶段。时至今日,人类积累的数学知识已构成了一个庞大的数学世界,现在,再也没有一个人能成为精通全部数学分支的通才,只能专攻某一领域。数学王子高斯也成为历史上最后一个全才数学家。回望整个数学史,有诗云：

数学天地起苍茫,文明风帆自此扬。
勾股定理打头阵,万物皆数助飞翔。
几何原本传千古,九章算术世无双。
阿基米德穷竭法,圆锥曲线创辉煌。
祖氏缀术割圆妙,九韶数书大衍藏。
阿拉伯人传数字,符号代数启新章。
欧洲复兴数学盛,三次方程震四方。
对数解放计算力,解析几何数形强。
牛顿莱布创伟业,微积分学显真章。
欧拉高斯贡献大,黎曼几何放光芒。
群论对称藏玄奥,代数开拓新篇章。
集合引发大辩论,罗素悖论费思量。
危中存机祸福倚,机器计算拓边疆。
真理探索永无限,数学之辉映日光。

尾声

1900年，世纪之交，德国著名数学家希尔伯特在巴黎国际数学家大会上作了题为《数学问题》的著名演讲，他根据19世纪数学研究的成果和发展趋势，提出了23个尚未解决的数学问题。这23个问题被人们统称为希尔伯特问题，后来成为许多数学家力图攻克的难关。希尔伯特的演讲是这样开始的：

"我们当中有谁不想揭开未来的帷幕，看一看今后的世纪里我们这门科学发展的前景和奥秘呢？我们下一代的主要数学思潮将追求什么样的特殊目标？在广阔而丰富的数学思想领域，新世纪将会带来什么样的新方法和新成果？"

希尔伯特的23个问题分属四大块：第1到第6个问题属于数学基础问题；第7到第12个问题属于数论问题；第13到第18个问题属于代数和几何问题；第19到第23个问题属于数学分析（微积分与无穷级数）问题。希尔伯特在演讲中，对各类数学问题的意义、源泉及研究方法发表了精辟的见解，他的目标是激发数学家们探寻这些问题的解决方案，从而推动数学的发展和进步。事实也如他所愿，在接下来的一个世纪里，这些问题对现代数学的研究和发展产生了深刻的影响。

现在，希尔伯特问题近一半已被解决或基本解决，有些问题虽未最终解决，但也取得了重要进展，在解决这些问题的过程中，数理逻辑、几何基础、群论、数学物理、概率论、数论、函数论、代数几何、常微分方程、偏微分方程、黎曼曲面论、变分法等一系列数学分支都得到了长足的发展，有些问题的研究还促进了现代计算机理论的发展。

尽管如此，20世纪数学的发展，还是远远超出了希尔伯特问题所预示的范围。比如希尔伯特问题未能包括的组合数学、拓扑学和微分几何，在20世纪已经成为前沿的数学领域。再如希尔伯特较少涉及的应用数学，已成为当代数学的一股强大潮流。他可能没想到，数学会以空前的广度与深度向

尾声

其他学科领域渗透,从物理、化学到生命科学,从气象、地质到航空航天,加上电子计算机的辅助,数学的应用空前广泛。例如,以计算流体力学为基础的数值模拟已成为飞行器设计的有效工具,类似的数值模拟方法正在被应用于许多技术领域,有效替代了耗资巨大的现场试验;再如有"数学显微镜"之称的小波分析,是由傅里叶分析派生出来的数学分支,它是图像与信号处理的利器,直接应用于通信、石油勘探、计算机视觉、医学成像与诊断等技术领域。更有从数学直接发展出来的控制论、信息论、密码学、运筹学等新的学科,成为应用数学的重要分支。

2000年,又一个世纪之交,新一代的数学家们又在巴黎汇聚一堂。这一次,数学家们共同商议选定了7个数学难题,作为新世纪的重大数学问题。这7个难题分别是:庞加莱猜想(拓扑学)、黎曼猜想(数论)、伯奇-斯温纳顿-代尔猜想(代数几何与数论)、霍奇猜想(代数几何与拓扑)、纳维-斯托克斯方程解的存在性与光滑性(流体力学)、量子杨-米尔斯理论(量子物理)、P对NP问题(计算机科学)。在上述7个问题中,只有黎曼猜想是与希尔伯特问题重复的,其他6个全是新问题,而且后3个都是应用数学问题,由此可见数学与其他学科的关系越来越密切。

20多年过去了,科学的发展日新月异。当今社会,人工智能成了时代的潮流。数据、算法和算力被认为是人工智能发展的三大核心要素:数据是基础,算法是核心,算力是支撑。人工智能的本质是计算,数学则是算法的基础。随着技术的发展,算法经历了一个从普通算法到智能算法的技术进化过程。在普通算法中,每个算法都有一个输入和一个输出:数据进入计算机,算法用数据进行计算,然后输出结果。而智能算法则不同,智能算法可以实现机器对海量数据的自主学习,同时算法也能自主进化,因此,其输出的结果是创造性的、生成式的、多模态的。

人工智能的背后是数学。无论是优化算法、数据分析、模型构建,还是实际问题求解,数学都是人工智能不可或缺的关键支持。展望未来,人工智能的发展离不开数学的发展,数学的发展必将带动人工智能的发展。正如著名数学家丘成桐所言:"对于人工智能的投入,还需要大量投入到数学上面去,无论是理论数学还是应用数学都要投入。"但是,无论算法如何智能,其本质仍然是机器在计算,将来的算法能否使机器实现类似人类思维的思考过程，仍是需要继续研究的课题。

　　迄今为止，千禧年的 7 大问题，只有庞加莱猜想获得了解决。到 21 世纪末，其他 6 大问题能被解决吗？人工智能能帮助人类破解这 6 大难题吗？到下个世纪，人类又将面临哪些数学问题？让我们拭目以待吧。

参考文献

[1] 梁宗巨,王青建,孙宏安. 世界数学通史[M]. 沈阳:辽宁教育出版社,2005.
[2] 李文林. 数学史概论[M]. 4版. 北京:高等教育出版社,2021.
[3] 克莱因. 古今数学思想[M]. 张理京,张锦炎,江泽涵,译. 上海:上海科学技术出版社,2002.
[4] 李敖. 周髀算经,梦溪笔谈,植物名实图考[M]. 天津:天津古籍出版社,2016.
[5] 张苍. 九章算术[M]. 邹涌,译解. 重庆:重庆出版社,2016.
[6] 秦九韶. 数书九章[M]. 宋璟瑶,译注. 重庆:重庆出版社,2021.
[7] 郭熙汉. 杨辉算法导读[M]. 武汉:湖北教育出版社,1996.
[8] 钱宝琮. 中国数学史[M]. 北京:商务印书馆,2019.
[9] 王能超. 刘徽数学"割圆术":奇效的刘徽外推[M]. 武汉:华中科技大学出版社,2016.
[10] 严敦杰. 祖冲之科学著作校释[M]. 济南:山东科学技术出版社,2017.
[11] 欧几里得. 欧几里得几何原本[M]. 兰纪正,朱恩宽,译. 西安:陕西科学技术出版社,2003.
[12] 霍金. 上帝创造整数[M]. 李文林,等译. 长沙:湖南科学技术出版社,2019.
[13] 阿波罗尼奥斯. 圆锥曲线论[M]. 朱恩宽,等译. 西安:陕西科学技术出版社,2007.
[14] 布拉德利. 古代数学先驱:10位古代数学家的故事[M]. 陈松,译. 上海:上海科学技术文献出版社,2014.
[15] 布拉德利. 数学天才的时代:10位天才数学家的故事[M]. 展译文,译. 上海:上海科学技术文献出版社,2014.
[16] 布拉德利. 数学的奠基者:10位近代数学家的故事[M]. 杨延涛,译. 上海:上海科学技术文献出版社,2014.
[17] 易南轩,王芝平. 数学星空中的璀璨群星[M]. 北京:科学出版社,2009.
[18] 斯托加茨. 微积分的力量[M]. 任烨,译. 北京:中信出版集团,2021.
[19] 周明儒. 走近高斯[M]. 北京:高等教育出版社,2010.
[20] 孙庆华. 向量理论历史研究[D]. 西安:西北大学,2006.
[21] 高鹏. 时空密码:揭开相对论奥秘的科学之旅[M]. 北京:清华大学出版社,2019.
[22] 薛有才. 数学文化[M]. 北京:机械工业出版社,2010.
[23] 韩旭. 无解的方程:从丢番图到伽罗瓦[M]. 北京:清华大学出版社,2021.